一剪月不是一刀二 ☆
1分钟前

🌹诱摘野玫瑰超话

四季良辰，百事如意，不及提笔落字遇见你。

To 亲爱的你：

营时至　　　　　展信佳

提笔至此　　　　见字如面

感恩翻越书海　　在此驻足停留

文字让我们有幸相逢于阳光正好的岁序

能将揶蓉变成铅字得益于你的支持

祝你灿烂祝你无忧祝你盛大

祝你赤忱热烈温柔明媚

祝你有永续的快乐

祝愿一切美好

都属于你

诱摘野玫瑰

——一剪月 著

江苏凤凰文艺出版社
JIANGSU PHOENIX LITERATURE AND
ART PUBLISHING

图书在版编目（CIP）数据

诱摘野玫瑰 / 一剪月著 . — 南京 : 江苏凤凰文艺
出版社 , 2024.7
ISBN 978-7-5594-8579-3

Ⅰ . ①诱… Ⅱ . ①一… Ⅲ . ①长篇小说 – 中国 – 当代
Ⅳ . ① I247.5

中国国家版本馆 CIP 数据核字（2024）第 071284 号

诱摘野玫瑰

一剪月 著

责任编辑	项雷达	
特约编辑	李 晶　张禾伊	
封面设计	白砚川	
责任印制	杨 丹	
出版发行	江苏凤凰文艺出版社	
	南京市中央路 165 号，邮编：210009	
网　　址	http://www.jswenyi.com	
印　　刷	天津旭丰源印刷有限公司	
开　　本	880 毫米 × 1230 毫米　1/32	
印　　张	11	
字　　数	280 千字	
版　　次	2024 年 7 月第 1 版	
印　　次	2024 年 7 月第 1 次印刷	
书　　号	ISBN 978-7-5594-8579-3	
定　　价	42.80 元	

江苏凤凰文艺版图书凡印刷、装订错误，可向出版社调换，联系电话 025-83280257

5:20

〈返回

you zhai ye mei gui

愿欢　　**热搜**　　诱摘　　容医生　　我的　　更多

热搜雷达，发现你关心的热点

Q

#椰蓉夫妇承认恋情#[爆]

#叶愿欢是我的#

#诱摘野玫瑰#

楔子

金沙滩海岸。

海风轻柔，日色绚烂。

雪白的浪花像白色拖尾长裙般舐着平滑的沙滩，正午明媚的阳光直射在海上，在海面上照耀出鱼鳞般的波光，细软的沙子也在阳光下灿灿发亮。

沙滩户外遮阳伞下。

叶愿欢正躺在白色躺椅上小憩，她刚在这座小岛上参加完一场颁奖典礼，难得拥有几天可以休息的假期，于是她便跟经纪人申请留下来度假。

叶愿欢散着头发，海风拂过时，偶尔将她的发丝撩动起来，吹落到她的唇上。

墨镜遮住了她那巴掌般大的精致小脸，却遮不住她的风情，被风吹得翻页的剧本盖在她的红色吊带泳裙上，让她看起来像是一朵等待谁来采摘的玫瑰。

经纪人黎昕端着一杯鸡尾酒和一杯果汁走过来，她将果汁放到叶愿欢身边，道："恭喜啊！我们叶小娇花又顺利拿下一座影后奖杯。"

叶愿欢并没有睡着。

说是度假，但她是个闲不住的性子，才刚躺下，就忍不住拿出黎昕前几天给她的那部名为《诱摘野玫瑰》的影视剧剧本开始翻看。剧本里久别重逢、破镜重圆的爱情故事动人而又虐心，读到后面，叶愿欢不由得跟女主产生了情绪共鸣，总觉得像是在剧本里看到了自己的影子。

叶愿欢难受得心脏收缩，她不得不将剧本放下，闭上眼睛想要缓解一下情绪。

听到经纪人来了，叶愿欢摘掉墨镜，坐起身，端起那杯果汁："昕姐。"

黎昕注意到从她身上滑落的剧本，道："不是度假吗？怎么还在这儿看剧本？"

"闲不住嘛。"叶愿欢抬脸，笑得明艳娇俏。

黎昕挑眉："你好像很喜欢这个故事。"

叶愿欢微怔，低眸看到剧本封面上写的"诱摘野玫瑰"五个字，好半晌后轻轻点了一下头："嗯，这个女主角……跟我很像。"

黎昕没有否认。当时导演将这个剧本递给她时，她也产生了一种分不清故事与现实的错觉，就好像是叶愿欢和故事里的人物重叠了一样。

"昕姐。"叶愿欢做出这个决定并不算难，"这个本子我想接。"

黎昕点头赞成："我没意见。这种题材和人设你驾驭起来都很轻松，导演组的意思也是把你当作毫无疑问的第一选择。"

叶愿欢莞尔，将头发撩拨到自己身后，撒娇似的凑近黎昕，眨眨眼睛："那肯定，我早就知道我的魅力无人能挡。"

"就你自恋。"黎昕无奈地用手指轻点她的鼻尖。

叶愿欢爱不释手地抱着剧本："什么时候能开机呀？"

她真的很喜欢《诱摘野玫瑰》这个故事，也很期待对它的演绎，就像是能借着这部影视剧，将自己身上发生过的故事重新走一遍那般。

黎昕："下个月就能进组。"

"这么快……"叶愿欢有些怅然。

留给她的准备时间并不算多，叶愿欢更觉得自己要尽快熟悉剧本。她重新翻开《诱摘野玫瑰》开始阅读，试着让自己进入角色，试着让自己入戏。

渐渐地，她好像听见耳边传来了凌乱的高跟鞋声……

再相见

zhai *ye mei gui*

1	叶愿欢报平安	爆
2	叶愿欢受伤	新

灯光昏暗。

凌乱的高跟鞋声回荡在总统套间，脚灯在廊间打出斑驳的光影。

两道人影交缠相拥着走进主卧。

门被关上。

绑带高跟鞋缠着叶愿欢纤细的玉踝，她踉跄着将容淮抵在墙边，她微启红唇道："吻我。"

容淮眼帘微垂，金丝边眼镜微微反光。他道："愿愿，你喝醉了。"

"嗯？"叶愿欢微抬娇颜。

朦胧的灯光下，白衬衣和艳丽红裙勾缠，形成极具反差感的碰撞，像是两种永远不会相遇的景色。

柔软的红唇轻蹭着他的白衬衣，然后慢慢地靠近他的锁骨。

"容淮。"

漂亮的手指钩住他的领口，微微拉扯。

她粲然一笑，红唇翕动："以前我俩还谈着的时候，可没见你这么怂。"

金丝边眼镜下的桃花眼微微眯起。

容淮喉结轻滚，喉结处那颗殷红的朱砂痣随着他的动作透着几分春色。

竟有一瞬间让人觉得……方才的清冷禁欲根本都是错觉。

"想清楚了？"他声音低沉。

玉般漂亮修长的手指挑起她的脸，摩挲道："会负责吗？"

叶愿欢弯着唇摇了下头。

"那……"容淮慢条斯理地躬身，他肌肤冷白，唇色却绯红，"复合吗？"

女人神情慵懒，眼眸里淌着如雾般难以辨清的情绪，指尖摩挲着那颗朱砂痣道："再说。

"毕竟我记仇，记得三百年前，是容医生跟我提的分手。"

容淮闻言，长睫轻颤。金丝边眼镜下的小片阴影，落在漂亮的桃花眼底。

他只觉得心痛，甚至眼尾都泛起浅浅的红。

叶愿欢微微抬眸，踮起脚尖，唇瓣蹭过他的耳尖，灼热的气息喷洒："容医生给点痛快的，到底怎么说？"

男人微凉的指尖描摹着她的五官，看似平静的面容实则暗潮汹涌："只要愿愿不会后悔。"

"绝不可……唔！"

未等叶愿欢说完，薄凉的唇瓣便攫取了所有回应。

那抹艳丽的红被反压在白墙上。

叶愿欢两只纤细的手腕被容淮扣在大掌里，微凉的镜框蹭到她的肌肤。

"眼镜……"她娇嗔抱怨。

叶愿欢眼睛半眯，嫣红的唇碰到金丝边眼镜的横梁，镜片下的桃花眼徐徐暴露。

还未等她仔细观察，便是一阵天旋地转，下一秒就被压在柔软的床上。

她抬眼看他。

摘掉眼镜的容淮像被解除封印，原本紧扣的白衬衣领口此刻凌乱微敞。

他微微喘息，那双深情的桃花眼里迅速闪过一抹光，让人捕捉不到。

乌黑的瞳色隐隐闪起红芒，哪儿还有半分清冷模样？

"愿愿……"他唤着她的名字，红瞳逐渐充满血性。

她的唇被咬破。

殷红的血珠缓缓地溢了出来。

容淮在看到血珠的那一刻，桃花眼闪烁起兴奋的光芒，锋利又漂亮的獠牙露了出来。

他用牙尖磨着她的唇，却终究没舍得用力，只怜惜地将这一滴血珠吮掉："这次回来，我再也不会放手了。"

晨光熹微。

美人熟睡，漂亮的长发散在枕上，香肩半露，冷淡系色调的凌乱大床，一条毛茸茸的红尾从被窝里探出。

叶愿欢枕在容淮的怀里。

不知是因为舒适还是酒劲儿，柔软的尾尖微勾着，慵懒散漫地搭在白色的被褥上。

紧接着冒出来第二条、第三条……

九条火红的尾巴，像盛放在这里的曼珠沙华，恣意摇曳。

骨节分明的长指轻搭，好似早已习惯了般，在睡梦中漫不经心地轻抚。

"唔……"

叶愿欢懒洋洋地翻了个身。

尾尖触碰到微凉的东西，她不高兴地轻蹙眉头，想换舒适的位置，却不经意碰到容淮的唇。

她瞬间惊醒。

意识到特征暴露，叶愿欢立刻将尾巴藏匿，毛茸茸的尾巴从容淮的指间抽离。

她转身就看到一张冷峻迷人的脸。

他眉骨精致，眉眼轮廓深邃，削薄的唇在冷白肌肤的反衬下，透出几分蛊惑，手还搭在她的腰上……

叶愿欢立刻往床边一缩。

她只觉头痛欲裂，裹紧被子思索着昨晚发生的种种——

似是跟新剧制片方吃饭，喝多了酒，生怕变回原身的她随意找了借口离开，却意外偶遇在同一酒吧的前男友。

结果，酒劲儿上头，她……

"嗡——"

这时手机忽然响了起来。

叶愿欢伸手摸过，经纪人黎昕的咆哮声撞击耳膜："我的亲娘、叶大影后、叶愿欢、小祖宗，你是要上天吗！

"化妆团队等你八百年了，要给你试今晚的红毯造型。你人呢？！"

叶愿欢瞬间清醒。

她当即翻身坐起。被子顺势滑落下来，她慌忙扯过来盖住。

红毯造型……

今晚是金蔷薇奖颁奖典礼，她被提名最佳女主角。昕姐给她安排了试红毯造型，拍摄造型海报，她给忘了。

叶愿欢：美色误人。

明明都分手那么久了，自己还只有那么点出息。

黎昕像是被点燃的炮仗："我不管你在哪儿，在干吗，立刻出现在我的面前！"

"知道了。"叶愿欢慵懒地拨弄头发，"给我半小时。"

她看了眼熟睡的容淮，见他还没醒，莫名地松了口气。

趁现在！速速走人！

总统套间里重归清冷寂静，佯装熟睡的容淮缓缓睁眼。

男人充满蛊惑的桃花眼微微眯起。

他拈起身旁的那根狐狸毛，在漂亮的指尖摩挲着，眼瞳逐渐变成了红色。

他嗓音喑哑："三百年了，我终于敢回来找你了，我的愿愿……"

私人化妆间内气氛凝重。

黎昕的目光在叶愿欢的脖颈儿和锁骨处流连而过，然后深吸一口气——

"谁把你糟蹋成这样？"

叶愿欢神情慵懒，坐在化妆镜前把玩着穿戴甲："没。是我糟蹋的他。"

黎昕：谁糟蹋了谁是重点吗？

重点是，堪称娱乐圈万人迷，受无数男星追求却从无绯闻缠身的一线顶流叶影后，居然……

而且还处处都是证据。

她今晚可要走红毯！

造型还是一字肩露背装！

现在处处吻痕，衣服要怎么穿？！

"你……"黎昕被她气得胸腔发闷，"那男人是谁？昨晚剧方的制片组？是不是出了什么事，他们强逼你的？"

"不是。"叶愿欢的态度依旧散漫。

她在黎昕面前晃着漂亮的美甲："这套好看吧？我亲自挑的——"

"那是哪个男明星？你谈恋爱了？"

"我觉得这套指甲跟今晚的礼服挺配，你觉得呢？或者换这副也行。"叶愿欢又拿出另一套指甲放在桌上。

黎昕无奈，她头疼地揉着太阳穴："不愿意跟我说是吧？行，你是越来越长能耐了。"

叶愿欢抬起脸蛋，笑容娇俏。

她歪着脑袋，眨着那双漂亮的眼睛："用粉底遮遮就是了，大不了不露了。"

黎昕最受不了她撒娇的模样。

娱乐圈万人迷并非虚名，自己平时与她接触，都时不时被她蛊惑得神魂颠倒，总忍不住宠着纵着。

她叹气："还不是怕你吃亏。"

毕竟所有人都在觊觎这朵风情万种却至今无主的野玫瑰，谁不想亲近她的美艳？

叶愿欢扬起红唇："我有数。"

"你确定？"黎昕神情复杂地看着她身上留下的"犯罪"证据。

那个男人看起来还挺有野性，绝不是什么清冷温柔的路子。

叶愿欢轻轻地"嗯"了一声："先化妆吧。"

毕竟都分手那么久了，昨晚只是场意外，他都未必放在心上。

两人也不会有什么以后。

捂得严实反倒欲盖弥彰。

幸好叶愿欢的化妆团队素质过硬，将她脖颈儿和锁骨处的吻痕遮得干净，她便还是穿了一字肩红色长款礼服。

定了妆，又四处取景拍了一整天的造型海报，叶愿欢坐进车里，出发去走红毯。

黎昕还是好奇："究竟是哪个男人？圈内人还是圈外人？就是他导致你今早跟我玩消失？"

叶愿欢实在有点困倦。

毕竟昨晚可以说几乎没睡，今天又为拍摄忙了一整天。

她向来娇贵得要命，睡不够觉脾气就会不好："别吵，再吵把你扔下车。"

黎昕任由叶愿欢休息，只小声地提醒司机："空调温度调低点。"

叶愿欢倚着舒适的座椅睡了过去。

车驶上跨海大桥，黎昕拿出电脑处理工作，对接着造型海报修图的事宜。

就在这时——

一辆破旧的面包车忽然疯了似的急速超车，向叶愿欢的保姆车冲来。司机反应不及，猛打方向盘试图往旁边避开。

保姆车一歪，撞到跨海大桥的护栏上，紧接着面包车狠狠地追尾撞来！

"砰——"

浅睡中的叶愿欢被惊醒，还未来得及看清什么，眼前便倏然一黑，额头和脚传来撞击挤压的痛感。

"愿愿！"黎昕惊惶。

云京医院。

肃静的病房走廊里，身着一袭白大褂的男人踩着锃亮的皮鞋踏步而过。

小护士们激动地凑成一堆偷看。

"容医生真的好帅啊，手术也那么厉害……"

"这颜值哪怕放在娱乐圈都不会输！"

"手好漂亮，想摸！而且声音也巨好听，就是人看起来冷了点……"

"高冷系医生才是大众喜爱的好吧！不知道谁能把这种高岭之花拉下神坛，想想这种设定就觉得好带感啊！"

容淮对这些议论置若罔闻。

他径直走进办公室，身为好兄弟兼同事的宋清辞滑着转椅过来："啧，容医生今天的人气也很高呢。"

容淮淡漠一瞥。

他慢条斯理地挽起白大褂的袖口，露出一截骨节分明又冷白的手腕，垂眸时镜片隐隐泛着冷淡的光。

"不是我说，兄弟，"宋清辞起身钩住他的肩，"你不会真对女人没兴趣吧？要不然我把我女神安利给你？"

他说着便从口袋里摸出手机。

容淮微凉的指尖揪住他的袖子，将他的手给甩了下去。

容淮声音清冽："离我远点。"

"别啊。"宋清辞操碎了心，"成天看你这个样子，我都怕你抑郁。这个世界上绝对没人能拒绝我女神。"

他找出一张照片递给容淮："一线顶流影后叶愿欢，人称娱乐圈野玫瑰。"

容淮指尖微顿。

宋清辞兴致勃勃地介绍："这位可是浓颜系美人，美在骨相，不是什么庸脂俗粉，我不信连她都入不了你的眼。"

容淮的目光在那张照片上扫过。

红裙旖旎，媚骨天成，漂亮的眼角上扬，微张的红唇性感张扬。

但，昨晚绽放着的她，要更美些。

野玫瑰？

分明是朵温室小娇花。

容淮很快便将目光收了回来。

宋清辞扫兴道："真没兴趣？我家女神今晚还有颁奖典礼呢……提名了最佳女主角，要是拿下，就是她第三个最佳女主角了。"

他收回手机，自己欣赏起照片。

容淮没有搭理，倒是拿出手机翻找到了宋清辞递给他看的那张照片，除此之外还有无数美到极致的照片……

男人金丝边眼镜下的狭长眼睛眯起。

那原本清冷的眸色下，隐隐涌动起几分偏执的占有欲——想把她藏起来。

怪不得这么多年都不曾来找过他，原来是外面的花花世界过于精彩。

容淮抬手，骨节分明的手指搭在领口处，焦躁地松了下领口。

一道声音蓦然响起——

前一秒还在欣赏叶愿欢容貌的宋清辞脸色瞬变："好兄弟，我那几床的病人帮我盯一下，我有急事得去一趟急诊部——"

"与我无关。"容淮语调缓慢。

身为医生，病人永远都是第一位，能有什么事情比得过病——

宋清辞抓住他的手腕："我女神出车祸了，刚上热搜，好像特别严重，就在咱医院急诊部，我得去看看！"

方才还淡定的容淮心尖陡然颤了颤。

他眼瞳微缩，清冷的眉眼瞬间染上阴郁，焦躁的情绪无法遮掩。他起身，大步流星地离开了办公室。

宋清辞：不是，我女神出事，你走那么急干吗？

病房里充斥着清冽的消毒水味儿。

叶愿欢还没醒，明艳的红色吊带长裙与病房的清冷寂寥格格不入。

护士正准备帮她换病号服，却听走廊传来窸窣的脚步声，以及打招呼的声音。

"容医生。"

抱着病号服的小护士转身望去。

扑面而来的是清冷孤傲的淡漠气息，芝兰玉树般的男人身披白大褂，戴着金丝边眼镜，款步走进病房。

但不知道是不是错觉……

小护士总觉得向来打理得一丝不苟的容淮，抵达病房时头发竟微微有些乱。

"容、容医生。"小护士红了脸。

心血管外科的容医生堪称顶级男神，整个云京医院无人不知。但这里是急诊部的临时病房，向来不喜欢多管闲事的男神怎么会突然跑来这里？难道……

容淮语调缓慢："你们隋主任临时有紧急手术，让我帮忙盯一下他的病人。"

"我就说……"小护士松了口气。

这种高岭之花怎么可能追星？果然是她想多了，还是为工作来的。

容淮的眸光越过小护士的肩头，看似闲散淡漠地落在白色病床的那抹艳色上，眼角的余光扫向她的监护器，看到指标正常时在心底暗暗松了口气。

"你先出去吧，她还需要再做个检查。"

小护士：检查不是都已经做完了吗？

但容淮的声音实在好听至极，谁听了不迷糊？

小护士一时间忘了质疑，甚至忘了还要给叶愿欢换衣服，抱着病号服转身离开病房，还贴心地帮他们关好门。

嗯！容医生做检查不能被人打扰！

这时急促的脚步声响起，宋清辞很快赶到，正要冲进病房——

"哎哎哎，宋医生你干吗？！"

"这病房里的是我女神吧？我去看看她！"宋清辞扒拉开小护士就想推门。

小护士随即拦住他："那不行，医院有规定，不允许随便进病房追星。宋医生你还是回去看你自己的病人吧。"

"容淮不是刚进去了？"

"那能一样吗？"小护士推着他走远，"隋主任今天忙，容医生来帮他盯病人，你以为谁都跟你似的犯花痴啊？！"

虽然叶愿欢真的比镜头里还漂亮！

宋清辞当即就蒙了："不是，隋主任不是在楼下花园里啃玉米，遛弯儿吗？"

哪里就忙到需要找容淮盯病人？

小护士立马斥责道："别胡说八道，隋主任做手术去了。总之你快点走。"

宋清辞：为了不帮忙看心血管外科的病人，容淮居然跟他玩这套……

还手术呢！玉米的果肉组织剥离术吗？！

病房内重归寂静。

容淮眼帘微垂，清冷的目光落在叶愿欢的身上。

他抬手摘掉金丝边眼镜，那双野性十足的桃花眼里好似掀起了惊涛骇浪，藏在镜片下的伪装暴露得彻底。

什么高岭之花，那都是之于别人；之于她，他只有无尽的欲望。

"愿愿……"他声音低哑地唤着她的名字。

容淮慢条斯理地坐于她的床畔："愿愿。

"愿愿。

"愿愿。"

似来自幽深静谧之处的呢喃，缱绻着三百年的相思，以及揉进骨髓里的偏执和占有欲，轻轻地敲击着她的耳膜。

叶愿欢还在熟睡。

她闭着眼眸，脸蛋微偏，平时神采奕奕的面容被藏匿了光彩，却偏偏更是勾人。

是一种……难以言说的精致的破碎感。

容淮指腹微凉，轻抚过她的脖颈儿，稍用力擦拭，遮瑕膏沾染在指尖，昨晚的痕迹尽数暴露出来。

依旧是那诱人白皙的天鹅颈，散发着清甜的气息，刺激着容淮。

血液从额头的纱布上渗出，容淮觉得獠牙有点痒……

甚至，蠢蠢欲动。

还没醒，轻轻地咬一口应该没关系吧？

容淮瞳色发红，眼尾也泛起丝丝红晕，漂亮雪白的獠牙不受控制地露出。

他倾身，轻轻地将牙尖抵在她的肌肤上。

但终究停住了。没咬。

他稍许烦躁地轻"啧"了声，只是有些恼地蹭了两下。

怎么办？舍不得。

这么娇贵又精致的小狐狸，若是醒来发现被咬了，肯定要哭的。

容淮合上眼眸，克制住对血的欲望。

片刻后他抬头，却没想到自己已经映入一双波光潋滟的眼睛里。

叶愿欢不知道是什么时候醒的，此时正饶有兴致地看着他："巧啊，又见面了。"

容淮有些不悦地眯了眯眸子，并在心底思忖，刚才的纠结究竟被狡猾的她看去了多少。

"巧。"他起身，声音低沉。

修长白皙的手指挑起金丝边眼镜，重新架到高挺的鼻梁上。他指腹轻捻，隐去刚才抹过她肌肤的证据。

他再垂眸时，又变成男医生的清冷模样："叶小姐现在感觉如何？"

叶愿欢慵懒妩媚地伸出手臂，将一只手枕在脑后，漂亮的眼睛像是小钩子般，微挑着看向眼前的男人："挺好，比以前有进步，食髓知味。"

容淮闻言，狭长的眼眸微眯。

他听出来了，她说的不是目前的身体状况，而是某些状况外的事。

呵……食髓知味？

不是不负责，也不复合吗？

容淮抬手轻推了下金丝边眼镜，跟刚才判若两人："看来叶小姐精神不错。"

但演戏的成分恐怕不少。

叶愿欢抬头，漂亮的眼睛闪烁着，得意道："那当然！我——"

"不过叶小姐脚踝骨裂，额头和膝盖轻微撞伤。"容淮语调缓慢地打断她的话，"至少六周……不宜运动。"

言下之意，食髓知味也没用。

听到额头撞伤，叶愿欢眸光微闪，方才装出来的潇洒和狡黠隐去不少，立即抬手去触碰伤口。

"嘶……"

隔着纱布都痛得倒吸一口冷气。

叶愿欢懒得再逗弄容淮，连忙扭头，试图透过窗户看自己，但实在模糊不清。

她漂亮的指尖轻抵纱布："帮我把包里的那个小镜子拿来。"

使唤人倒是熟稔又自然。

容淮站在那里没动。

叶愿欢眨巴着漂亮的眼睛，狡黠道："前男友。"

容淮掀起眼皮睨她一眼。

叶愿欢扭回身，即便脚踝骨裂也不安分。她仰面躺在床上，撩拨着长卷发，又看向身侧的医生："我听说……分手后男人表现得越冷淡绝情，反而越意味着放不下。"

她扬唇："容医生这样对我爱搭不理，该不会对我余情未了了吧？"

叶愿欢看着容淮。

即便额头上敷着纱布，在这精致的面容下也只是个不起眼的瑕疵，反而更容易让男人产生强烈的保护欲。

容淮神情平淡地垂了下眼帘，随后走过去拿起她的包，熟练地将她的贴身小镜子从精致包包的夹层中取出。

他递过去："那么叶小姐昨晚缠了我一整夜，是打算跟我旧情复燃？"

叶愿欢一时无语。

她夺过镜子便没好气地转身，却忘了脚踝的伤，疼得脸色发白，倒吸了一口凉气："嘶——"

容淮的眸倏地闪了下。

这时病房的门忽然被推开，高跟鞋声响起："愿愿！我查到了，今天追尾我们的是私……"

黎昕的话音忽而停住。她转头，目光落在容淮身上，像是打量艺术品般反复地上下欣赏："这位帅哥签经纪公司了吗？"

叶愿欢已经用镜子"欣赏"完额头的伤，白色纱布丑丑的。

叶愿欢气若游丝："他是医生。"

"哦。"黎昕拉长语调，又转问道，"那考虑转行吗？"

叶愿欢一阵无语。

"不考虑。"容淮清冷的嗓音响起。

黎昕有些遗憾，拿着文件走到病床边："我就知道你肯定醒得快。"

毕竟某位精致的"仙女"绝不可能容忍脸蛋受伤，额头撞伤对她的打击可比脚踝骨裂更大。

"追尾的人被我揪出来了。"

黎昕兀自进入正题："他们是……你这脖子又是怎么回事？"

然而视线很快再次将她的思路带偏。

叶愿欢眨了下眼睛，立刻拿起小镜子仔细观察，便发现原本被化妆团队抹的遮瑕膏居然被人给擦掉了。

谁？谁干的？

叶愿欢下意识扭头看向容淮。

"鬼啃的。"她伸手捂住脖子。

容淮轻抬眉尾:"嗯。"

黎昕迟疑地看向容淮:"这位医生……您也是我家愿愿的粉丝?"

不然她家愿愿讲话,他在那儿"嗯"什么?

叶愿欢眼尾上扬,小眼神睨向容淮,便听他冷漠道:"我不追星。"

只追妻。

黎昕没再多问:"要是还有事的话医生您先请,没事的话那要不您先出去?我想单独跟她说点事情。"

叶愿欢的眸光仍在容淮身上流转。

他稍抬眼眸,便落进女人那双带着钩子似的、漂亮狡黠的眼睛里。

"我没别的事。"容淮看着她,"有必要的话,我会再来给叶小姐做、检、查。"

不知道为什么,叶愿欢莫名地感觉心虚,纤长浓密的眼睫毛都跟着扑闪两下。

"叶小姐,好好休息。"他淡声道。

叶愿欢漂亮的手指攥紧那个小镜子,稍微扭了扭身,侧过头去,只听清脆稳健的脚步声渐行渐远。

黎昕神情复杂地看着俩人:"你之前跟这位医生……认识?"

总感觉他俩之间的气氛奇奇怪怪的。

然而叶愿欢并未回应,啜泣声响起。容淮走后,某位娇贵的大小姐的潇洒和坚强终于演不下去了:"呜呜呜,额头好痛!

"你看我的漂亮小脸蛋,受伤了!不会留疤吧?本仙女要完了!

"我的脚……它穿不了漂亮的高跟鞋了!以后穿小裙子还怎么露脚踝?穿不了高跟鞋的仙女还是仙女吗?"

黎昕有些头疼地揉着太阳穴。

叶愿欢这辈子都没受过这种委屈。身为掌上明珠,她自幼被父母、哥哥们和其他族人捧在手心里。

说她含着金汤匙出生毫不为过。

本来肌肤就娇嫩，轻轻磕碰两下就会有瘀青，更别提出了车祸。

容淮还说她精神好……

好个屁！

在前男友面前能表现出脆弱吗？仙女绝不可能认输！

叶愿欢抹着不存在的眼泪："到底是哪个王八蛋？！谁撞的我？！"

"是你的几个私生粉合谋。他们现在就在隔壁的病房里躺着，警察来审问过了，全都招了。"黎昕有点恼。

叶愿欢轻轻抽泣："我听说过私生粉跟踪偷窥、上门骚扰……他们撞我干吗？得不到的就要毁掉吗？"

哪料黎昕认真地"嗯"了一声。

黎昕耸肩："说是昨晚尾随你去了蓝屿酒吧，看到你进了一个男人的房间，觉得自己被背叛，就想跟你同归于尽。"

叶愿欢：罪魁祸首居然还是前男友！

突然感觉更疼了。

黎昕捏着她的小脸蛋："不过今晚的金蔷薇奖还是花落你家，组委会暂时帮忙保管了奖杯，过段时间给你送来。"

叶愿欢眼眸里的泪水忽然消失。

她骄傲地仰起脸蛋，拨弄着妩媚微卷的头发："我就知道我的魅力无人能挡。"

黎昕：尾巴都要翘上天了。

容淮回到办公室。

宋清辞正在刷芒芒星娱乐指控私生饭行为的声明，正气得心肝脾胃疼，见到容淮，他立刻跳了起来："容淮你搞偷袭！你玩不起！身为好兄弟，你居然背刺我！"

容淮神情淡漠地走到办公桌前，玉竹般的长指漫不经心地拨弄着衬衣领扣。

"你想多了。"他语调缓慢。

宋清辞呵呵一笑："我想多了？别以为我不知道你跑去女神病房的小心思——"

容淮的指尖微顿。

宋清辞道："你就是嫌心血管的病人比较麻烦懒得帮我是吧？于是干脆找个借口跑去急诊部，还让小护士把我推回来！"

容淮：很好，他什么都不清楚。

他道："你要这样想，我也没办法。"

宋清辞几乎将白眼翻上天。

活该他没谈过恋爱，也娶不到老婆！

云京医院腾出一间高级病房。

娇贵得受不了急诊部临时病房的小娇花，被护士推着轮椅送了进去。

容淮过去时，便见叶愿欢坐在病床上，扭着小腰，眨着眼睛，努力寻找着好看的自拍角度。

修图后，叶愿欢将照片发到网上。

　　叶愿欢：宝贝儿们勿念。

刚刚发出，转评赞就疯涨起来，话题也爬上热搜榜——

　　#叶愿欢报平安#

　　啊啊啊，她居然叫我宝贝儿！
　　今天也是大美人颜值在线的一天！

呜呜呜，女鹅（女儿）照顾好自己。听说你出车祸的时候心疼死我了！

用我姐妹胖十斤换老婆不要留疤！

小仙女一定要早日康复。

老婆贴贴！换药的时候会不会痛？让我来给你吹吹就不痛了！

…………

叶愿欢的眼睛里含着笑意。

她点开最后那条评论，积极回复道：贴贴！送花花.jpg

"叩叩叩——"

容淮在病房门口站了许久，最终还是选择以敲门的方式打断她的沉浸式自我欣赏。

叶愿欢不高兴地抬眸，便见罪魁祸首站在门外，差点就要表演一个玫瑰花打蔫……又忽然意识到仙女不能认怂！

她整理起发型："原来是前男友。你又来我这儿做什么？"

有些人表面骄矜傲慢，内心却在暗暗嘟囔着："他是来看笑话的？额头上缠着纱布会变丑！这样的'狗男人'看到前女友变丑会开心到放鞭炮吧？"

容淮波澜不惊地走进病房，清冷的嗓音缓缓响起："主治医生查房。"

叶愿欢扭头看向贴在病床边的标签，果然发现主治医生的名字被更换。

从之前的隋主任换成了……容淮。

这时容淮倾身靠近，一股清冽好闻的气息袭来，包裹了她。

容淮正想查看她额头的伤口，叶愿欢却抬手，莹白的指尖抵在他的胸口："等等——"

她注意到容淮白大褂上的胸牌，写着他的姓名和所属科室。

叶愿欢忽然意识到什么，眼眸里闪过一抹狡黠："心血管外科医生跑来急诊部，给我这个伤了骨的病人做主治医生？"

清冷的高级病房私密无比，她用手指散漫地拨弄他的胸牌。

"我就知道……"她的手慵懒地落在他劲瘦的腰上，"容医生还是对我贼心不死。"

容淮眼帘微垂，看着她的手向他移去……

叶愿欢玩得不亦乐乎。

容淮冰凉的指尖抚过她的手背，然后漫不经心地握住："我，贼心不死？"

叶愿欢瞬间参了起来！

强烈的酥麻感直抵心尖。

她想将手收回来，无奈力气悬殊。

"难道不是？"她不服气地抬眸。

容淮仍然波澜不惊，金丝边眼镜架在高挺的鼻梁上，冷白的肌肤将薄唇衬得更加绯红，完美地诠释着一个词——冷欲感。

叶愿欢被他看似淡薄，实则侵略性极强的目光盯得心虚。

容淮慢条斯理地俯身，与她对视："如果我说……是呢？"

叶愿欢闻言，心尖颤了下，但她绝不可能在前男友的面前表露出丝毫心悸。

于是她红唇轻启："对我贼心不死的男人很多，容医生有这种心思的话，我能理解。"

"嗯。"容淮的声线磁性悦耳，"那叶影后给机会吗？"

"什么？"叶愿欢差点没反应过来。

容淮低沉的声音里，涌动着侵占欲十足的蛊惑："给我贼心不死的机会吗？"

叶愿欢的眼睛微微一闪。

她似乎没料到，主动与她分手并绝情至极的人，竟再次跟她提出复合的请求。

当初他甚至连分手原因都没留。

叶愿欢冷艳轻笑："不给。我们一族，绝不可能吃回头草。"

"真不给？"

"不给。"

容淮闻言，长睫轻颤。

"好。"他喉结轻滚，脖颈儿上那颗娇艳欲滴的朱砂痣，与眼尾泛起的红交相辉映。

容淮修长白皙的长指散漫一曲，捧起她明艳的脸蛋，指腹轻轻地摩挲过她的唇。

他嗓音低哑，委屈得厉害："好难过啊。我的愿愿……还是那么心狠。"

叶愿欢的手轻轻地颤抖了下。

这时，一道火急火燎的怒骂声在走廊响起："现在的狗仔可真厉害啊！"

黎昕踩着高跟鞋逼近病房门口。

前男友 zhai ye mei gui

1	叶愿欢私生活	爆
2	叶愿欢清清白白	新

叶愿欢闻声，心一紧，道："我的经纪人回来了。"

容淮漫不经心地抬了下眼皮。

"所以？"他凝视着她。

叶愿欢试图偏头躲过去，容淮却捏住她的下巴："怕被捉奸？"

叶愿欢："啊？"

"噔噔噔——"高跟鞋的声音越来越近。

黎昕不知道他们的关系，这让叶愿欢紧张得连汗毛都参了起来。

悦耳的笑音在耳畔响起，容淮挑了下唇，忽然咬住她的唇——

她惊愕地睁圆眼睛。

清脆的高跟鞋声敲击着她的耳膜。

叶愿欢紧张地侧头。

"别动。"

容淮愉悦地轻笑出声："愿愿，这是个交换，送我点礼物，我配合你。"

音落，漂亮的獠牙缓缓长出。

尖锐的齿尖抵在她的唇上，轻轻地将唇咬破。

娇艳欲滴的血珠被他卷入舌尖。

好甜。

他家愿愿还是那么甜。

容淮松开她，直起身，哑声提醒："你的经纪人来了。"

"咔嚓——"

病房的门被推开。

病房里还残留着方才的暧昧气息，黎昕并未察觉："这些无良狗仔！都说了不接受采访，还全都围在医院门口不肯走，影响公共秩序！"

她向叶愿欢发出抱怨，忽然意识到病房里竟还有个旁人："容医生？"

云京医院心血管外科的冷美人，在她家艺人的病房里做什么？

容淮微微颔首："黎经纪。"

"你这是……"黎昕狐疑。

她看向叶愿欢床边贴着的标签，这才发现主治医生竟然换了人。

"查房。"容淮声音低沉。

他拿起银色的医用镊子，拈起一块酒精棉球："顺便换个药。"

叶愿欢的睫毛颤了下。

糟糕。她刚刚讲话讲得那么不留情面，他该不会趁换药的时候报复她吧？

"那行。"黎昕退到旁边，"容医生先换药吧，我等下再跟她说事儿。"

虽然不知道为什么突然换主治医生，但听闻这位容医生水平极高，精通医学，换他来也没什么。

容淮手持镊子走近叶愿欢。

清冽的气息扑面而来，他倾身靠近，叶愿欢下意识地往后一躲。

黎昕无奈道："容医生，我家愿愿娇气怕疼，只能麻烦您稍微轻一点。"

叶愿欢立刻反驳："我哪里娇气了？"

在前男友面前，她绝不可能表现出一丝一毫的娇——

"嘶。"

下一秒，她的眼眸里泛起水花。

额头上的纱布被揭开一个角，冰凉的酒精棉球直接抵在伤处。

低沉的男声在她的耳畔似清风般徐徐拂过："那叶小姐忍着点。"

她倔强地咬住唇瓣，绝不肯在前男友面前表露自己怕疼的事实。

可他既不舍得咬她，也终究不舍得在这种事上惩罚她，只低叹了一声，放轻动作。

痛感并未继续袭来。

叶愿欢只觉得酒精棉球冰冰凉凉的。

白色纱布被小心翼翼地揭开。

容淮微凉的指尖时不时轻蹭过她雪白柔嫩的肌肤，温润的嗓音拂过耳畔："涂药的时候可能会有点疼。"

他将酒精棉球扔进医药垃圾箱，收回手时不经意地掠过被褥边缘，触碰了下她的小腿。

叶愿欢立刻警惕起来！

黎昕感觉自己好像出现了幻觉，竟好似听清冷的容医生轻笑道："疼了就说。"

叶愿欢乖巧地点头，再装不出刚才嘴硬时的模样。

容淮凑得很近，灼热的气息拂过面颊。

叶愿欢悄咪咪地掀起眼皮偷看。

容淮正认真地给她上药。

他眼帘微垂，根根分明的睫毛垂落下小片阴影，肤色是常年不见光的冷白，高挺的鼻梁像染了层薄淡的光。

叶愿欢想起刚才的吻……

不知道为什么，黎昕站在旁边看着容淮给她上药，让她产生一种被捉奸的羞耻感。

叶愿欢没忍住咽了咽口水。

容淮动作微顿，看了她一眼。叶愿欢立刻意识到自己的失态。

叶愿欢心虚地避开视线："你不要误会，我只是饿了。"

绝对不可能是因为馋你。

容淮面不改色地应了声："嗯。"

黎昕：她都替她家艺人丢脸。

她无奈笑道："抱歉啊，容医生，我家愿愿就这样，见到帅气男明星走不动道的。"

叶愿欢挺直腰板，警惕地看向黎昕："昕姐你不要污蔑我！"

她分明眼光很高，那些男明星根本入不了她的眼，统统不如……

但这个想法在她的脑海里戛然而止。

"行行行，不污蔑你。"黎昕散漫地双手抱胸，"但我刚才说的可是实话，你之前不还跟我夸那个谁——"

"啪——"

清脆的响动打断了黎昕的话。

容淮抬手将医用镊子扔到推车上，他的声音冷到极致："上好了。"

黎昕没说完的话哽在嗓子眼儿，她被转移了话题："哦，好，谢谢容医生。那愿愿脚踝骨裂的情况恢复得如何？"

容淮抽出一张医用消毒湿巾。他慢条斯理地擦着玉雕般漂亮的手指："我是心血管外科医生，不懂他们急诊和骨科的事。"

容淮眼皮轻抬："如果叶小姐需要，我找个长得帅的骨科男医生来帮你看。"

黎昕："什么？"

她的确知道容淮在心血管外科，但她也听说，他是云京医院第一外科圣手，名副其实的医学天才，找他看骨科，他非但不可能不懂，反而该说是小题大做。

敏锐地嗅到空气中的醋味儿，她的眼里闪过一抹狡黠。

叶愿欢饶有兴致地打量着容淮。

不会吧？不会是她想的那样吧？

吃醋了？

她就知道……没有人能拒绝她的魅力。当年提分手肯定是他被猪油蒙了心，他分明就是对她贼心不死！

刚才那个找借口的吻就说明一切！

叶愿欢慵懒妩媚地往后一倚："那也不用，我这人眼光挑剔得很。"

容淮睨她一眼。

叶愿欢懒散地翻了个身，朝他抛了个媚眼："论医生的颜值……也就容医生这样的能勉强入我眼。"

黎昕：她看她家愿愿是飘了，这种顶级颜值都敢说只是勉强入眼……

黎昕有些担心容淮会被惹怒。她正想解释什么，却听耳畔传来一道低沉的笑声。

"嗯。"容淮声音悦耳，"叶小姐说得对。"

虽然叶愿欢那番话很是欠扁，但他怎么可能看不出来她在哄他？

傲娇点罢了。

黎昕："啊？"

她神情复杂地打量着两个人，凭经纪人的直觉，感觉不太对劲。

这时手机铃声打断了她的思路。

"喂？"黎昕接起电话。

叶愿欢的助理小葵焦急的声音响起："昕姐！出事了！你快看热搜！"

黎昕脸色瞬变。

她立刻打开社交软件，果然看到与叶愿欢相关的话题挂在榜首——

　　# 叶愿欢被潜规则 #

后面还跟着一个紫红色的"爆"字。

黎昕大概翻看了内容，有个名为叶愿欢荡妇的小号发布了一篇煽动性极强的文章。

大致内容是娱乐圈野玫瑰看似冷艳高贵，无人能摘，实则私生活混乱不堪，给钱给资源就能随意潜规则；并声称半个小时后将会放出实锤。

小葵咬唇："公司刚才接到了爆料者的电话，他声称自己拍到了愿姐跟神秘男子共度良宵的照片和视频。

"还威胁说，如果不想让愿姐被曝光，身败名裂，就拿他们想要的东西来换。"

黎昕隐隐猜测到了什么。

叶愿欢意识到似乎出了些事，眨了下眼，拿出手机，都不用打开社交软件，推送就从屏幕上方弹了出来。

"他们想要什么？"黎昕问。

小葵道："要公司撤诉，要愿姐公开发布声明说车祸与他们无关，不能把他们交给警察。"

"白日做梦！"黎昕蓦然恼怒。

她差点就要破口大骂，却碍于容淮还在旁边才收敛不少："这些混账是被夹坏了脑子吧？

"要不要脸？真当我们家愿愿怕这个啊？曝！他们有种就让他们曝！"

黎昕的恼怒让小葵瑟瑟发抖。

她迟疑道："可是昕姐，他们好像真的拍到了些什么……"

闻言，黎昕的怒气在胸腔积攒。

小葵连忙解释道："就愿姐出车祸的前一天晚上，跟资方吃饭时，那个人把片段发给我看了……"

黎昕问："什么片段？"

"就……"小葵脸蛋微红，"愿姐钩着神秘男子去开房，撒着娇缠了人家一路，画面还挺刺激的。

"而且那个没有露脸的神秘男子，明显是被愿姐胁迫的那方！"

黎昕扭头看向旁边的叶愿欢。

叶愿欢一脸无辜地看着黎昕："你这要吃人的眼神是怎么回事？"

黎昕咬牙切齿地回复小葵道："行，我知道了。视频给我发来，我先欣赏欣赏。"

小葵挂断电话后立刻就发了过去。

见黎昕的目光盯着手机上的视频，叶愿欢乖巧地歪着脑袋："昕姐，你在看什么好东西？"

"看你是怎么撒娇勾搭男人的！"黎昕没好气地冷声道。

正在收拾医疗器械的容淮微顿。他佯装漫不经心地抬了下眼皮，意味深长地睨了叶愿欢一眼。

黎昕当即反应过来还有外人在："抱歉容医生，我刚才说的话你就当没听见哈……你这边应该处理完了吧？"

言下之意就是逐客了。

容淮的眸光仍旧落在叶愿欢身上。

"嗯。"他应声道，绯色的唇瓣翕动，"叶小姐好好休息，晚些我再来帮你看骨。"

叶愿欢：……退退退！

容淮转身离开病房。

黎昕手中的那份视频也恰好播完了。她勾起唇角，似笑非笑地看着叶愿欢："野玫瑰，挺厉害啊你。"

叶愿欢："啊？"

黎昕直接将手机扔到她的怀里："自己看看你那天晚上都干了些什么。"

叶愿欢拿起手机播放视频，刚出现画面，她就全都明白了！

想起那暧昧缠绵的一夜……

叶愿欢立刻反扣手机屏幕。

她一点都不想再回忆一遍，自己那天究竟有多丢人！

"昕姐……"叶愿欢眨巴着眼睛。

黎昕觉得头痛："那个男人到底是谁？你们被那些私生饭拍到了，现在他们打电话来威胁说要曝光出去。"

叶愿欢意识到事情的严重性了。

她朝黎昕眨了眨右眼："昕姐一定有办法解决问题的，对吧？"

"我是不是上辈子欠了你的？"黎昕没好气地叉腰，"摊上你这个小狐狸精。"

尽会撒娇让她心软。

黎昕挑眉："解决肯定是能解决，但你得先告诉我那个男人是谁。"

叶愿欢的笑容倏然僵住。

"别再想瞒我。"黎昕严肃起来，"你总得让我知道真相才好下场公关。"

叶愿欢知道自己彻底逃不过了。

她唇瓣轻启："不是什么乱七八糟的男人，是……"

最后三个字她说得又快又敷衍。

"什么？"黎昕没听清。

叶愿欢不情不愿地重复："前男友。"

"哦，前男友啊……前男友？！"黎昕蓦然震惊得睁大了眼眸。

叶愿欢没出道前就是她带着的，这些年来，两人虽是经纪人与艺人的关系，但亲密到胜似姐妹，无话不谈。

她愣了很久："你什么时候谈的恋爱？我怎么不知道你还有前男友？"

"哎呀，你别问啦，反正就是前男友。"叶愿欢明显对此避而不答。

黎昕凑近八卦道："圈内人？还是豪门圈的？"

虽然这段视频没能拍到他的脸，但从背影看，西装革履，身形颀长，看似清冷疏离，被她占据主导，实则……

玉似的手指撩拨在叶愿欢的发间，慵懒地握着她的发丝，黎昕可没看出他丝毫不愿。

黎昕向来看人很准。

这气质，顶级颜值，大佬无疑，也怨不得叶愿欢把持不住。

"圈外人。"叶愿欢含糊道，"也算是……豪门吧。"

云京最神秘的百年财阀掌权人。

"行吧，我想办法。"

黎昕若有所思道："不过你出车祸这么大的事，他不来看你也是挺奇怪的……"

毕竟明显能从视频中看出，这俩人哪怕分手后也依然爱意汹涌。

未必谁比谁的感情浅。

她家愿愿恐怕也从来都没放下过。

宋清辞笑得满面春光。

容淮回到办公室时，就见他像傻子一样抱着手机嘿嘿笑。

容淮翻看着叶愿欢的病历，被宋清辞的傻笑声扰得抬了头："云京医院的精神科在二楼。"

宋清辞："嗯？"

他收敛了笑容，看向容淮："你懂什么？！我这是高兴。"

小护士恰好来给两人送些资料。她笑道："容医生你是不知道，宋医生刚才刷到他的女神管他叫宝贝儿，就开始傻笑个不停。"

容淮的桃花眼微微一眯。

"宝贝儿？"

那只狡猾又心狠的小狐狸，喊别人"宝贝儿"？

小护士将叶愿欢报平安的那条给他看："喏，就是这个。"

容淮佯装漫不经心地扫了眼，便看到他刚才站在病房门口时，叶愿欢在病床上拍的照片。

叶愿欢：宝贝儿们勿念。

原来是这样喊出来的宝贝儿。

"啧。"宋清辞恣意地摆了摆手，"宝贝儿和女神什么的已经是过去式了，我单方面宣布，她现在是我老婆！"

一道充斥着嘲讽的笑声响起。

容淮的笑莫名地让人觉得阴恻恻的。

"你也说了，只是单方面。"

宋清辞狐疑地瞥他一眼，总觉得空气中翻涌着浓重的醋味儿。

"早晚会是双向奔赴，不信你看！"

他完全没意识到容淮的不对劲，兴奋道："这条评论喊她'老婆'，她就回复'贴贴'，下回我也要试试！"

冷清的办公室里忽而涌起一阵阴风。

容淮抬手轻推金丝边眼镜，拿出手机翻看叶愿欢的个人主页，果然看到她与粉丝的无数互动——

粉丝：这个美女长得好像我老婆。

叶愿欢：那你老婆真漂亮。

粉丝：老婆今天下凡带证书了吗？

叶愿欢：带啦！仙女证.jpg

粉丝：好美好美！

叶愿欢：比心。

"呵。"容淮冷笑。

宋清辞继续兴奋地刷着。

容淮姿态懒散地向后倚靠着转椅。沉寂片刻，忽用指节轻敲桌面："你们平时都怎么跟明星互动？"

"就点赞、留言评论、刷超话、做数据吧。"宋清辞百忙之中敷衍道，"比如现在，我就在她的评论区下刷屏求贴贴。"

容淮不悦地抬手扯了下衣领。

怎么别人都能随意地在公共场合喊他家小狐狸"老婆"，就他不能？

想咬她一口还要绞尽脑汁编借口。

容淮压着嗓音："这样留言她就会回？"

"试试呗。"宋清辞耸肩，"反正她回过很多次，总之回了就赚到了！"

容淮慢条斯理地摩挲着屏幕。

沉吟片刻，他点击注册。

昵称：叶愿欢是我的。

在叶愿欢最新的动态下，无数表示夸赞和心疼的粉丝评论里，一条评论赫然出现——

叶愿欢是我的：老婆贴贴。

容淮始终盯着屏幕不断刷新，想等叶愿欢的回复，哪料粉丝评论的速度太快，他的这条评论很快石沉大海。

直到宋清辞突然蹦起来："这是哪个小王八蛋？！"

容淮散漫地轻抬眼皮。

本以为是自己的评论被宋清辞发现，结果却听宋清辞骂道："是谁？！是谁玷污了我老婆？！是谁跟我老婆有了露水情缘？！"

容淮佯装漫不经心地拿起手机，就看到系统自动推送的词条——叶愿欢被潜规则。

宋清辞几乎快要炸毛了："这肯定是营销号造谣！这帮人的脑子向来不装排水管，为了流量什么都编得出来！"

这则爆料透露，叶愿欢是靠上位拿到的女主角。

容淮指尖滑动，认真浏览，忽而绯唇翕动："不是资方大佬。"

宋清辞："什么？"

他紧盯着这位好同事，不知是不是错觉，竟见素来清冷的容淮，眉眼间闪过一丝恣意。

容淮声音低沉："是我。"

宋清辞凝视了他片刻后，道："傻子。"

宋清辞甚至还挑衅似的看向他："你知道吗？其实我以前也跟愿愿妹妹谈过恋爱，但她太黏人，我受不了就分了。"

现在的粉丝争宠时都这么说。

说罢，宋清辞便扭回头去继续刷，突然听见"咔嚓"一声。

宋清辞循着声音一看，竟见容淮手中的手机屏幕出现了裂纹。

原以为这件事只是个小插曲，却不料，阴冷的气息逐渐将他包裹起来。

"我家愿愿黏人？"

宋清辞：狗屁啊，怎么就"你家愿愿"了。

容淮像是故意在跟他较劲："确实，我家愿愿一直都是个小黏人精，索吻的时候尤其缠人得厉害。"

宋清辞只觉得这厮怕是疯了。

他神情复杂地看着他："淮哥，云京医院的精神科在二楼。"

刚才那句话原封不动地还给他。

容淮的语调散漫，甚至似在炫耀："对了，她喜欢什么……宋医生应该不知道吧？"

宋清辞盯了容淮两秒，拿起座机电话："请问是精神科吗？今天还有没有门诊号，能不能插个队？我们心血管外科有个医生疯了。嗯，对，应该是有幻想症。"

片刻后他将座机放回去，然后严肃地叹了声，起身拍了拍容淮的肩膀："好哥们，咱有病就得治，精神科那边说让你随时过去。

"她不是你的，别再白日做梦。否则别怪我不顾兄弟之情，连你一起收拾。"

容淮波澜不惊地拿掉他的手："跟她一起送来的肇事者住在哪个病房？"

话题转得有点突然，宋清辞好半晌才恍然这个"她"指叶愿欢："应该在外科普通病房吧。伤得挺重，暂时造成不了社会危害，被取保候审了。"

"嗯。"容淮应声。

他抬步离开办公室，宋清辞转头看向他的背影："你去哪儿？"

该不会真要去精神科看病吧？

容淮没回应，宋清辞觉得那道背影莫名地令人有几分胆战。

病房里是刺鼻的消毒水味儿。

几个私生饭的伤势都比叶愿欢重，头破血流，骨折骨裂，缝了数针，即便缠满绷带疼得龇牙咧嘴，也在骂骂咧咧——

"叶愿欢这个荡妇！

"她以为她的热度是哪儿来的？还不是靠我们的支持，没了我们她根本什么都不是！

"她的经纪人竟然还想把我们送进局子，气死了！"

突然有一人问道："芒芒星娱乐那边有什么反应？到底愿不愿意交换条件？"

"嗤！我们手握证据，一旦曝光她就会身败名裂。等着吧，公司肯定会想办法封我们的嘴！

"到时我们不仅用不着进局子，还能趁机好好讹他们一大笔钱！"

私生饭们躺在病床上白日做梦。

这时好似有股阴冷入骨的风刮过。

"叩叩叩——"

缓慢又有节奏的敲门声响起。

私生饭们抬头看去，便听一道低沉的嗓音道："查房。"

伤势最重，身为司机的主谋忙道："医生你来得正好！我头上缝了针的地方疼得厉害，你快帮我看看。"

容淮稳健地阔步走进病房。

那男人将头凑过去。他的头发被剃了，缝了八针的皮肉狰狞骇人，中间还有条猩红难看的血缝。

腥臭的血味弥漫在鼻间。

"该换药了。"他声音低沉。

私生饭还没意识到危险靠近，反倒兴冲冲地将头送了过去。

窄长冷白的手指挑起银色手术镊。

微凉的镊尖从缝合头皮的线下探了过去，那漂亮的手指蓦然用力往上一挑！

"嗷——"

凄厉的惨叫声充斥着整个病房！

其余几名私生饭本还在刷着叶愿欢的热搜，听到惨叫立刻扭过头来，便见鲜血顺着那位主谋的头颅缓缓流淌下来！

"你干什么？！"那人狂怒，"想痛死老子是不是？你这医生还能不能行？不行的话换个小护士过来！"

容淮绯唇轻启："把文章和那天晚上偷拍的视频删了。"

"你……"男人冷汗直冒，"你是叶愿欢那荡妇派来的！"

听到这样的词形容他家愿愿……

"我说……"

缝针的线撕扯头皮缓缓上拽，容淮道："把跟我家愿愿有关的东西删了。"

蓦然被挑开的伤口痛得他发抖："你想都别想！"

"是吗？"容淮眼尾上挑。

容淮的指尖再一用力，令他频频发出崩溃的哀号。

容淮的声音阴冷至极："一共八针，什么时候删了，我就什么时候停。"

容淮慢条斯理地把玩着手里那把漂亮的手术镊。

不知道是不是错觉，那人痛得眼前模糊时，竟好像看见这位医生露出了獠牙。

"你……你到底想要什么？"他问。

容淮道："把该删的东西删了，在平台上跟我家愿愿公开道歉，声明车祸是你们所为，爆料都是捏造的。"

"不然的话……"容淮警告道，"欺负我家愿愿，又不服管教的，死掉也没关系吧？"

惊惧像刚从炭盆中取出的烙铁，烫得他整颗心脏都剧烈发颤。

旁边几名私生饭也面面相觑，生怕下个遭殃的就是自己。直到那位主谋实在忍受不了这撕心裂肺的剧痛——

"删！删删删！我们这就删！"

手术镊终于停止。容淮慢条斯理地抬手扔掉手术镊："这才乖。"

随后容淮在无麻药的情况下干脆利落地将针线缝回，帮他们把手机架好："那么，现在就开直播应该不过分吧？"

受到威胁的私生饭们瑟瑟发抖。

黎昕正跟公关部商量着解决方案。

叶愿欢躺在被窝里刷手机，手滑点到热搜视频，鬼哭狼嚎的声音传出——"呜呜呜呜！"

黎昕神情复杂地扭头看她一眼，又听手机里的声音继续传出："是我们有罪！是我们该死！是我们有眼不识泰山！我们错啦！"

黎昕捂住手机听筒："你在看什么？小声点，我开会呢。"

"看猴。"叶愿欢饶有兴致地笑道。

她抬起明艳的脸蛋："昕姐，这会恐怕不用开了，事情已经解决了。"

她立刻走到叶愿欢的病床旁，便见视频赫然与"叶愿欢被潜规则"的词条挂钩，正是那几个开车撞了她的私生饭，跪在病房里磕着头道歉。

"是我们龌龊！我们放肆！我们吃了熊心豹子胆才做出开车撞伤叶小姐这等丧心病狂之事！为了不被警察带走，还编撰虚假文章造谣叶小姐！"

"砰砰砰——"

四个人齐刷刷地连磕三个响头。

"请广大群众和叶小姐原谅我们！"

黎昕的眼角轻轻地抽搐了下，迟疑道："这些私生饭终于疯了？"

直播间里更多的是对他们的愤怒指控。

　　私生饭行为就该被全网抵制！

　　就算追星也得有限度，应该多关注作品，远离他们的生活！

　　这种行为跟谋杀有什么区别？

　　心疼老婆，平白无故受这么大委屈，还要被这些龌龊的人泼脏水！

　　我就知道老婆演技在线，能靠作品和流量说话，不会被潜规则！

　　叶愿欢清清白白！

　　金蔷薇奖最佳女主角实至名归！

　　…………

顶流影后叶愿欢被潜规则的谣言被顺利平息，黎昕联系公安调查取证，确认发布造谣文章的 IP 地址的确在云京医院。

私生饭毫无道德底线，尾随跟踪，蓄意追尾，并造谣。此事涉及刑事案件，等几人在医院完成治疗后，将会被公安部门带走，严肃处置。

黎昕都没想到事情会解决得这么顺利："啧，你说这到底是谁做的？公司这边连方案都还没商量出来……该不会是你爸妈？"

她知道叶愿欢出身云京豪门。

虽说她车祸住院，都不见她爸妈和两个哥哥来探望，但宠她是毋庸置疑的！

"不可能。"叶愿欢耸肩。

她亲爹亲妈现在恐怕在冰岛看极光呢。两个哥哥更是各忙各的，消息闭塞。

他们对她的宠爱很是敷衍，只是每月定时打来零花钱！

"那……"黎昕将指尖抵在下巴处思索。

叶愿欢慵懒地拨了拨头发，起身拿过手边的西瓜汁，噘嘴喝了一口。

忽听黎昕大声道："你前男友！"

"喀喀喀……"

西瓜汁蓦然呛了出来，她火速将杯子放下，擦干净手，紧张慌乱地整理起头发："哪儿呢，哪儿呢？昕姐我还没收拾好，你先帮我挡挡！"

黎昕神情复杂，双手环在身前："我说，有没有可能是你前男友？"

叶愿欢："哦。"

她还以为前男友又来看她的笑话了。

一生要强的叶愿欢乖巧点头："确实有这种可能啦，毕竟他对我贼心不死。"

黎昕：我看你也对他情根深种。

"行了。"黎昕懒得在这里听她贫嘴，"我得去公司处理点事，你好好休息。要不让小葵过来陪你？"

叶愿欢眨着眼睛："不用哦。"

黎昕比了个"ok"的手势便拎包离开了病房。

"容医生。"

没一会儿病房外隐约传来护士的声音。

叶愿欢挺直腰板，只听见皮鞋踩在地上的声音，似乎在逐渐逼近她的病房……

她立刻掏出口红，对着小镜子补了下唇色，然后将东西藏好，慵懒妩媚地侧身半躺，佯装看书。

"叩叩叩——"

病房外果然很快传来敲门声。

"请进。"蛊惑般的邀请声传出。

容淮推开门走进病房。叶愿欢看到那张俊美无俦的脸时，娇艳欲滴的红唇扬起："原来是前男友啊……又来查房？"

容淮冷白的指尖拂过白大褂袖口："之前说过，会来帮我的前女友看骨。"

叶愿欢慵懒地将书放到一旁。她千娇百媚地拨弄着长发，莹白的脚丫从被窝里伸出："那麻烦前男友了。"

说话时漂亮的脚趾还轻轻地蜷了蜷。

容淮抬步走到病床旁，略躬身，微凉的手握住她的脚踝："前女友不必客气。"

说话时指尖轻轻地捏了下她的脚趾。

叶愿欢心尖骤然一酥。

"但是……"低沉悦耳的嗓音在耳畔萦绕，容淮倾身凑近，凉薄的唇瓣蹭着她的耳郭，"别乱勾人。"

"毕竟我对前女友另有企图，这样容易让我误解为……前女友对我暗送秋波，与我一样，图谋不轨。"

叶愿欢微抬娇颜，刚补过口红的唇不经意地在容淮的白大褂领口蹭过，娇笑道："是吗？"

空气中刚涌起一丝暧昧的气息，她忽而移开，慵懒地向后倚着病床，唇瓣轻启："那恐怕是前男友自作多情。"

容淮的眼帘轻掀，像是刻意报复，指尖蹭过她的脚尖，撩拨片刻后清冷道："前女友那天晚上向我索吻时可不是这种态度。"

叶愿欢一时呆愣，好像突然被他拿捏住了。

她懒得再演戏，那股妩媚劲儿被藏起："容医生还是好好看骨吧。"

容淮不着痕迹地挑了下唇。

狡猾的小狐狸。

叶愿欢干脆回到被窝里平躺着，只有脑袋和一只脚丫露在外面。

容淮的手抓住她的脚踝，认真地看骨。

"脚踝恢复得不错。"没多久，他淡声道。

"这段时间最好不要下地行走。"容淮语调缓慢地嘱咐。

叶愿欢点头，撑着床坐起身："那事是不是你处理的？"

他抬眸看向叶愿欢："是。"

叶愿欢：倒是答应得挺快。

不过她也料到了，那些人的行为看起来就像是被吓的……

叶愿欢有种拿人手短的感觉："你帮我干吗？"

这些天叶愿欢总在沉思，容淮到底是不是真的对她居心叵测。

毕竟……他当年离开时狠心又绝情。

任她怎么哭，他都不肯回头看她一眼。

叶愿欢踌躇着，既想试探他的心思，又怕自作多情，本以为来回几次的拒绝和拉扯会让容淮耐心耗尽就此放弃。

但……

"愿愿，我以为我说得很清楚。"

隔着金丝边眼镜，容淮那双桃花眼里也是十足的侵占欲："我从未否认我对你居心叵测。"

叶愿欢眼皮轻抬："所以？"

"所以……"他慢条斯理地躬身，"我帮了这么大忙，前女友要以身相许吗？"

叶愿欢弯唇轻笑了声。

她娇俏又嚣张地歪着脑袋："我也说了，我不吃回头草。"

"那天晚上占我便宜的时候你不说，现在跟你求个名分又不肯？"

容淮修长漂亮的手指托着她的下巴，抬起那张明艳精致的脸蛋。

这张脸，令他魂牵梦萦了整整三百年。

只是，直到现在他才敢回来找她。

容淮眼眸微合。他抬手摘掉碍事的金丝边眼镜，再次睁开眼眸看向她时，蛊惑至极的桃花眼里情欲翻涌。

"愿愿，你就是仗着我纵容你、宠你，不舍得跟你来狠的。

"但现在，我想把这朵野玫瑰摘回来了。"

他倾身低首，用鼻尖抵着她的鼻尖，暧昧的呼吸彼此交缠："从此私藏在我自己的玫瑰庄园里。"

叶愿欢闻言，长睫轻颤。

容淮轻轻地闭上眼睛，轻蹭着她的鼻尖，长睫的尾端拂在她的脸上："因为我发现……我真的好想愿愿啊。"

他的嗓音低哑了几分："想愿愿想到发疯，分秒难挨。"

他话里有些许央求与委屈的意味："如果追不回愿愿，我会想死的……"

容淮微微抬起下颌。两人彼此相蹭的鼻尖缓缓分离。

他绯唇微张，挺直漂亮白皙的长颈时，嫣红的朱砂痣很是显眼。

绯红的唇蹭过她的肌肤，缠绵地落在她的眼睛上。

灼热的呼吸扫过她的睫毛，他吻着她的眼睛，绯唇翕动："愿愿那么好……愿愿舍不得要我死对不对？"

叶愿欢睫毛抖动。

她唇瓣微张，伸手抵住容淮的胸膛，指尖向上，落在他的锁骨上。

修长漂亮的手指忽而一钩，扯住他的领口往自己的怀里搋去："情话说得倒真是好听……可容医生别忘了，是你提的分手。"

容淮呼吸一滞。

视线撞进叶愿欢那双明艳的眸里，让人看不清情绪。

她红唇轻弯，凑近在他的面颊上："我可不是容医生想要就能要，想扔就随便扔的。"

音落，她转头，不经意间蹭过他的领口，口红在他的白大褂上留下暧昧的痕迹："大家都挺熟的了，容医生别光讲情话。

"不如先追两天让我看看，突然想吃回头草的前男友究竟有什么诚意。"

像破晓时分穿透晨雾的光，容淮眼里的雾气逐渐消散。

"给追？"他眼帘微垂。

叶愿欢的耳根都跟着酥软，她骄傲地微抬娇颜："为什么不给？"

反正过两天出院后照样形同陌路。

"好。"容淮的声音低沉却悦耳。

微凉的指尖抚过她的脸蛋，钩着她耳鬓的一缕碎发别到耳后："给追就好。"

叶愿欢并未将此话放在心上。

这一切不过只是他的心血来潮。

"我什么时候能出院？"她问。

容淮重新戴上那副显得斯文的金丝边眼镜，心情明显愉悦不少，看向她的眼神愈发炽烈，像是——

在用他的目光强吻她。

他将转移话题的能力发挥得淋漓尽致："那愿愿什么时候肯答应我复合？"

叶愿欢："你先跪个键盘我再考虑考虑。"

"跪了就答应？"

"跪了再说。"

容淮挑唇，轻笑了声："男儿膝下有黄金，跪了还不负责的话可不太合适。"

叶愿欢饶有兴致地弯唇，眼尾带着狡黠的笑意："黄金比我还重要？"

"没有可比性。"

容淮的眸光在她身上停留片刻，最终认输般眨了下眼睫："重要的只有你。"

而后容淮颇为遗憾地"啧"了声："明天就可以出院了。"

"真的？"叶愿欢眸光微亮。

她已经在医院里待腻了，每天只能面对冷冰冰的墙壁，好想回家踩软软的地毯，想回家舒舒服服地躺着。

事实证明，容淮真的没骗她。

黎昕清早就来帮她办了出院手续。媒体听到风声亦将医院围得水泄不通。

"这段时间辛苦容医生。"黎昕扶着叶愿欢坐上轮椅，"之后是不是还要定期回来复查？"

"嗯，每周抽空回来复查一次即可。"

容淮理着白大褂的袖口："若是格外不舒服，或者别的原因，想回来找我复查……也可以。"

眸光像羽毛般在叶愿欢身上扫过。

他刻意咬重"别的原因"，意味深长。

叶愿欢佯装听不见，拨弄着长发。

"行。"黎昕点头，"不知道容医生方不方便留个联系方式？便于随时咨询。"

容淮薄唇轻启，正要应声，一道声音倏然响起："他这么龟毛的人才不会留联系方式呢。"

叶愿欢和黎昕循声抬眸，便见打扮得花枝招展的宋清辞抱着一捧玫瑰花走进病房。

容淮不着痕迹地蹙了下眉。

宋清辞笑容阳光："黎经纪好。女神好，我是你的粉丝，也是云京医院外科医生，听说女神出院特意前来恭喜。"

他热情地将那捧玫瑰花递过去，彬彬有礼："希望不会打扰。"

黎昕只看玫瑰花的颜色就知道这是铁杆粉丝，因为选择的不是普通玫瑰，而是厄瓜多尔顶级玫瑰。

还是愿愿喜欢的红白渐变色。

叶愿欢巧笑嫣然："谢谢。"

她正要伸手接过那捧玫瑰花，但还没来得及碰到花枝，花束就被半路截走。

叶愿欢："啊？"

她扭头望去，便见容淮漫不经心地拨弄着玫瑰花："café con leche."

牛奶咖啡。

这是这款玫瑰的品种名字。

容淮意味不明地轻笑了声，看向宋清辞："还挺会挑。"

叶愿欢没好气地挺直腰板抢回玫瑰花："会不会挑都不是送给你的。"

见状，黎昕眼尾轻轻一挑。

她怎么觉得……她家愿愿对容医生的态度有点不太好。

容医生什么时候得罪她了？

"当然会挑。"宋清辞骄傲地抬手理了下白大褂，"毕竟我是女神的铁粉、颜粉、事业粉以及老公粉。"

当然对她的喜好再清楚不过了。

宋清辞笑道："黎经纪，留我的电话吧。容医生是我们医院出了名的冷美人，尤其不喜欢给病人留联系方——"

"要电话还是邮箱？"

然而宋清辞的话还没说完，容淮就取下别在白大褂上的签字笔。

修长漂亮的手指握着黑金签字笔，在冷白的手背肌肤上流畅地写下他的所有联系方式，然后将手递过去："叶小姐随意。"

宋清辞茫然地扭头看向好兄弟，突然怀疑容淮是不是吃错药了。

黎昕正准备记下容淮的手机号，又听男人道："黎经纪应该平时比较忙，若要在医患间帮忙传话恐有不便，我直接与叶小姐联系即可。"

"也对。"黎昕点了下头。反正这段时间叶愿欢通告不多，而她还有其他艺人要管。

"愿愿，那你也给容医生留个手机号吧。"

虽然她不鼓励艺人留私人号码，但容淮毕竟不一样。

冷美人嘛。

即便拿到她家愿愿的联系方式也不会居心不良，只是普通医患关系罢了。

叶愿欢不情不愿地拿出手机，跟以公谋私的容医生交换了电话号码。

看着那串朝思暮想了许久的数字，容淮指尖轻点，在联系人姓名处写下——在逃小狐狸。

然后容淮波澜不惊地抬起眼眸："医院门口媒体多，我送你们出去。"

叶愿欢看向他，随意地拨弄着头发："外面太阳很大。"

容淮意味不明地笑了："没关系。"

他侧首，薄唇靠近她的耳畔，嗓音低沉悦耳："我的玫瑰生长在阳光下，我愿为玫瑰称臣，亦不缺席。"

曝恋情 *zhai* *ye mei gui*

| 1 | 叶愿欢疑似恋情曝光 | 爆 |
| 2 | 艳压 | 新 |

黎昕推着叶愿欢离开住院部。

她手捧玫瑰坐在轮椅上，身侧的容淮握着伞柄，黑色的伞遮住明艳的日光。

"辛苦容医生。"黎昕笑道，"没想到你这么贴心，还帮我们家愿愿打伞。"

叶愿欢：……你想多了。

他那是自己矫情，不能多晒太阳。

但容淮手里的伞分明向叶愿欢那侧倾斜："举手之劳。"

来接叶愿欢的保姆车早已抵达，小葵撑着太阳伞下车："愿姐！"

小葵知道叶愿欢肌肤娇嫩，怕晒，因此每次都会贴心地帮她撑好伞，却没想到这次居然有人代劳。

她盯着这位颜值极高的男人，总觉得身影好像在哪里看到过……

跟那段视频里的身形有点相似。

"别愣着了。"黎昕招手，"过来帮忙扶愿愿上车，她这脚还不能下地走路。"

小葵忙点头上前。

精致的叶愿欢，即便右脚骨裂，左脚也倔强地穿着漂亮的高跟鞋，后脚跟处还设计了一对小翅膀。

"愿姐……"小葵无奈地扶着她起身，"咱能老实地穿几天平底鞋吗？"

叶愿欢拒绝得干脆："绝无可能。"

小葵：高跟鞋单腿蹦着走很费劲，到时候再把左脚崴了……

叶愿欢悬空着另一只脚丫:"擅长踩高跟鞋是美女的基本素养,单脚踩高跟鞋也一样。"

她说着就骄傲地原地蹦了下。

落地很稳。

小葵:"……行吧。"

小葵无奈地扶着叶愿欢,看她踩着高跟鞋单腿蹦着往车边挪,胆战心惊。

这时,闪光灯突然亮起。

"咔嚓——"

"她在那儿!叶小姐在那里!"

在医院蹲守已久的媒体记者扛着相机,一窝蜂似的朝保姆车涌来。

叶愿欢侧身望去,看到蝗虫过境似的记者,吓得脚踝一扭。

"啊!愿姐!"看着就要摔倒的叶愿欢,小葵惊慌失措。

她正要伸手拉住叶愿欢,却见一抹白影似鬼魅般在眼前闪过。

"啪——"黑色的遮阳伞落地。

叶愿欢只觉得腰忽然被搂住。

低沉的声音在耳畔响起,透着几许担忧之意:"小心。"

叶愿欢下意识地伸手攀扶。

"咔嚓——"

闪光灯突然再次亮起!

叶愿欢旋即回神,这才意识到,自己正被容淮以公主抱的姿势护在怀里,而且还被媒体拍下来了!

叶愿欢莫名地心虚起来,扭着身子想下来,但清冽嗓音在耳边响起:"还想再崴一次脚?"

单脚踩高跟鞋的"仙女"一时无语。

她乖巧地窝在容淮的怀里不再扑腾。

连媒体记者都傻眼了——

本来只想拿到叶愿欢出院的一手新闻，没想到居然拍到恋情曝光！

"咔嚓、咔嚓、咔嚓——"

闪光灯亮起的频率更加快了。

话筒和镜头怼到两人面前："请问这是叶小姐的男朋友吗？"

"叶小姐携男友出现在镜头下，是准备公开承认这段恋情了吗？"

"这位先生看起来好像是圈外人。"

"请问有意进娱乐圈吗？"

…………

容淮很不喜欢光。

不管是阳光，还是摄像师的闪光。

而他刚才为救叶愿欢扔掉了手里的遮阳伞，炽烈的日光打在他的脸上。

"你别管。"娇嗔不悦的声音响起。

叶愿欢蹙起眉，看着媒体记者，毫不犹豫地抢走小葵手里的伞，在尽可能为容淮遮阳的情况下，阻拦了媒体的视线。

容淮的唇角扬起："哦——担心我？"

"原来我家愿愿也会担心我啊。"

他刻意将语调拖得绵长："该不会，某只嘴上说着绝不肯吃回头草的小狐狸，其实也对我旧情难忘吧？"

粉色的伞将他们的上半身挡住，小葵、黎昕和其他媒体记者都看不到这柄伞的背后发生了什么。

即便容淮刻意将声音压得很低，暧昧的声音轻敲着叶愿欢的耳膜，还是让她产生了一种刺激感。

叶愿欢气得差点把伞砸到他的头上。

黎昕立刻拦在他们与媒体之间："抱歉，我们愿愿今天不接受采访。

"不是男朋友,只是主治医生。

"她目前还是单身,并且出院后需要休息,烦请各位多关心她的作品。"

保安很快便赶到现场,将这些围堵的媒体记者赶走,重新维持了医院停车场的秩序。

但新闻还是很快发了出去——

叶愿欢疑似恋情曝光

黎昕踩着高跟鞋走到容淮面前:"抱歉容医生,这新闻可能拦不住……不会对你的事业造成什么影响吧?"

"不会。"容淮语调缓慢,"求之不得。"

黎昕没反应过来容淮的话中之意。

叶愿欢:"什么?"

小葵在旁边踌躇:"那个……要不再麻烦一下容医生,帮忙把愿姐送上车吧。"

她实在不想看到叶愿欢单腿蹦跶。

关键是还踩着高跟鞋。

叶愿欢倔强地睨她一眼:"怎么?你瞧不起我踩高跟鞋的功力?"

小葵:您刚刚差点崴脚呢愿姐。

叶愿欢看了容淮一眼,男人此时明显心情不错,在外人面前都不想装那冷美人了。

他道:"我的荣幸。"

小葵:"啊?"

黎昕:"啊?"

应该是出现幻觉了吧,这是怎么回事儿?

容淮抱着叶愿欢稳健阔步地走到车边。他弯腰将她放下，微张的绯唇不经意间蹭过她的耳郭："小狐狸，我们很快会再见面的。"

叶愿欢恍惚地坐在保姆车里。

黎昕另外打车赶去公司处理新闻，小葵则陪着叶愿欢。

"愿姐，我怎么感觉那个容医生好像对你很特别啊？"

"是吗？"叶愿欢回了神。

她矫揉造作地拨弄了下头发："大概是本万人迷实在太讨人喜欢了吧。"

小葵：你还是闭上嘴的时候比较可爱。

小葵低头玩着手机，出于好奇点进关于叶愿欢的那条热搜里，粉丝果然对恋情疑似曝光极为不满——

> 退退退！别招惹我老婆！
>
> 抱走愿愿。我们家愿愿走的是事业线，不炒绯闻，拒绝八卦！
>
> 呵！男人都是臭袜子，这个世界上还有人能配得上愿愿宝贝儿？
>
> 女鹅（女儿）听妈妈的话，不要靠近男人。
>
> …………

叶愿欢偷偷地将视线探去，看到这些粉丝留言，像只骄傲的天鹅般："你看，他们都说他配不上我。"

小葵一时沉默。

她迟疑地滑到下一条新闻："愿姐，要不你再看看这个？"

"嗯？"叶愿欢慵懒地望过去。

刚才那条新闻只是文字类叙述，但这条不同，媒体拍到的那张公主抱照片精修后被发到了社交软件上——

热烈明艳的红裙交缠着白大褂。

清冷系医生将被媒体围堵的娇媚女明星抱在怀里。

她千娇百媚，是所有人都想采摘的野玫瑰，却炽烈地绽放给他；他清隽矜贵，不食人间烟火，却予她唯一的温柔。

这是什么神仙照片！

刚刚我还在上一条新闻里骂骂咧咧，但现在我感觉有点真香……

大概是史上来得最快的打脸。

这医生也太帅了吧！

医生直接秒杀一众男明星，完全配得上宝贝儿好吧？

我宣布我要开始嗑CP（假想情侣）了。

…………

叶愿欢：这群不靠谱的粉丝怎么乱嗑！

紧接着有人将容淮扒了个干净。

云京医院心血管外科医生，外科第一神仙手，感情史干净，堪称冷美人，颜值和业务能力哪哪都强。

感觉跟愿愿宝贝儿更配了！

我好像发现了问题。心血管外科医生为什么会去给宝贝儿做主治医生？

居心不良！

图谋不轨！

家人们，你们的CP已经澄清绯闻啦！

众粉丝火速去看最新的新闻，黎昕代表叶愿欢当众向媒体否认恋情。芒芒星娱乐又单独发布一则声明，澄清容医生只是叶愿欢的主治医生，见她差点崴脚，顺手一扶而已。

粉丝表示：不听不听，我们不听！

他们甚至干脆利落地创建了超话："椰蓉夫妇"。

　　我坚信俩人绝对有问题。

　　顺手一扶？顺手扶进怀里？

　　容医生看愿愿的眼神分明超温柔！冷美人会有这种眼神？

　　会！因为他对她爱意汹涌！

　　…………

叶愿欢将小葵的手机夺过来扔到一边，眼不见，心不烦。

偏偏小葵还神秘兮兮地凑近："愿姐，你们真没什么？我也觉得你们有点……"

她准备待会儿把手机捡回来，用小号去"椰蓉夫妇"的超话点个关注。

"呵。"叶愿欢傲娇地轻哼一声，"你们嗑的 CP 一定会狠狠 BE（即 Bad Ending，意味坏结局）！"

小葵有些扫兴地撇了下嘴。

保姆车抵达繁华里。云京三环的小区内，奢华的别墅坐落在清新的绿化间，是舒适的首选。

小区保安早已眼熟这辆车。放行后，保姆车朝繁华里最深处的别墅驶去。

"愿姐，到了。"小葵提醒。

叶愿欢慵懒地应了声，本以为可以回家休息，却没想到司机回头：

"叶小姐……你家门口好像有很多消防车。"

叶愿欢立刻向外望去。

果然看到许多消防车和警车，将她心爱的别墅围了个水泄不通。

"怎么回事？"叶愿欢立刻下车。

小葵连忙伸手扶稳这位单脚踩高跟鞋的"仙女"："愿姐，你慢点跳！"

警察见状后朝她走来："请问是这幢别墅的户主吗？"

没想到竟然是大明星叶愿欢。

"是我。"叶愿欢茫然地点了下头。

警察出具身份证明："你家后院那座山昨晚燃起了山火，目前原因还未查明，但存在安全隐患。如果叶小姐还有别的住处的话……建议这段时间先不要住在这里。"

叶愿欢：后院那座山连树都没有，哪来的山火？！

然而警察态度强硬，消防员也苦口婆心地建议她还是要为生命安全着想，毕竟瘸着腿，出事了也不太好逃。

叶愿欢道："怎么会这样？"

"呃……"小葵也茫然地挠头，"要不跟昕姐打声招呼，问问她公司还有没有房子空着，先过去住段时间？"

"那也不用。"叶愿欢轻抿红唇，"我还是给我爸妈打电话吧……"

叶家别墅这段时间一直空着。

结果叶盛白幸灾乐祸："哟，我的宝贝闺女咋这么倒霉，没绿化的山也能着火？这下好了，终于无家可归了吧？"

叶愿欢捏紧手机，咬牙切齿："你笑声太大，已经吵到我的耳朵了。"

"你这是求爸爸的态度？"叶盛白道，"漏风小棉袄！乖巧点，叫声'爸爸'，爸爸把家里的钥匙给你。"

叶愿欢能屈能伸："爸爸。"

"真乖。"叶盛白满意了，"但你爸没有钥匙，这事儿还是得问你妈。"

叶愿欢一阵无语。

虞归晚慵懒的嗓音随即响起："怎么了宝贝儿？哦，家没了啊……好可怜啊我的乖乖，要不今晚先凑合着睡个桥洞？"

叶愿欢嘟囔道："妈，家里那么大，都容不下一个我了吗？"

"那怎么可能容不下愿愿？"虞归晚轻笑，"但家里最近没人住，也没人打扫。你伤了脚，独居不方便。"

叶愿欢：那我睡桥洞就方便？

"这样吧，"虞归晚思忖片刻，"我姐妹的儿子最近刚巧在招租，我等会儿让叶管家过来，先把你送到他那儿去。"

母女俩愉快地达成共识。

挂断电话后，叶盛白却蹙起双眉："你说的那小子是不是容淮？"

"是啊。"虞归晚眼尾轻抬，"有问题？"

叶盛白脸色微沉："你怎么还舍得把愿愿往他身边送？以前的事你别忘了，愿愿为了他差点就——"

"这些年愿愿是离他远远的。"虞归晚打断他的话，"可那又怎样？愿愿开心过吗？"

叶盛白陷入沉默。

管家很快来将叶愿欢接走。

小葵很不放心："愿姐，你到了之后跟我说一声啊，千万要好好养着你的脚。"

"知道，知道。"叶愿欢敷衍道。

年纪轻轻，竟然比她那不靠谱的爹还啰唆。

啰唆的小葵目送着叶家的车驶离。

愿姐到底有什么背景？小葵思忖着离开繁华里，顺便跟黎昕打电话汇报了这件事。

　　豪车驶离三环，前往云京西郊，窗外的玫瑰花香逐渐浓郁。

　　"大小姐，到了。"管家转头。

　　他随即下车帮忙打开车门，扶着叶愿欢坐上轮椅。

　　叶愿欢眨了下眼睛，看着眼前的景象。

　　古堡似的别墅坐落在童话般的花园里，雕栏玉砌，奢华明亮。

　　各色玫瑰盛放在这片油画般的景致里，怪不得越接近，越能闻到玫瑰香……

　　"玫瑰庄园。"叶愿欢看到门口雕镂的小牌，漂亮的眸里泛起波光。

　　叶管家推着叶愿欢走到别墅门前："大小姐，我就送你到这儿了。"

　　"嘀——"别墅的门忽而自动打开。

　　"欸？"叶愿欢疑惑。

　　她操纵着轮椅进入客厅，对眼前的奢靡装潢再次发出感叹。

　　作为有礼貌的"仙女"，主人没到达时她自然不好四处乱转，于是她掏出手机跟姐妹聊天。

　　叶愿欢：我家后院着火了。

　　聂温颜：？

　　聂温颜：你养的一池子鱼终于被某容姓正主发现了？啧，那一定是滔天震怒！

　　叶愿欢莫名地觉得后背发凉。她有些心虚地东张西望了一眼——

　　叶愿欢：我什么时候养鱼了！不是那个后院，是我买的别墅后院！

　　聂温颜：那好神奇！我记得你家后院那座山不是比阿哥

的头都秃吗？也能着火？

叶愿欢：所以我现在无家可归了。

聂温颜：别指望我收留你！

叶愿欢：谁要你收留！虞女士把我送到了她姐妹的儿子家，说不定有艳遇。

然而就在叶愿欢摇头晃脑，跟聂温颜嗨瑟时，耳郭忽然传来些许酥麻感。

低沉的嗓音随着灼热的气息一同钻入耳中："什么艳遇？"

"啊啊啊！"叶愿欢吓得扔掉手机。

这熟悉的嗓音让她头皮发麻。她警惕地扭头，握紧轮椅扶手："容淮！！！"

"怎么是你！！！"她疯狂地后退。

容淮懒散地抬手摁住轮椅，饶有兴致地问："怎么不能是我？"

此时的容淮没戴金丝边眼镜，甚至脱掉了清冷的白大褂，黑衬衣松垮地挂在身上，露出性感冷白的锁骨。

是他！就是他！这才是他真实的样子！之前的斯文清冷都是装的！

叶愿欢内心波涛汹涌，表面上波澜不惊地道："你就是虞女士姐妹的儿子？"

他姿态散漫地半躬着身，单手摁着叶愿欢的轮椅，另一只手慢条斯理地解着衬衣纽扣："嗯。很惊讶？"

"我这就去睡桥洞。"

容淮道："我们愿愿不是答应了让我追吗？这会儿跑什么？"

她是答应了，但那不是以为出院后就形同陌路了嘛。谁知道竟然被虞女士背叛，亲手将她送进了狼窝！

叶愿欢质问："说吧，你怎么买通的虞女士？"

"想多了。"容淮轻挑眼尾。

他挺直腰板，单手推着叶愿欢往里走："是未来岳母主动联系的我，而我家里恰好有很多间空房。"

叶愿欢无语。

"你好不要脸。"她面无表情道。

容淮轻笑，推着叶愿欢进了电梯："要脸怎么追愿愿？"

"你这些年是去进修表演了吗？下一届奥斯卡没你我都不认。"叶愿欢嘲讽。

她差点就被他在医院里的那副样子骗了。

"嗯。主要还是学了些能把前女友哄回身边的招数。"容淮躬身，薄且凉的唇瓣停在她的耳边，"前女友要试试吗？"

叶愿欢沉默。

看到叶愿欢冷艳倔强的模样，容淮只弯了弯唇，将她推出电梯后领到隔壁的那间卧室。

门上赫然挂着一枚小牌子——

狐狸窝。

旁边还画了个 Q 版的软萌九尾狐。

叶愿欢挺起腰板，抬手把它摘下来："你在你的卧室门上写着'狼窝'吗？"

"没有。"容淮帮她推开门，"愿愿要是喜欢的话，我可以考虑挂个'我跟愿愿未来的窝'。"

叶愿欢：你真的好不要脸！

她的耳边忽然回荡离开医院时容淮对她说的那句话："小狐狸，我们很快会再见面的。"

叶愿欢：行，懂了。

瘸了腿的"仙女"可谓是插翅难飞。

叶愿欢正想从轮椅上起身，容淮却蹲下身，握住她的脚踝："先换个拖鞋。"

冷白微凉的手掌握住她的脚跟，轻松熟练地将高跟鞋脱下，紧接着，绵软的白色拖鞋被穿在她的脚上。

是叶愿欢最喜欢的毛绒质感。

"你嫌弃我踩脏你家的地？"叶愿欢不满地看向他。

容淮漂亮的长指钩着她的高跟鞋："是怕前女友踩高跟鞋崴脚向我投怀送抱。"

叶愿欢瞬间炸毛，从轮椅上跳起来，伸手钩住他的领口往自己怀里一拉："那还是前男友的居心叵测更胜一筹。"

"嗯。"容淮的桃花眼里带着深情，"所以不用愿愿追我，我追愿愿就好。"

叶愿欢：请你立刻变成一个球滚出去。

跟容淮拌嘴拌累了，她软绵绵地向后一坐，舒服地陷进棉花糖似的被子里："你出去吧，我想自己静一静。"

"不睡桥洞了？"容淮挑眉。

他将轮椅推到叶愿欢的床边。叶愿欢没好气地抬了下眼皮："我就当我在这里独居。"

容淮轻笑了声。

叶愿欢抬起脸蛋："我刚才把我的手机扔在你家客厅了。"

"我去拿。"容淮转身出去，没多久就把手机拿上来了。

"有事再喊我。"

叶愿欢敷衍地"嗯"了三声，心道：有事也不喊你。

容淮离开房间后，叶愿欢低头，打开跟聂温颜的对话框，果然看到一堆消息——

聂温颜：人呢？

聂温颜：不会真有艳遇了吧？

聂温颜：嘿，成年人的爱情都这么突如其来的吗？

聂温颜：你家那位会杀了你吧！

叶愿欢：……

狗屁艳遇。

叶愿欢：虞女士姐妹的儿子，就是要杀了我的那位。

聂温颜：？

这不是破镜重圆吗？

然而第一天还没完美度过，娇贵的叶愿欢就举步维艰了。

她单腿站在浴缸前，踌躇着不知道该怎么坐进浴缸里。

"唉……""仙女"叹气。

虽然行动不便，但住在这里的叶愿欢放肆极了。

总归容淮对她知根知底，她不用做任何隐藏。

"嗡——"

手机振动搅扰了她的睡眠。

叶愿欢揉着眼睛，拿过手机搭在耳边："喂……"

"啧。"黎昕戏谑的声音响起，"都十点了居然还不起床，亏我还担心叶小娇花认床睡不好，看来是我多虑了。"

叶愿欢：不是小娇花，分明是野玫瑰！

她不悦地蹙了下眉，慵懒地翻了个身："仙女的美容觉懂不懂？任何环境都不能影响仙女睡美容觉！"

可拉倒吧。

就叶愿欢那娇气样，每次进组拍戏住宾馆都会失眠。因为认床，又有起床气，她需要好长一段时间适应。

黎昕双臂环胸："怎么样？看来对你的新家挺满意，不需要我再操心了？"

叶愿欢平躺在柔软的床上，看着奢华璀璨的水晶大吊灯。

整个卧室的装潢都是她喜欢的风格，尤其是这张床——

真的好软！

"不用。"叶愿欢懒洋洋地在床上打了个滚，"这张……这里挺好。"

没人比容淮更懂她的喜好了。

"那行。"黎昕点了下头，"既然你住得舒服，就麻利地起来给我营业吧。"

叶愿欢瞬间不悦："昕姐，我还是病号！我的脚好痛呢！"

黎昕翻着白眼："脚好痛又不影响你在家开直播。我可提醒你啊宝贝儿，原来定档在你住院期间要拍摄的 Fashion+ 杂志封面，已经被你的对家给抢了。"

叶愿欢："啊？"

一生要强的"仙女"立刻翻身坐起："对家？哪个对家？你说的该不会是那个长得丑却称自己为人间富贵蔷薇花的祝清嘉吧？"

"是她。"

叶愿欢立刻打开社交软件，果然看到相关热搜——

　　# 祝清嘉 Fashion+ 杂志封面 #

　　# 人间富贵蔷薇花顶级颜值 #

　　# 祝清嘉美爆了 #

　　# 艳压 #

叶愿欢：什么艳压？

她点进这条热搜，结果看到营销号将祝清嘉精致的杂志封面照与她刚出院时清淡的素颜照做了对比，而且还刻意把她的脸给修胖了！

"艳压个屁！"叶愿欢生气了。

她立刻翻身下床，单腿踩上拖鞋就往洗漱间蹦跶："我素颜都比她好看！这不就是没化妆看起来素净点吗？早知道出院那天我就应该补个口红！"

偏偏社交软件上还有人恶毒地将她拉踩——

这就是娱乐圈的万人迷吗？脸色这么差。

嘻嘻，毕竟姐姐业务繁忙呀。

不是向来说她完美精致吗？怎么还能被记者拍到没化妆的时候啊！

脸这么浮肿，该不会是因为瘦脸针打多了吧？不愧是九千刀美女哦。

…………

叶愿欢气得攥紧了手机："她成功惹到我了！"

叶愿欢戴上洗脸束发带，两只毛茸茸的耳朵竖在头顶，一副斗志满满的模样。

"昕姐放心，她死定了！"

黎昕向来对她的业务能力有信心，在激发她的胜负欲后就更放心了。

虽然叶愿欢在生活中是娇贵的温室小花，可在娱乐圈里却是朵艳压四方的野玫瑰。

没有她打不了的脸！

叶愿欢在梳妆台前化了精致的妆，然后精挑细选了直播"战袍"，又特意卷了头发披肩，这才抱着直播设备坐上轮椅，进了电梯，下楼来到客厅。

叶愿欢：半小时后直播间见。

身为娱乐圈一线顶流影后，叶愿欢的流量非常大，于她而言热搜就是家，根本不需要像别人那样花钱空降。

叶愿欢直播

她的粉丝"椰汁"们瞬间涌入社交软件。

啊，救命！居然赶上老婆的直播了！

一定是我昨天扶老奶奶过马路，行善积德后上天听到了我的祈愿，居然真的让我等到老婆直播了！

蹲蹲蹲，我要看女神的美颜！

老婆，我气死了。隔壁祝清嘉拉踩你，快用你的脸美瞎他们的眼！

…………

容淮今天轮休，没去医院，醒后正准备下楼给叶愿欢做早餐，宋清辞就找来了："我老婆要开直播了！她要直播了！"

容淮疑惑地登录了社交软件账号。

"叶愿欢是我的"这个用户名赫然高悬在用户页面，但没有收到任何点赞。那条"老婆贴贴"的评论也并未得到回复。

倒是叶愿欢直播的热搜占了满屏。

容淮用指尖滑着手机："你看吗？"

"当然看！"宋清辞道。

容淮眼尾轻抬："那等会儿见。"

宋清辞："你不是今天轮休不用来吗？哪里见？"

然而容淮再没理他，修长的手指钩起金丝边眼镜，架到高挺的鼻梁上后，慵懒地走进衣帽间。

叶愿欢正在客厅摆弄设备。

她偶尔会直播，对这些设备使用得还算熟练，而且能找到最完美的角度，来展示她的颜值。

正当她准备开播时，敏感的耳朵却仿佛触了电，灼热的气息喷洒而来。

"早。"

叶愿欢吓得身躯一颤，扭过头去。

涂了口红的唇瓣不经意间蹭到容淮的领口，干净的白衬衣上露出暧昧的痕迹。

柔软的腰肢向后一压，她不满地看向男人："你干吗？"

容淮慢条斯理地挽起衬衣袖口："当然是来给我们愿愿做爱心早餐。"

叶愿欢神情复杂地上下打量容淮："做早餐需要打扮得这么花枝招展？"

"有吗？"容淮面不改色。

他躬身轻笑："也许是前女友眼里出西施吧。"

叶愿欢：很好，今天又是那个不要脸的他。

"道貌岸然。"

她刚才碰歪了设备，这会儿将它调整回来："你做饭就做饭，我要开直播。你等下注意点，别入镜。"

容淮意味不明地轻笑了声："尽量。"

叶愿欢：总感觉他不怀好意。

但是怎么会有人不馋他那一手堪比国宴大厨的好厨艺呢！

"还不快去？"

容淮的桃花眼里带着慵懒的笑意："遵命，我娇贵的大小姐。"

叶愿欢很快就调整好状态，在容淮离开后便打开了直播。

"宝贝儿们，早上好！"

直播间里的粉丝瞬间嗷嗷叫。

另一边，祝清嘉特意化了精致的妆容，赶在叶愿欢之前先开播。

"大家不要拉踩啦，愿欢只是住院太久，脸色不好，而且她的化妆技术那么棒，其实收拾下就会很好看啦。"

祝清嘉在直播间聊着之前热搜上的事。

来看她的自然大多是粉丝，疯狂吹捧着她的颜值，还有许多人问圈里事，例如叶愿欢的私生活。

祝清嘉面露难色："这个……其实我也不太清楚呢。毕竟之前同组拍戏时，愿欢都是被单独安排房间哦。"

这番话的暗示意味足够明显。

> 单独安排房间？跟导演一间吧。
> 也有可能跟制片人一间。
> 一线影后的待遇就是不同呢！
> …………

祝清嘉佯装没看到这些弹幕。

她俏皮地笑道："不过，被拍到跟愿欢在一起的那位医生我倒是认识很久呢。

"嗯，他是我大学学长，人很不错。大家应该记得我以前也学医吧？"

容淮的热度还没彻底消退。提及这位云京医院的第一神仙手，祝清嘉顺利地挑起粉丝对容淮的兴趣——

> 啊啊啊，姐姐居然也认识容医生！
> 学长？听起来有故事！姐姐这么漂亮，说不定跟帅学

长……嘿嘿嘿……

我就知道！那种高岭之花，跟叶愿欢这种狐狸精能有什么关系！容医生一看就不是能被她勾引的人。

还是姐姐这样的，跟容医生般配。

学长学妹 CP！

…………

祝清嘉笑了笑："嗯……我确实也算是跟容学长有些故事吧。"

曾经表白过，被他给拒绝了，但这种事她当然不会告诉粉丝，只失落地垂眸："不过这些事都过去啦。"

感觉发现了什么！

难道是有一段前缘？曾经谈过恋爱，后来误会分离，破镜重圆小甜文！

看起来像是谈过，但是分了……不过姐姐明显是余情未了。

呜呜呜，我最见不得有情人分离了。要不姐姐给他打个电话吧！我们帮你出招，故事肯定会有续章的！

…………

电话……

容淮那个人淡漠得很，连病人及其家属都不留号码，她一个表白被拒的人，怎么可能会有他的手机号？

于是祝清嘉只微微一笑："我们确实有交换联系方式，只不过……容学长现在应该在手术吧，我们还是不要打扰他了。"

容淮的热度利用完，祝清嘉怕聊多了会被拆穿，便立刻转移话题。

"椰蓉夫妇"的 CP 粉看到这段暗示意味极强，但什么屁都没放的片段气得七窍生烟。

> 简直是厕所里跳高——过粪！
>
> 容医生能跟祝清嘉这只癞蛤蟆有什么情缘？她应该往脑袋上装根天线，清楚自己的定位！
>
> 愿愿宝贝儿！有人骑在"椰蓉夫妇"的头上拉屎！@叶愿欢
>
> …………

叶愿欢懒得搭理"椰蓉夫妇"的相关言论，她巴不得粉丝速速拆掉这对不靠谱的 CP。结果点进相关内容，她居然看到祝清嘉嘲讽她颜值不行，化妆来顶。

精致完美的"仙女"能忍得了这个？

绝对不能！

叶愿欢慵懒地扬起红唇："宝贝儿们，我撕个人你们应该没意见吧？"

"椰汁"们都知道了隔壁直播间的事，当然见不得祝清嘉在那里放屁，纷纷被激发出胜负欲。

于是叶愿欢直接向祝清嘉发起 PK（挑战）。

现在的直播间玩法多样，其中一项便是连屏连麦 PK。收获礼物少的一方，要依据对方要求完成相应惩罚。

祝清嘉收到 PK 时还有些蒙。

她知道叶愿欢的人气有多夸张，也知道对方粉丝的实力，不想接，但"嘉粉"们却怂恿——

> 姐姐快接！我们给你刷礼物！绝对不可能让他们赢

了的!

正牌学长学妹CP有什么好怕的?"椰蓉夫妇"那冒牌货才该死!

啊啊啊,姐姐冲!我们赢了她!

…………

祝清嘉下不来台,若是拒绝PK又显得她心虚,那刚才的热度岂不是白蹭了?

总归容淮那样清冷的人应当也不会关心娱乐圈的事,她说的是真是假更无人能证实,那……接下PK也不会被拆穿吧?

祝清嘉微微一笑:"好。"

小青梅 zhai

ye mei gui

| 1 | 叶愿欢恋情 | 爆 |
| 2 | 青梅竹马 | 新 |

叶愿欢慵懒地单手托腮等着，界面终于从等待连线跳转至双屏模式。

祝清嘉的脸出现在她的屏幕上。

叶愿欢扬起意味不明的笑意："早啊，祝姐姐。"

"椰汁"们因她的笑容疯狂尖叫。

祝清嘉勉强挤出笑容："早啊愿欢。听说你出院了，我最近忙，还没来得及去看你。"

叶愿欢弯唇轻笑。

平时也没见她来套近乎吧？

叶愿欢在娱乐圈走的是野玫瑰万人迷路线，祝清嘉学她走同类风格，还称自己为人间富贵蔷薇花。

对家见面，分外眼红！

"不用麻烦姐姐呢。不过确实是好久没见，太想念姐姐了，所以才发起了 PK，好让我看看姐姐这张脸蛋……"

叶愿欢轻笑："祝姐姐的皮肤状态真是越来越好了呢。"

祝清嘉的眼里闪过一抹惊喜。

她还以为叶愿欢是来算账的，没想到会夸她好看。

"谢……"

"用了什么方法？保养得可真好。"

祝清嘉突然哽住。

她立刻反应过来，夸她好看，分明是为后面那句话做铺垫！

偏偏叶愿欢还愈发来劲——

"姐姐今天的粉底涂得真好呀，还特意抹了脖子，避免了脸跟脖子肤色不一样的尴尬。瞧我，就总是忘记。

"双眼皮贴也很隐形！真羡慕姐姐可以把双眼皮弄成不同的形状，不像我，都没机会用双眼皮贴。

"咦？姐姐的头发怎么变浓密了？是用了超好用的假发片吗？能给我发个链接吗？"

叶愿欢的直播间里一片"哈哈哈"。

大家疯狂地给她刷起礼物。

宋清辞直接丢过去好几架"大飞机"。

祝清嘉不禁委屈地咬了咬唇瓣："愿欢，我没得罪你吧，你至于这样奚落我吗？"

"是没得罪。"叶愿欢散漫地玩弄着指甲，"只不过……"

她用指尖随意地点了点屏幕，将祝清嘉刚才的直播片段发出。

"……愿欢只是住院太久，脸色不好，而且她的化妆技术那么棒，其实收拾下就会很好看啦。"

叶愿欢歪了歪脑袋："难道姐姐刚才这番话的意思也是在奚落我吗？"

祝清嘉一时无语。

叶愿欢眨着眼睛，无辜道："如果不是那个意思的话，我这样说姐姐也没关系吧？"

祝清嘉差点气得七窍生烟。

有"嘉粉"不满，干脆闯进叶愿欢的直播间——

狐狸精你别嚣张！我们家姐姐还有容医生宠着！你跟容医生只是医患关系，我家姐姐可是他前女友学妹呢！

叶愿欢看到"前女友"这个词，随性地向后一仰，朝厨房的方向望去。

"哦——"她刻意阴阳怪气道，"原来有人还有个祝姓的前女友啊。"

容淮恰好做完了爱心早餐。他刚走出厨房，就听到叶愿欢的娇媚嗓音，双眉不着痕迹地蹙了下，随后慵懒散漫地朝她走了过去。

叶愿欢警铃大作。

她只是想阴阳怪气一下，并没有要叫容淮过来的意思。

见容淮端着早餐向直播镜头靠近，叶愿欢睁圆眼睛警告：你别过来。

但容淮仿佛对此视若无睹。

两边的粉丝都不知道发生了什么，只见叶愿欢似乎在往旁边看，紧接着就见她忽然起身，似乎想关掉直播——

入目的却是一双冷白的手。

骨节分明的手指握住她的手腕，慵懒低沉的嗓音响起："别闹，没有别的前女友。"

诸位粉丝："怎么回事？"

他们好像听到了男人的声音！

宋清辞："这声音……"

他怎么感觉好像听到了容淮的声音？！

紧接着镜头微晃，叶愿欢的手从镜头前挪开。镜头画面里，颀长的身影散漫地晃了过去。

> 真的是男人！这黑色西装裤，这身量，明显只能是男人！
>
> 老婆家里怎么有男人？！
>
> 刚才那声音好好听啊，而且好像……很宠溺！
>
> 别闹！这不是我男朋友哄我时的语气吗！
>
> 老婆你快出来解释下！
>
> …………

此时的叶愿欢有点慌，睁圆眼睛警惕地看着容淮。

镜头只能拍到她的脸，而站着的容淮只露出了下半身，以及垂落下来的那只手。

有弹幕出现——

我怎么感觉这只手，有点像那位容医生的手？

宋清辞："怎么回事？"

他也觉得有点像！

祝清嘉更是脸色惨白。

不会吧？应该不会是她想的那样吧？虽然手的确很像……但，容学长那样清冷淡漠的人，跟叶愿欢八竿子打不着吧？

然而直播间看不见他的脸，没人能判断突然出现的男人是何来路。

叶愿欢连忙解释："那个……大家千万别误会，我家后山着火了，暂时不能住。最近我暂住在家里人朋友的儿子家。"

宋清辞和祝清嘉都松了口气。

粉丝也是一片扫兴——

嘻，我还以为宝贝儿恋爱了呢。

但刚才的语气真的好宠溺啊。只是家里人朋友的儿子吗？

我有罪，我分明是宝贝儿的老公粉，但我刚刚竟然嗑到了！

…………

祝清嘉的粉丝更是舞了起来——

啧！什么暂住朋友家，根本就是借口吧！我看是她不敢承认恋情！

真恶心！这不就是欺骗吗？谈了恋爱却矢口否认。我们家姐姐就绝对不会这样哦！

　　有本事做，没本事承认，这就是娱乐圈被众人追捧的野
玫瑰？

　　…………

　　叶愿欢有点不满容淮擅自入境。

　　她转头望着他，睁圆的眼睛里尽是不悦："我好妈咪的好姐妹的
好儿子，不是说了让你别出来吗？"

　　然而，令叶愿欢没想到的是——

　　容淮并未配合她离开直播间，反倒慢条斯理地弯腰放下早餐。

　　"嗯？"低沉又蛊惑的声音响起。

　　那抹神秘的身影再次在镜头前晃过，不经意间露出了半张侧脸。

　　叶愿欢紧张地往直播画面瞧去，便见容淮下颌微抬，线条精致完美。

　　尤其是脖颈儿的侧影轮廓很是惊艳，性感的喉结微凸。

　　伴随着他愉悦的笑音，嫣红的朱砂痣上下起伏。

　　啊啊啊，好帅！！！

　　这不是谪仙下凡了吗？

　　什么谪仙！分明是妖孽！

　　呜呜呜，老婆，你这朋友长得也太帅了吧！果然美女都
跟帅哥玩耍！

　　…………

　　祝清嘉盯着直播间里的那张脸，心脏犹如数年前那般加速跳动起来。

　　这半张脸过于熟悉……

　　不可能吧？真是容淮？

　　"你快点走。"叶愿欢轻轻推搡，"在这里打扰我直播，粉丝是会

抗议的。"

容淮却慵懒地轻抬眼尾，指尖点着屏幕："但你粉丝说，让我别走。"

叶愿欢：这是她见过最不好带的一届粉丝！

宋清辞：怎么感觉越来越像容淮的声音了，但这语调听着又不像。

"况且……

"这不是被误会了吗？不出来解释清楚，帮我们愿愿撑腰怎么行？"

叶愿欢：什么情况！

众粉丝：我们愿愿！

叶愿欢看向容淮，便见他慢条斯理地曲了下腿，随后坦然地坐到了她身旁，彻底暴露在直播镜头里！

"砰——"宋清辞直接从椅子上跌了下去。

他屁股着地，四仰八叉地坐在地上拿着手机，看着那张熟悉的脸。

宋清辞从地上爬起来："居然真是他！"

叶愿欢的直播间更是热闹。

他们前一秒还在难过被祝清嘉拆了 CP，下一秒正主就出现在叶愿欢的直播间，简直不要太爽！

　　啊啊啊，真的是容医生！

　　救命！看照片的时候就觉得很帅，直播里简直更帅了好吗！

　　我要窒息了，刚才看侧脸、听声音时还以为是妖孽，没想到居然是谪仙。

　　谪仙是真的，妖孽可能也是真的！

　　等等……愿愿宝贝儿刚刚不是说，这是她妈咪的姐妹的儿子吗？所以……

　　青梅竹马！！！

　　…………

祝清嘉的脸色直接变得惨白。

她的指甲嵌进掌心，没想到容淮竟然真的跟叶愿欢认识。

"容学长……"

"你是谁？"容淮淡漠地轻抬眼皮。

直播间里的祝清嘉蓦然僵住，尴尬得一时间下不来台。

她强行解释："我……我是你的学妹祝清嘉呀。学长贵人多忘事，不记得了吗？"

　　哎哟，不是学长学妹 CP 嘛！

　　怎么不是余情未了的前女友学妹啦？口吻这么疏离，看起来不熟哦！

　　嘻嘻嘻，被正主当众拆穿了吧！

　　…………

容淮神情疏离，淡淡地扫了眼直播间画面："不认识，也没有祝姓前女友。"

他意味深长地看向叶愿欢："只谈过一任女朋友，是吧小青梅？"

　　啊啊啊啊！

　　小青梅！小青梅！

　　没想到他们以为清冷的容医生，私下里对女神竟是这样称呼！

　　果然只对愿愿钟情！

　　…………

叶愿欢差点就要从沙发上跳起来："谁、谁是你的小青梅了！"

容淮轻笑了声："不是小青梅吗？那……前——"

"小小小青梅！是小青梅！"叶愿欢立刻紧张地捂住了容淮的嘴。

她笑容勉强地看向镜头："没错，是青梅竹马，就是两边家长都互相认识，所以被迫一起玩玩的那种。"

但直播间还是已经疯狂了——

"小青梅"这种称呼是要甜死谁呢。才不信只是一起玩那么简单！

家人们，我又发现了华点，容医生的衬衣领口上有口红印！

真的，而且还跟愿愿宝贝儿今天涂的口红是一个颜色！

颠覆我的认知了，姐妹们！

…………

叶愿欢敏锐地捕捉到这条弹幕。

她警惕地扭头看向容淮，目光在他的领口一扫，果然看到了那枚口红印！

她什么时候给印上去的？

叶愿欢立刻凑过去，开始对那枚口红印毁尸灭迹："这个就是……嗯……容医生他有口红收集癖！偷我的口红自己抹的！"

众人：谁信！

"嗯。我们愿愿说什么就是什么。"

众人：又是我们愿愿！

本还觉得千娇百媚的女明星和高岭之花这辈子不会相交，结果……

哪有什么不食人间烟火的谪仙？

他俩要是啥事没有，我直播倒立洗头！

…………

祝清嘉无论如何都没想到，这两个完全不可能有交集的人，竟是青梅竹马的关系。

她正要灰溜溜地离开……

叶愿欢却盯着屏幕，眼尾轻挑："祝姐姐别走呀，PK 还有半分钟就要结束了呢。祝姐姐不会玩不起吧？"

偷溜失败的祝清嘉僵住。她尴尬地扬起一抹笑容："怎么会？我只是想擦擦屏幕而已。"

就连粉丝也全都哽住了。

最后三十秒的冲刺时间，祝清嘉的人气像被冻住了一样，她眼睁睁地看着叶愿欢的直播人气飞速上涨！

"椰汁"们正给叶愿欢投礼物投得爽时——

爆！

该场 PK 礼物值已达上限。

请下次再来。

"椰汁"：什么情况？

不小心把宝贝儿的直播间刷爆了！

叶愿欢："辛苦宝贝儿们。

"大家知道我平常直播时都会关闭送礼物功能的。今天是特殊情况，收到的礼物将会以'椰汁'的名义进行捐献。"

她明媚娇俏地望着镜头，漂亮的眼睛像是能下蛊一般，瞬间再次迷倒了全直播间的粉丝！

"那么接下来……"叶愿欢弯起红唇，"就要惩罚祝姐姐了哦。"

祝清嘉攥紧衣袖："你想怎么惩罚？"

叶愿欢思索片刻："那就麻烦祝姐姐打开手机通信录，让我看看到底有没有容医生的手机号码吧。"

祝清嘉的头皮瞬间紧了一下。

"椰汁"们也没料到自家宝贝儿这么坏，听到她提的惩罚，瞬间爆笑。

> 哈哈哈，不愧是愿愿宝贝儿！真有你的！
> 我倒要看看是不是交换了联系方式！
> 嘻嘻，祝姐姐你速速逃吧。
> …………

容淮也慵懒地挑起绯唇，轻笑了声，还未等祝清嘉先打开通信录，他倒是先拿出了手机："愿愿冤枉。"

容淮露出些许无奈："我通信录里明明只有你一个人。"

大家当即拿出放大镜开始看，发现容淮给叶愿欢的备注竟是：在逃小狐狸。

> 好特别的称呼！
> 救命！是谁淹死在"椰蓉夫妇"的爱情海里了！哦，原来是我自己。
> 我原来只想让宝贝儿独美，远离男人，但我现在上头了！
> 呜呜呜，如果宝贝儿一定要有男人，是容医生的话好像也不是不行……
> 但我还是很好奇容医生的前女友是谁。
> …………

叶愿欢不满地盯着他的通信录："我才不是在逃小狐狸！"

"嗯。"容淮轻笑，"我们愿愿是明艳娇贵的万人迷小狐狸。"

"还是闭嘴吧你！"叶愿欢随手从早餐盘里拿起一样，就塞进他的嘴里。

容淮似乎根本不怨怪叶愿欢的行为，甚至还认真品味："这椰蓉面包不错，早晨起来特意给我们愿愿做的，愿愿尝尝？"

叶愿欢扭头看向容淮手里的面包。

居然真是椰蓉的。

她已经不想再看屏幕上飘过的"啊"字了。哪里还用祝清嘉展示通信录，容淮的这波操作直接完胜！

你有没有联系方式还重要吗？

人家容医生压根就没把你放在眼里！

惩罚结束，祝清嘉面红耳赤地逃离了 PK 界面，叶愿欢也结束了直播。

容淮优雅地享用着早餐，结果炸毛的叶愿欢直接扑到他的身上："容鬼鬼，你是不是想死啊！"

容淮顺势往沙发上一倒，伸手搂住叶愿欢的腰。

还没等叶愿欢朝他发火，便听他道："愿愿怎么向我投怀送抱啊？"

叶愿欢恨不得把他掐死。

"谁准你在我直播时捣乱！"

他漫不经心地将手臂枕在脑后，另一只手虚扶着叶愿欢的腰："毕竟有人耽误我抓捕在逃小狐狸。

"如果不出来解释清楚，我们愿愿吃醋了误会我，影响我谈恋爱怎么办？"

叶愿欢捂住他的嘴："你给我死吧！"

低沉的笑声又缓缓响起。

气得叶愿欢吃了一大口椰蓉面包！

"太甜了。"叶愿欢眉头轻蹙，"这一口起码要长胖二十克！"

容淮一时无语。

椰蓉面包本来也不是做给她吃的，他将无糖点心推到她的面前：

"吃这个。"

他怎么会不知道他家愿愿不爱吃甜？

黎昕看着直播回放头痛欲裂。

她一手叉腰："到底怎么回事？你不是说住在你妈妈的姐妹的儿子家？为什么直播间里会出现容医生？"

叶愿欢小口咬着鸡蛋饼："有没有可能，他就是我妈妈的姐妹的儿子？"

黎昕微笑道："你之前说你们不熟。"

"就只有一点点熟。"

"到底有多熟？"

"青……青梅竹马？"

"还有呢？"

"就……就青梅竹马。"

黎昕干脆利落道："容医生那神秘的前女友是不是你？"

叶愿欢迟疑地轻舔了下唇瓣，在思忖如果现在否认，还有没有可信度。

黎初意味不明地轻哼了一声："那天晚上你糟蹋的男人就是他？"

叶愿欢小声道："是……是吧。"

黎昕一个白眼翻上了天。

她闭上眼睛强迫自己消化这件事，随后深吸一口气："你可真行。"

怪不得她总觉得容淮的身形很眼熟。

合着就是那段视频里，被叶愿欢带进总统套房的那个男人。

那何止只有一点点熟？

"还行吧。"叶愿欢应声，"其实还想继续……"

叶愿欢的长睫微微垂落。

"我不反对你谈恋爱，但你俩得给我悠着点。还有，有情况提前跟我打声招呼。"黎昕微笑，"我不希望你亲爱的经纪人还要从新闻热搜里得知你恋情曝光的消息。"

"哦。"

"另外，请务必拉好窗帘。"黎昕苦口婆心地提醒。

聂温颜也很快发来消息。

叶愿欢干脆直接开了视频通话，一张少女脸出现在屏幕上："我看到了，我看到了！我看到你跟某人的直播了！"

叶愿欢双手捧着脸蛋，撩了撩眼皮："吃你好姐妹的瓜吃得很快乐吗？"

聂温颜嘿嘿嘿地笑。

之前叶愿欢和容淮谈着恋爱的时候，她就很看好这一对。得知容淮提出分手，她还一度惊讶。

他们明明那么相爱，她家愿愿为了跟他在一起，甚至还不惜……

怎么突然间就分开了？

"所以……"聂温颜歪了歪脑袋，"容大人应该是特意回来追你的吧？"

叶愿欢点头："是吧。"

"有没有旧情复燃？肯定熊熊燃烧吧！"

"什么都没有！"

叶愿欢面红耳赤地否认："他要追就追，我又没答应要吃回头草。"

"是吗？"聂温颜狐疑地看着她，"那不知道是谁总要死要活地拉着我陪她喝酒，说失恋了，好想他……"

叶愿欢："你给我闭嘴！"

这种丢脸的事情她不想回忆。

"况且……"聂温颜挑眉，"我记得某娱乐圈野玫瑰好像从来不参加圈内应酬，那天不是为了见容淮才去的？"

当时还是她提供的情报呢。

叶愿欢即将要进的剧组那晚在蓝屿酒吧聚餐，容淮那晚也恰好在那儿谈事。

原本拒了聚餐的叶愿欢跑去酒吧，素来不在外人面前饮酒的她，灌了好几瓶烈酒。

"那天晚上就没发生什么啊？"

聂温颜不相信："我可不信你把容大人给忘了。你那天晚上喝酒就是居心不良！"

叶愿欢："我没有！总之不吃回头草，我一点都不想为了这个抛弃我的人再……"

叶愿欢轻抿唇瓣，没再说下去。

刚才还起哄的聂温颜思及当年那件事也陷入了沉默："也是。"

就算还深爱彼此又能怎么样？

当年容淮一声不吭就走，根本不知道在此之前叶愿欢为他付出了什么。

"算了，这个恋爱还是不谈比较好。"长睫轻轻地颤了下，叶愿欢佯装困倦地打了个哈欠，"困了。"

"睡吧睡吧。"聂温颜无奈地哄道，"果然仙女都是要午休睡美容觉的。"

叶愿欢轻轻地笑了下，这样子反倒让人心疼。

叶愿欢挂断电话便去睡觉。许是住院时睡惯了，她竟一觉睡到傍晚，醒时暮色沉沉，乌云布满天际。

"怎么睡了这么久……"

叶愿欢揉着惺忪的睡眼，爬上轮椅溜到厨房去觅食，便看到冰箱上贴的字条——

　　有紧急手术，明艳娇贵的万人迷小狐狸的晚餐在冰箱里。

叶愿欢伸手撕掉那张字条。

遒劲隽永的字迹，笔触潇洒又漂亮，她抿着唇将字条折好藏在口袋里，然后打开冰箱。

菜肴都被保鲜膜封好，每个菜品旁都贴着小字条，详细说明该如何加热，而且还特意放在了冰箱的低层。

是她坐在轮椅上就能够到的位置。

叶愿欢嘟囔："不去开餐馆当厨子都可惜了……"

她端着菜，推着轮椅转身靠近微波炉，刚打开微波炉准备放进去——

划破天际的闪电蓦然在窗外亮起。

叶愿欢吓得手一抖。

"啪！"手里端着的菜猝不及防地落到地上。

紧接着便是震耳欲聋的雷声："轰隆——"

"啊！"叶愿欢抬手捂住耳朵。

她侧对着厨房的窗。

闪电……雷……

坐在轮椅上的叶愿欢僵住，捂着耳朵的指尖开始微微发颤。

"轰隆——"

又是一声雷鸣。

叶愿欢瞳孔微缩，颤抖的长睫间弥漫起恐惧，像是生怕被雷劈到似的，她也不顾脚伤，撒开腿跑离厨房。

她冲进卧室的衣柜，蜷缩着，身体发颤。

"嗡——"

卧室里的手机不断振动着。

黎昕、小葵和聂温颜看到打雷闪电，就开始不停地给叶愿欢打电话。

就连远在异域西岸的大哥叶宥琛，开完会后看到云京的天气预报，都破天荒地给叶愿欢打了电话。

但全都没人接。

容淮下手术台后发现下了雨。

他摘掉手套，换回衣服后便往医院外走，忽然接到陌生来电。

"哪位？"

"容医生？"对面语气焦急。

容淮"嗯"了一声后辨认出对面的声音："黎经纪？"

"是你就好。"黎昕松了口气，"抱歉啊突然打扰你，我跟医院要了宋医生的联系方式后，才要到你的电话。你在家吗？"

"不在。"

他坐进车里，单手把握着方向盘："医院临时有紧急手术。怎么了？"

"什么？不在……"黎昕紧张道。

"是这样的，容医生，愿愿她怕雷声，我给她打了很多电话，她都没有接。我担心她出事。"

容淮握着方向盘的手一顿。他愣怔了许久："你说她……怕雷声？"

容淮猛踩了一脚油门。

"对。"黎昕道，"麻烦容医生手术结束后回去看看。她肯定不可能出门，害怕的时候会躲在没光但是有顶的地方。"

容淮的心情不断向下沉。

这些都是他不知道的事情……

叶愿欢以前分明喜欢听雷声，为何现在会怕雷？她分明喜欢光，却选择躲在没光的地方？

这些年发生了什么他不知道的事？

"黎经纪放心，我这就回去。"容淮加快车速。

叶愿欢委屈巴巴地蜷在沙发上，瑟瑟发抖。

她想去拿手机给聂温颜打电话，但手机放在楼上。

"呜呜呜……"叶愿欢的眼睛里泛起泪花。

"咔嗒——"这时传来开锁声。

急促的脚步声离卧室越来越近。

"愿愿?"

终于听到熟悉又令她有安全感的声音,叶愿欢毫不犹豫就冲了出去,直接跳进了容淮的怀抱里。

容淮毫不犹豫地弯腰将她接住。

容淮搂紧怀里的人,手掌轻拢着她的脑袋,将她带上楼:"愿愿别怕,阿淮回来了。"

叶愿欢的身体仍然忍不住发颤。

容淮的心脏像是被刀绞着。他收紧手臂,加快脚步将她抱回房间。

"哗——"

窗帘被他抬手拉上。

叶愿欢哽咽,仰着脸看着容淮:"你好讨厌……你不在家……你为什么就今天不在家?"

之前受过罚,从此她就对雷雨天产生了心理阴影。

黎昕和小葵她们都知道她怕雷,每次雷雨天就会去繁华里陪她睡觉。

"对不起……对不起……"容淮声线发紧,低眸轻吻着她。

"轰隆——"

震耳欲聋的雷声再次响起。

容淮立即伸手捂住她的耳朵。但叶愿欢还是明显害怕,猛地往他的怀里钻了钻,眼泪吧嗒吧嗒地往下落:"呜呜呜,容淮我讨厌你……"

容淮的心脏似针扎般疼。他旋即掀开被子,抱着叶愿欢钻进了被窝。

被子的包裹也消除了些许雷声。

"我错了,愿愿……"

他嗓音低哑，充满自责："我错了，我错了，我知道错了……"

叶愿欢轻轻地吸了下鼻子。

容淮轻抚着叶愿欢的背："愿愿，愿愿不怕，我以后再也不会离开愿愿了……"

当年提出分手时，他也剜心似的疼。

走的时候甚至没敢回头看她，他生怕看见她的眼泪后就忍不住不走了。

可当时的他不能……

即便恨透了这些年来自己的缺席，他也仍然不后悔当时做出离开的决定。

这些年的折磨已经够了。

以后无论如何，他都再也不会放手了。

外面的雨声和雷声渐停，恢复了往日的宁静。

叶愿欢昨晚睡得迷迷糊糊，但又觉得极为享受，尤其是枕头似乎比之前好，温温热热的，很舒服。

她慵懒地打了个哈欠，又撒娇似的蹭了两下枕头，然后像是察觉到什么，受到惊吓般翻身坐起——

"我的眼睛！"

叶愿欢立刻下床，单脚蹦进了卫生间，对着镜子仔细观察着那水肿的眼睛。

半靠在床头的男人眼皮轻抬，此时脸上尽是倦意。

他瞥了眼被当作枕头睡了一夜的胸膛，麻木得都没有知觉了。他撑起身，下床走到卫生间门口，懒散地倚着门框。

"啊——"叶愿欢捧着脸蛋发出尖叫，"呜呜呜，水肿了，水肿了！"

她懊恼地眨着眼睛转身，猝不及防就撞进一个怀抱里。

叶愿欢微微抬头，映入眼帘的是俊美的脸。

"早啊，小青梅。"

叶愿欢警惕地往后跳了一步，但下一秒就被容淮搂着腰拉回怀里。

低沉的笑声响起："小青梅怕什么？"

叶愿欢漂亮的眼睛波光流转："你在我的房间干吗？大清早就开始对我图谋不轨？"

容淮挺了挺腰板，眼角的余光瞥向卧室："我们愿愿大清早的就犯小迷糊，这里明明是我的房间。"

叶愿欢立刻扭头往外面一瞧，看到的果然不是粉嫩公主床，而是深冷色调，再扭头看向卫生间的洗漱台——

摆放的也全都是容淮的东西！

叶愿欢吃惊道："你、你的房间？"

刚才还嚣张的人瞬间心虚，她推开容淮，单腿蹦回房间里。

"我为什么会在你的房间里睡觉？！"

那昨晚……叶愿欢的小眼神瞥向大床。

她居然跟"回头草"同床共枕了！

"你暗算我！"叶愿欢得出结论。

容淮漫不经心地挑了下唇："嗯？"

雷雨夜……叶愿欢慢慢地回忆昨晚。

容淮看着叶愿欢："想起来了？"

叶愿欢明显更加心虚。

"应该……想起来了吧……"叶愿欢道，"但你休想让我负责！我还是不吃回头草！"

容淮也没指望她会负责。

他睨了眼那只没穿拖鞋就踩在冰凉的地上的脚丫，于是伸手揽腰直接将她抱起。

叶愿欢瞬间炸毛："容淮，你干吗！"

她被迫趴在容淮的肩膀上："你快放我下来！不然我掐……"

"死你"两个字还未说出口，她就感觉尾骨触及些许软绵。容淮弯腰将她放回到了床上。

"瓷砖地凉。"

"喔。"受气的人鼓起腮帮子。

容淮单手撑着床，另一只手探到她的脑后轻抚："这次是我错了……"

她轻抿红唇，一时间没说话。

"我不该留愿愿在家，不该不知道愿愿怕雷，不该不给窗户装隔音系统……"

容淮嗓音低哑："我知道错了。

"愿愿，再给我一次机会好不好？"

容淮抵着她的额头："我再也不会离开你了，我会将玫瑰娇养得很好很好。"

叶愿欢的眼睫轻轻地颤了下。

她不敢再走向容淮，从来都不是因为他当年离开了她……

"容鬼鬼。"叶愿欢眼圈微红，"我的脚有点痛。"

昨天吓得到处乱窜，感觉脚踝处的伤似乎又加重了。

容淮用温热的指腹捏了捏她的踝骨，思考了一会儿道："换身衣服，跟我去医院拍个片子。"

"啊？"叶愿欢抬头，"要去医院吗？"

"嗯。"容淮嗓音低沉，"要拍个片子才能看清楚情况，听话。"

叶愿欢实在不喜欢医院那种地方。

尤其是拍片子的时候，她总有种要让她显形的感觉，于是慢吞吞的。

容淮看出叶愿欢的那点小心思。他不紧不慢道："如果处理不好，这种情况可能会留疤。"

"我这就换衣服！"叶愿欢立刻道。

离开前她还趴在门边，探出小脑袋："给我两个小时！"

容淮轻抬了下眼皮，随后转身进浴室冲了澡，换好衣服后在卧室门口等她，顺便联系装修公司来玫瑰庄园，换成能隔音的窗户。

而精致"仙女"正在走她复杂的出门流程——

玫瑰精油浴、完美女神妆……

叶愿欢站在衣帽间里精心挑选，换上战袍后又做了头发微卷的造型，再戴上与衣服相配的首饰。

容淮见到叶愿欢时，的确是两小时后。

她戴着鸭舌帽、墨镜和口罩，将自己花费一小时化的妆挡住。

叶愿欢看出他的无语，自信地拨了拨头发："你根本不懂仙女的精致，就算没人看见，出门也要化妆！"

毕竟拍片子的时候肯定要摘口罩的。

哪怕脸只露出一秒，也必须是完美精致的妆，绝不可以再出现上次在医院门口被拍到没涂口红的情况！

"行。"容淮轻笑了声，"我们愿愿仙女说什么都对。"

他将钩在手指上的金丝边眼镜戴上，推着坐在轮椅上的叶愿欢出门。

云京医院。

看似低调的黑色汽车停在医院停车场的职员车位上。

叶愿欢正思索着该如何单腿下车。而容淮懒散地撑着伞，另一只手搭在车门上，欣赏着她的行为。

看到她踌躇半天依旧未定，他忽然垂眸，意味不明地笑了声。

叶愿欢不满地抬起头："你笑什么？你嘲笑我！你敢嘲笑我？"

"没有。"容淮的眼尾带着笑意，"我只是在等愿愿仙女向我求救。"

叶愿欢没好气地睨他一眼，傲娇地伸出手："还不过来？"

容淮并未接过叶愿欢的手，而是直接倾身将伞递给她，随后揽住她的腰以公主抱的姿势将她抱起。

"遵命，我的愿愿大小姐。"

叶愿欢抬手压了压鸭舌帽，莫名地有种恋情被发现的心虚感，为他撑伞的同时往他的怀里藏了藏。

"咔嚓——"

可不远处还是有闪光灯亮起。

容淮敏锐地捕捉到恰好路过医院的女孩。

女孩只是感觉那人的身形有点像女神，然后又看到容医生，于是没忍住拿出手机拍了张照，没想到被当众抓包！

"那个……"女孩明显有些慌乱。

相距起码十米的距离，容淮与她对视。

女孩本以为自己要被算账，没想到容淮什么都没说，就抱着叶愿欢进了医院。

女孩："啊？"

居然不过来要求她删掉照片吗？那是不是默许她分享的意思？

女孩没忍住，打开了自己的手机——

　　愿愿仙女宇宙最美：啊啊啊，我在医院门口遇到"椰蓉夫妇"了！！！

热搜
第五

公主抱 _zhai_ _ye mei gui_

1	"椰蓉夫妇"医院被拍	爆
2	公主抱太甜啦	新

新闻热度逐渐发酵。

而容淮抱着叶愿欢去拍了片子。

清冷的容医生抱着女性患者，穿梭于云京医院做检查的事，仿若爆炸般瞬间传遍了所有科室！

叶愿欢坐在他的办公转椅上玩，容淮则坐在客用椅子上翻阅报告。办公室的门忽然被推开——

"容淮你今天的事迹我可全听说了！"宋清辞风风火火地闯进来，"你交女朋友了？你居然交女朋友了？我本来还以为你对我的女神图谋不——"

他的话戛然而止。

没想到那位被容医生抱着的女性患者就坐在办公室里。

全副武装的叶愿欢正抬眸看他。

宋清辞立刻温文尔雅地将双手交叠在身前："你好，我是容淮的同事宋清辞。你是……"

"我记得你。"娇媚的嗓音响起。

宋清辞微微一怔，总感觉这声音好像有点熟悉。他神情复杂地多打量了她几眼。

"厄瓜多尔玫瑰。"叶愿欢微抬俏颜，"上次我出院时是你送的。"

音落，她伸手摘掉了口罩。

那双漂亮的眼眸，也随着墨镜被摘掉而暴露了出来！

宋清辞僵在原地。

他感觉自己的魂似乎都被抽没了，好半晌才木讷地道："啊！"

宋清辞蓦然扭头看向容淮。

他的目光甚至找不到聚焦点："这就是你在医院里明目张胆抱着做检查的那位女性患者……我老婆？！"

容淮道："她不是你的。"

宋清辞：啊？！

你有本事跟所有粉丝说一遍啊！

宋清辞的目光在两人间游移，便见叶愿欢悠闲慵懒地转着办公椅。她的左腿盘在椅子上，右腿由于脚踝有伤，随性地垂落下来。

但莹白漂亮的脚趾却不太安分，时不时朝容淮的西装裤蹭去。

容淮冷白的长指握住她的脚丫，嗓音清冽，语气宠溺："乖，别闹。"

宋清辞一阵无语。

宋清辞迟疑道："老婆……呃，女神，你该不会真的在跟容医生谈恋爱吧？"

"嗯？"叶愿欢转头。

她看向容淮："没有。我暂时对他没什么兴趣，是他单方面对我图谋不轨。"

"嗯。"容淮的眼眸里漾起笑意。

他看向叶愿欢，摩挲着她的脚丫："我们愿愿说的都对。我努力不让这个'暂时'持续太久。"

宋清辞当即撸起了袖管："容淮，夺妻之仇，不共戴天，今天咱俩必须得消失一个！"

容淮的笑意瞬间敛起。他淡漠地看着宋清辞，拿起座机听筒："心血管外科容淮，让停尸间给我留个位置，等会儿有尸体要送过去。"

宋清辞：什么？

这时护士敲门而入："容医生，您刚才带来检查的那位患者报告出——"

"女神！"护士惊讶道，"网上和院里都在传容医生亲自抱你来医院做检查，我本来还不信，没想到真是你！"

"你好。"叶愿欢红唇轻扬。

漂亮的眼睛里荡漾着璀璨的笑意，护士瞬间心乱神迷："啊啊啊，女神你真的好漂亮，我好爱你！"

"谢谢。"叶愿欢甚至还抛了个媚眼，"我也爱你哦！"

容淮玉似的指节轻敲两下桌面："报告放下就出去。"

护士："呜呜呜。"

容医生果然是高岭之花，不近人情，连一分钟的追星时间都不肯给。

护士放下东西，转身出门。

容淮看着报告。宋清辞也过去看了两眼："怎么感觉脚踝又严重了？你咋回事啊，我女神不是住你家吗？"

居然没照顾好她，可恶！

容淮薄唇紧抿，心脏像被刀剜过一样痛。

这件事……的确怪他。

倒是叶愿欢推着椅子过去，探出一颗小脑袋："是吗？那我是不是能跟昕姐延长休假时间了？"

反正只要不留疤，怎么都好。

宋清辞被她逗笑："不愧是我女神，娱乐圈野玫瑰就是野，不娇气！"

容淮看向叶愿欢，哼笑道："嗯，不娇气。"

叶愿欢哪能看不出他的阴阳怪气。

她像只骄傲的小天鹅抬起头："我本来就是野玫瑰，当然不娇……呜。"

容淮轻轻地握住她的脚踝，叶愿欢疼得要流出眼泪，委屈地看着他："你报复我？"

"哪里舍得？"他声音低哑，随后小心翼翼地捧起叶愿欢的脚，搭在自己的大腿上，"给你上药。"

容淮的动作格外轻。

注意到旁边的人，他抬头道："你没觉得你的头顶有点亮吗？"

宋清辞：咋待在自己的办公室里都遭人嫌？

他咬牙切齿地睨了容淮一眼，拿起文件后转身："我去病房行了吧？"

说罢便不太情愿地离开了办公室。

叶愿欢抬起眼眸，偷偷地打量着为她上药的容淮。他的睫毛很是纤长，根根分明，像是漂亮的小梳子。

哪怕分手多年不曾见，再相遇时，她还是会为他的颜值狠狠心动。

"嘶……"

少许的痛感忽然传来。

叶愿欢莫名有种被窥探了小秘密的心虚感。

女人漂亮的脚趾不安分地蜷缩着，小声道："有点疼……"

"我知道。"容淮的嗓音哑得厉害。

他用指腹轻揉着她的脚踝："固定夹板时可能会有点疼。忍一忍，乖。"

叶愿欢咬着红唇轻轻地应了声。

容淮继续给她处理伤口。叶愿欢时不时疼得轻缩一下，容淮的心脏也跟着疼，恨不能转移她的痛苦。

"嗡——"

叶愿欢的手机振动起来。

她的注意力被转移，接起了电话："喂？昕姐……"

"叶愿欢！"黎昕咆哮道。

"怎么了？"叶愿欢轻嗫红唇。

黎昕叉腰，深吸一口气道："我不是说过有状况要先告诉我？非要让我在热搜上看到你恋情曝光是吧！"

"啊？"叶愿欢无辜地歪着脑袋，"什么恋情曝光，别胡说八道！仙女单身！仙女独美！"

黎昕哼笑一声："你自己看新闻！"

叶愿欢立刻将手机从耳边拿开，点开新闻。

果然看到与自己有关的热搜。

　　#"椰蓉夫妇"医院被拍#
　　#公主抱太甜啦#

热度最高的是一位名为"愿愿仙女宇宙最美"的路人发的消息。

她还发了照片。

虽然拍得有些糊，但能看清两人的身形。

容淮以公主抱的姿势抱着叶愿欢。

叶愿欢帮他撑着伞。

　　救命！这是在拍海报吧！
　　求个救生圈，今天又是快要被"椰蓉夫妇"的爱情海淹
死的一天。
　　我宣布他俩的钥匙被我吞了！
　　这谁能顶住啊！
　　…………

"椰蓉夫妇"的超话又猛涨一波粉丝。

　　身为一线顶流，叶愿欢的举动实在很受关注，连带容淮的热度也疯狂攀升，有不少网友想找他的信息——

我看旁边停的车，根本配不上叶愿欢吧？

嘶，我看那医生是想傍富婆。我根本感觉不到他们究竟
哪里般配了。

求求愿愿宝贝儿擦亮眼睛！

…………

最终还是有人没忍住，甩出链接并道：麻烦各位看看这个再说
行吗？

不明所以的群众好奇地点开。

竟是容淮的详细信息，以及他在医学领域的成就——

容淮，男，25岁。

云京医院心血管外科医生，堪称外科第一神仙手。全院
最年轻的科级主任，国家亲授的全国最年轻院士……

另有人丢出顶级医疗器械集团研究所的资料。

上面赫然写着——

注册资本：300亿。

法定代表人：容淮。

身家300亿！

打扰了，是我有眼不识泰山。

300亿身家的集团CEO，又是国家亲授的医学院士，
能配不上叶愿欢？

…………

叶愿欢的眼睛里闪烁着狡黠的光，她疑惑地看向容淮："配得
上吗？"

好像是绝配的呢！但她转念一想，容淮不过是被她嫌弃的回头草而已。

"说说吧，这次又是怎么回事？"黎昕没好气地质问。

叶愿欢轻舔红唇："脚受伤不能走路，容医生身为我的小竹马，见义勇为，善良单纯地抱我走了一段路而已。"

黎昕：说得倒是挺冠冕堂皇。

黎昕微笑道："我是不是该庆幸只是拍到了个公主抱，而不是拍到你钩着人家往卧室走？"

"是呢。"叶愿欢真诚地点头，"不过你说的后面那种情况应该跟愿愿仙女无关呢。"

黎昕："呵。"

她就该把记者在蓝屿酒吧拍到的视频画面打印出来拍到叶愿欢的脸上，让叶愿欢好好地回顾下。

容淮看她一眼："小青梅，别用你的脚趾乱勾我的衣服。"

声音清晰可闻。

黎昕：她打电话来还坏了两人的好事呗！

黎昕头疼："那我真这么澄清了啊。下次别让我看到类似车内接吻的新闻，那'青梅竹马'可说不通。"

叶愿欢信誓旦旦道："绝不可能有那一天。"

黎昕心道最好是这样，随后跟她讲了下后续的通告："你那部《招惹》还是原定后天开机。导演调整了拍摄安排，让你先拍坐着和躺着的戏，另外承诺会在剧组给你配个医生。你这两天收拾行李准备一下。"

叶愿欢：残酷的娱乐圈好无情。

叶愿欢不情不愿地收拾着东西。

她坐在轮椅上，推着粉色的行李箱，却在客厅遇到容淮。

叶愿欢的眼里闪过狐疑，随后弯腰用手肘抵着行李箱，单手托腮歪着脑袋："我记得容医生今天不轮休吧？"

容淮散漫地看向她。

男人身形颀长，慵懒地陷进沙发里时，莫名透着几分蛊惑。

"嗯？"他双腿交叠，"这不是得送我们愿愿？"

叶愿欢丝毫不感到意外。她慢悠悠地起身，用指尖抵着行李箱稍用力一推，那粉色的行李箱便滑到容淮面前。

他指腹轻摁，阻止行李箱继续滑行，然后抽出把杆起身："走吧小青梅。"

叶愿欢推着轮椅正想往前移动，腰却被微凉的手掌搂住。

叶愿欢抬头，便映入容淮的眸里。容淮的脸上带着笑意："小竹马怎么舍得让小青梅自己推轮椅？"

他说着便抱着她的腰让她坐了行李箱上："抓好把杆，摔了可别哭着喊疼。"

叶愿欢今天穿的是御姐短裤，修长白皙的双腿在两边轻晃着。

容淮弯腰用指尖碰了下她的腿。

叶愿欢歪头道："嗯？"

"别晃。"容淮道。

叶愿欢乖巧地收拢了双腿："容医生该不会这么容易就被我勾引到了吧？

"既然对我这么情有独钟，当年提分手时怎么舍得啊？"

纤长的睫毛轻颤了一下，容淮的眼尾带着笑意："舍不得。"

容淮俯身，轻抵着她的鼻尖："当然舍不得。"

思绪逐渐被拉回多年前。

种满玫瑰的古堡里，针管满地，鲜血淋漓。

容淮低着头，试图擦掉衬衣上的血。他甚至不敢抬头看向镜子里的自己……

而此时的他洗去了血污，干净地重新来到她的面前。

"所以这不是回来了吗？"

叶愿欢看着容淮。许是离得太近，她感觉自己的灵魂好像陷进了那双深情的眸里。

她移开视线："但不是所有事情都可以轻易地回去的。"

闻言，容淮的笑意消失，垂落的眼睫掩藏住他的失落。

很快笑意重新出现在他的脸上："没关系。因为是愿愿，所以我愿意等。"

当年先走的人反倒最先回来，妄自等待玫瑰花开与风来。

叶愿欢道："司机先生，再不走就迟到了。"

容淮弯轻笑一声，白皙的长指握住把杆，推着坐在行李箱上的叶愿欢向车库走去。

小葵在云京影视城外接到人。

叶愿欢依然倔强地穿着高跟鞋，但小葵可不敢再让她随意蹦跶，直接将她摁到轮椅上推去休息室。

路上遇到的剧组人员都热情地跟她打着招呼——

"愿姐。"

"愿姐早上好。"

"愿姐辛苦了呀，那么敬业。"

"脚伤好点没有？"

叶愿欢浅笑着逐个回应，眼睛里闪烁着璀璨明艳的光。

"愿姐。"小葵欣赏着她的美貌，"等会儿到休息室后，还有昕姐给你准备的惊喜哦。"

"嗯？"她今天为了打扮起得有些早，有些倦意，"什么惊喜？"

小葵神秘地笑道："到了就知道啦。"

昕姐知道她们家愿愿娇气，特意提前好几天来布置了休息室，还搬来了繁华里那边的床垫和地毯，因车祸而没去现场领取的金蔷薇最佳女主角奖杯也放在里面。

叶愿欢疑惑地眨着眼睛："那我期待一下，别是惊吓就好。"

"当然不会！"小葵信誓旦旦。

与此同时，祝清嘉骄傲地挎着小香包，踩着高跟鞋走进休息室。

助理担忧地跟在后面小声问："清嘉姐……这样真的没关系吗？"

"能有什么关系？"祝清嘉不屑。

她像只得意的花蝴蝶般环视一圈："我跟叶愿欢分明同咖，凭什么她能有这么好的休息室，我就只能去房车？"

祝清嘉说着便将包放在床上，然后坦然地坐下："我今天偏要占她的休息室，能如何？"

"可是……"助理有些担心。

虽说祝清嘉跟叶愿欢仿佛同咖，都是拿过奖的一线明星，可流量差距和奖杯的含金量天差地别……

况且祝清嘉在这里只是演女二号。

祝清嘉挑眉看向放在化妆间的金蔷薇最佳女主角奖杯："啧，还挺招摇的。"

拍个戏还要把奖杯拿过来炫耀。

她说着便起身，走到橱柜前不高兴地睨了两眼："把这个奖杯拿走，别留在我的休息室里面。碍眼。"

"这……"助理迟疑，但看到祝清嘉不太友善的眼神，她还是伸手准备拿起奖杯。

这时休息室外传来嬉笑声："愿姐，你的休息室就在这边啦！"

"咔嚓——"

休息室的门被人推开。

"啊——"

看到精心布置的休息室里有别人，小葵还以为进了小偷，尖叫出声。

祝清嘉的助理吓得一抖，差点将奖杯碰掉。

"住手！"小葵眼瞳骤缩，立刻飞速地冲过去拿过奖杯，由于跑得太急还撞到了腿。

"嘶……"

"小葵！"叶愿欢推着轮椅进入休息室，弯腰伸手扶住了小葵，"没事吧？"

小葵低头看了眼怀里的奖杯，摇头："没事没事！还好没把奖杯给摔了！"

叶愿欢："我说你……"

小葵微怔了下，又拨浪鼓似的摇头："我不重要，奖杯没事！"

她骄傲地把奖杯捧了过去。

叶愿欢接过，看向祝清嘉，随后慵懒地往轮椅上一靠："我还以为是哪里来的小偷呢，原来是祝姐姐啊。"

祝清嘉没想到叶愿欢来得这么早。

她还没怎么享受这间休息室，就被人打搅，不爽地撇了下嘴。

叶愿欢扭着腰身，莹白的指尖轻点脸蛋："我的休息室用得还舒服吗？"

准备怼人的祝清嘉突然哽住，燃起的怒火在看到叶愿欢的瞬间被浇灭——

以前怎么没发现，她的皮肤这么雪白无瑕啊！

肩膀和锁骨好漂亮啊，是特意练的吗？

突然好想跟她学习化眼妆的技巧哦！

"我……"祝清嘉痴痴地看着叶愿欢，好半晌才回过神来。

她顿时对自己的过往举止感到异常懊悔，戳了戳身旁的助理："我们这是在干吗？"

"啊？"助理茫然道，"就……您把叶影后的休息室给占了。"

"太过分了！"祝清嘉忽然道。

她连忙拎起放在床上的包，弯腰试图抚平被子上的褶皱："抱歉啊……愿欢，我就是看到你的休息室很漂亮，所以没忍住进来欣赏了下。你不介意吧？"

叶愿欢眨了下眼睛。

祝清嘉立即补充道："你介意的话，我这就让人去给你买套新的床上用品换上！"

叶愿欢看向祝清嘉，有些狐疑道："你……没发烧吧？"

她还没开始战斗呢。

祝清嘉看着叶愿欢的眼睛，瞬间就产生了种被勾魂的感觉："没、没。"

甚至连脸颊也隐隐泛红。

她忸怩地走到叶愿欢面前："那个……我们能拍张合影吗？"

"当然。"

祝清嘉的脸蛋瞬间更红了。

小葵看着之前在直播间结仇、马上就要打起来的人突然亲密地合影，她和祝清嘉的助理站在旁边不知所措。

祝清嘉拿着手机，脸红扑扑的："抱歉啊愿欢，我真的不是故意占你的休息室，还有之前直播的事情……"

她曾经竟如此没有自知之明，内涵"仙女"靠化妆才有盛世美颜！

"没事，不过害小葵受伤你确实应该道个歉。"

"当然，当然。"

祝清嘉连连点头，随后真诚地鞠躬："小葵对不起！"

小葵露出惶恐之色，紧张地道："我……我没事。"

祝清嘉随后揪着助理的衣角，转身离开叶愿欢的休息室。

小葵僵硬地扭头看向叶愿欢："愿姐，这祝清嘉不会是疯了吧……"

她分明跟愿姐是对家!

叶愿欢幽幽叹气,拨弄着头发道:"唉,我的魅力果然掩藏不住。"

小葵:"啊?"

剧组此前就定过妆造。

化妆师来叶愿欢的休息室帮她化好妆,她换了旗袍后便前往片场。

《招惹》,这是一部民国题材的谍战电影。

党派关系胶着,暗潮汹涌间,军队医生南姒遇到多年前与之分手的军官沈肆。

沈肆不曾放下南姒,相遇后重新对她展开追求,没想到两人拉扯间,沈肆却发现南姒是敌对势力安插的间谍……

"愿姐,你穿旗袍真好看。"小葵眨眼看着叶愿欢。

叶愿欢用手肘抵着轮椅扶手,抬了抬娇颜:"仙女穿什么不好看?"

小葵:"也是……"

但咱能不能别一听夸奖就想上天?

祝清嘉也穿着旗袍站在旁边,眸光始终落在叶愿欢的身上。

剧组工作人员察觉气氛诡异。

"我听说,前段时间愿愿宝贝儿跟祝清嘉在直播间里直接 PK 开撕呢……"

"那关系岂不是会很尴尬?万一真打起来的话,我会忍不住给老婆站队的!"

"祝清嘉一直在看着愿宝欸……"

"该不会等下就开撕了吧?"

大家都担心剧组,时刻关注着那边的动静。

没多久，果然看见祝清嘉朝叶愿欢走去！

众人：！！！

此时的叶愿欢正在精心打理妆造，月白蓝的旗袍清雅却不乏妩媚，在片场里构成了最撩人心弦的风景

眼见祝清嘉端着奶茶朝叶愿欢走去，忽然抬起了手。

众人：完了完了，要泼奶茶了！

但这场好戏并未发生，只见祝清嘉将奶茶递过去："愿愿，天气好热哦，你要喝点冰奶茶吗？"

她刚刚特意让助理买了两杯。

众人：该不会是在奶茶里放了东西吧？

叶愿欢嫌弃地蹙眉："不喝。很容易发胖的。"

众人：宝贝儿在暗讽祝清嘉胖！这肯定不能忍！这得打起来吧？

"啊……"祝清嘉失落地收回奶茶，"好像是哦，那我下次给你买无糖的！"

众人看着眼前发生的这一幕，有些不解。

为什么跟想象中的不一样？

这时，嘈杂声打断了他们的思路，顾长的身影走进片场。

"大家别看热闹了，谢导来了。"

"我去化妆间看看其他艺人准备好了没，谢导问的话就说'马上'！"

"我去催一下摄影组那边的进度。"

"我……啊……救！"

谢之，娱乐圈著名年轻导演，论颜值有人说他俊美，论性子有人说他张扬，但无可指摘的是他部部爆款，部部拿奖。

他并没有什么让人闻风丧胆的坏脾气，但圈中的人都敬他、怕他。

只因——

谢之刚到片场就扫视一圈："啧，那边的演员怎么回事？"

所有人僵住。

谢之指向坐在不远处的那排群演，指尖点了两下。

"长得挺有创意，化妆师也挺损，眼睛、鼻子、嘴巴各化各的，谁也不服谁。脸抹得这么白是打算出殡吗？"

众人被他这番言辞说得呆住。

那些小群演差点被谢之给骂哭。

化妆师连忙过来："抱歉谢导，您对哪里不满意？我这就给他们改妆。"

"哪里丑你自己看不出来？"谢之懒散道，"你们这些化妆师长脑袋是为了让自己看起来高点吗？"

众人一时无言。

化妆师也差点被谢之骂哭。

他们连忙拎着小演员们溜之大吉，飞速去重新改妆容和造型。

叶愿欢眨着眼睛："没想到这谢导的嘴巴还挺厉害。"

小葵：话不能乱说！

她正要阻止叶愿欢祸从口出，便见谢之漫不经心地看过来。

小葵心中当即警铃大作。

本以为谢之要朝叶愿欢开炮了，却见他波澜不惊地收回视线："都到齐了？到齐了就都出来，这些明星现在一闲下来就蹲在房车里，不知道的还以为要孵蛋。"

场务立刻去催演员和工作人员集合。大家立刻从房车和化妆间赶来。

小葵迟疑道："愿姐……你说你坐在轮椅上，该不会也会被谢导骂吧？"

叶愿欢：难不成要让她单腿站着？

就在两人犹豫时，谢之恰好看过来。她们瞬间头皮发紧，以为他要发难，却见他挑了挑唇："轮椅不错。"

小葵："什么？"

叶愿欢点头心想：嗯嗯，我知道不错。

谢之没再将注意力放在她们身上，只姿态懒散地单手插兜："既然人齐了就准备开机仪式吧。在此之前顺便给你们介绍个人。

"我们剧组的新成员。

"军区医院相关戏份的专业医学指导，以及我们的随行医生——"

这时叶愿欢的耳坠与头发勾缠。她的手指绕着发丝，试图将耳坠从中拆解出来，直到忽然听见那个医生的名字——

"容淮。"

叶愿欢的手指一颤，娇嫩的耳垂被拉得生疼："嘶……"

还未等她彻底回过神来，耳垂处传来微凉的触感。容淮倾身，捏住她的耳尖："别动。"

低沉性感的嗓音轻敲着耳膜。

叶愿欢抬起眼眸，便看到男人清俊的侧脸。他小心翼翼地将耳坠与发丝分开后，轻笑一声："听到我的名字，小青梅怎么反应这么大啊？"

"确实。"叶愿欢抬起头，"我可能还是忘不了前男友。"

"毕竟，"叶愿欢眉眼带笑，"每次唢呐声响起，我都以为走的是他。"

容淮：嘴硬的女人。

他轻笑了声，慢条斯理地直起身，指尖碰到金丝边眼镜边缘，将它往上一抬："抱歉各位，小插曲。"

谢之不甚在意。他迈着懒散的步子朝容淮走去："这位就是我说的那位医生，未来拍摄期间都会随行。女一号需要学习的医疗知识，也由容医生来做专业指导。"

女一号叶愿欢：怪不得容淮今天没去医院，还那么积极地送她来片场，合着就是顺路！

小葵偷偷跟她感慨："愿姐，容医生该不会是特意来陪你的吧？"

叶愿欢微笑。

大可以把"该不会"和"吧"去掉。

容淮看向叶愿欢，伸出手："女一号，请多指教。"

叶愿欢硬着头皮跟容淮握了手。

祝清嘉在旁边嗑着手里的冰奶茶，偏头跟助理八卦："我以前还从没见过容学长这样，怎么说呢……像只花孔雀。"

助理一时沉默。

助理提醒道："清嘉姐，你之前还说势必要把容学长从她手里夺回来。"

"胡说八道！"祝清嘉立即反驳。

《招惹》剧组完成开机仪式，全员大合影被官方发到了新闻上。

　　　# 招惹开机 #
　　　# 叶愿欢旗袍造型 #

合影里，叶愿欢坐在最中央，月白蓝的旗袍修饰着婀娜身段，长腿外露，风情万种，白玉无瑕的肌肤似发着白光。

　　啊啊啊，又是被蛊惑的一天！

　　长得这么好看，活该被夸。

　　有完没完，仙女下凡不提早吭声？

　　老婆，稍微有点姿色就行了，倒也不必美得如此过分。

　我怕情敌，呜呜。

　　救命！我爱旗袍美人！

　　…………

"椰汁"积极地夸赞着叶愿欢，但也有视角新奇的粉丝拿着放大镜，发现了意外收获——

啊！容医生怎么也在？

难道是愿宝的贴身医生？我听说愿宝进组之前脚伤又严重了。

唔，愿愿宝贝儿这个角色就是医生。容医生或许是医学指导？

嘿嘿，反正肯定是追着愿宝来的！

…………

合影拍完后，叶愿欢正准备挪回轮椅。她下意识抬手，要小葵帮忙扶着，指尖却搭在了微凉的腕上。

叶愿欢抬眸，对上容准的目光。

"身为剧组的随行医生，扶受伤的女主角回到轮椅上休息，是我分内的责任。"

叶愿欢：她能不能请这个人走远一点？

剧组众人眼睁睁地看着容准推着叶愿欢一起进了休息室。

被抛弃的小葵站在那里，有些不知所措。

耳边忽然响起说话声，吊儿郎当的："你就是叶愿欢的那个小助理？"

"啊……啊。"小葵茫然地扭头。

结果看到面前的人，她吓得张大嘴巴！

然而小葵还没发出声音，就被谢之捂住了嘴："叫什么啊？"

小葵惊慌失措地瞪大了眼睛。

谢之好似并没有要找她麻烦的意思，只饶有兴致地看着那两道背影："我听说，容准在追你家艺人。跟我说说，这事儿真的假的？"

被捂住嘴巴的小葵疯狂摇头。

愿姐的事，就算她真的清楚也不能乱说，况且她压根不知道内情！

谢之不耐烦地"啧"了声："不能说，还是不知道？"

小葵继续摇头。

谢之干脆松手。

小葵义正词严："不能说，也不知道！"

谢之散漫地将手插入兜里，只觉得容淮主动靠近女人甚是稀奇："看来得搞点事。"

不搞点事，他就不知道怎么回事。

不知道怎么回事就难受。

难受就想怼人。

于是他看向小葵："我突然发现，你化的这个眼影，像是有眼屎在发光。"

小葵：我没有惹你们任何人。

容淮跟叶愿欢进了休息室后就没再出来，剧组因为这件事疯狂讨论。

然而叶愿欢刚进休息室就摔了跤。

她急于摆脱容淮，踩着高跟鞋单脚往里蹦，结果鞋尖踢到地毯边缘，整个人猝不及防地往前一扑！

她下意识地试图抓住什么来保持平衡。

并且她的确是抓住了什么……

叶愿欢躺在床上，看着压在自己身上的容淮，道："是个意外。"

回应她的是愉悦的笑声。

"前女友还说不是对我余情未了？"容淮道，"都这样投怀送抱了，还没打算尝尝我这根回头草？"

叶愿欢懊恼地伸手捂住容淮的嘴："说了这只是个意外！"

容淮轻笑时气息洒在她的手上。

他顺势微抬下颌，将唇瓣印在了她柔软又温暖的手心上。

叶愿欢立刻将手收了回来。

"行，我们愿愿说是意外就是意外。"容淮慵懒地扫过她耳鬓的碎发，"今晚打算住哪儿？"

叶愿欢有些不舒服地扭了扭身，始终警惕地看着他："宾馆。"

剧组给她在影城附近安排了宾馆。

容淮嗓音低沉："不跟我回玫瑰庄园？"

叶愿欢心想那本来就不是她的家。如今剧组安排了宾馆，她也没有再跑去别人家赖着的道理："不回。"

"宾馆的床不适合我们愿愿小娇花。"容淮继续诱哄。

他轻笑道："玫瑰庄园的床软，还有玫瑰精油浴，容司机每天接送，三餐全包，也不肯回玫瑰庄园？"

叶愿欢：听起来好像是有些心动的。

"你的玫瑰庄园跟我有什么关系？我像是那种喜欢赖在别人家的人吗？"

"不像。"容淮轻笑一声，"所以不是我们家愿愿赖着，是我求你。"

叶愿欢的心跳不受控制地加速跳动起来。

"再说吧。"叶愿欢侧过头。

她长睫微微垂落，不知道是在逃避，还是在惧怕。哪怕比以前更心动，叶愿欢也迟迟不敢向他再迈近一步。

休息室外传来敲门声。

小葵在谢之的威逼利诱下，硬着头皮过来："愿姐，你在吗？"

"快点起来。"叶愿欢推搡了他两下。

容淮慢条斯理地起了身，顺便向叶愿欢探去一只手，姿态懒散。

此时的叶愿欢顾不得那么多。她搭上容淮的手，这才顺势借力从床上坐了起来："你快点藏到我的衣柜里去！"

容淮散漫地轻挑眼尾："刚才全剧组的人都看见我跟你进了休息室。"

叶愿欢：听起来好有道理。

她单腿站立，抓着容淮的袖口往前蹦了蹦，然后拿起剧本转身坐到旁边的沙发上："那你快把床给抚平！"

哦，让他弄啊。

容淮弯腰，开始慢悠悠地铺床。叶愿欢则佯装坐在沙发上，翻阅起剧本来。

她红唇轻启："我在。进来。"

小葵小心翼翼地推开了门，先是探出一颗脑袋，东张西望。

果然看到容淮也还在休息室里！

她恨不得现在就转身，可身后有人把她往休息室里一推。

求复合

ye zhai   *ye mei gui*

小葵猝不及防地跟跄进去。

她硬着头皮看向叶愿欢："那个……愿姐，是谢导让我来看看的！"

靠在休息室外看热闹，且立刻被出卖了的谢之：行吧……

他干脆直了直腰板，转身踏进休息室，淡定道："哦，我过来找一下容淮。"

谢之目光扫荡，最终落在休息室的公主床上，一身白大褂的容淮正不紧不慢地抚着那粉白的被褥，被点到名后侧了下身。

他神色淡淡："哦，我在铺床。"

叶愿欢立刻抬起眼眸看他。

容淮修长白皙的手指扫过袖口，优雅地将袖子徐徐挽起："刚才不小心给睡出褶了。

"我们愿愿怕被人发现什么，不过没关系，幸好是你们——找我有事？"

叶愿欢一时无言。

休息室的气氛一度低沉。

佯装看剧本的叶愿欢也装不下去了，抬头道："对。他刚才左脚踩右脚把自己绊倒了，恰好摔在了我的床上。"

小葵她现在放个屁都比愿姐这句话靠谱。

谢之道："哦——看来是我打扰二位办好事了。"

"才不是呢！"

"知道就好。"

两道声音同时响起。

"有事？"容淮看向他。

谢之转着手里的车钥匙圈："也没什么事，就是今晚剧组庆祝开机，在蓝屿酒吧，通知一下你俩，得到。"

叶愿欢真的几乎不参加圈内酒局，因为她每次喝醉了酒之后就会……

容淮也对喝酒没兴趣，但他忽然想起那天晚上喝醉酒的叶愿欢……

"嗯。"容淮语调缓慢地应了声，"我们会去。"

叶愿欢：你想去你就去，代表我干吗？

她肯定不……

偏偏谢之神情慵懒地朝她扫了过来："女主角应该不会拂我的面子吧？"

"当然不会。"叶愿欢笑容牵强。

随后谢之朝容淮挑了下眉，两人并肩离开了休息室。叶愿欢立刻拿起手机，开始跟自己的好姐妹吐槽——

> 叶愿欢：容淮他色诱我！
>
> 聂温颜：哦。
>
> 叶愿欢：身为好姐妹的你居然就这个反应？
>
> 聂温颜：那我换个反应好了。
>
> 叶愿欢：？

叶愿欢觉得自己这个好姐妹不靠谱，于是将她扔进了黑名单，收起手机。

蓝屿酒吧。

叶愿欢被簇拥着坐在沙发中央，纤长莹白的手指端着酒杯，点缀着细闪眼影的眼睛在灯光下显得更加璀璨。

"愿愿，我敬你一杯。"祝清嘉端着酒杯忸怩地走到她的面前。

叶愿欢慵懒地轻轻与她一碰，高脚杯抵在红唇上，即便是简单的动作也显得格外动人。

祝清嘉脸蛋微红："愿愿，你长得真的好好看……"

叶愿欢眼尾轻抬："谢谢。"

就连扮演男主角的季屿川也将眸光落在她的身上。

"叶小姐。"他主动绅士地靠近，"你好，我是扮演男一号沈肆的演员季屿川。我们之前应该在红毯上见过。"

容淮的眼睛微微眯起。

叶愿欢微抬眼眸，打量着眼前的这个男人。长得还行，但没什么印象，以她的审美标准来说，只算中等。

可季屿川也是娱乐圈一线顶流，不管论颜值还是演技，都被粉丝追捧为 Top 级别，是身材和性格都极好的硬汉型。

"你好。"叶愿欢礼貌地点头。

季屿川端着酒杯坐到她的身边，跷起二郎腿："未来三个月互相指教。"

容淮像一只蛰伏在角落里的狼，紧盯着跟叶愿欢碰杯的季屿川。忽然，他伸手勾住了纤细的杯颈。

"季影帝别只跟女孩子喝啊。"容淮姿态懒散，直接将叶愿欢的酒杯夺了过来，"怎么不给我敬杯酒？"

谢之被他吸引了目光。

他挑了下眉，暂时打发掉与他攀谈的人，饶有兴致地朝那边看过去。

季屿川笑了声："之前就听说容医生跟愿欢有故事，看起来是真的？"

容淮漫不经心地抿了口酒。

"我似乎也从未否认过是假的啊。对吧……小青梅？"

容淮的眸光落在叶愿欢的身上。

被点名的叶愿欢头皮一紧，干脆弯腰随意地拿了瓶酒，直接对瓶喝，转移注意力。

容淮忽地倾身贴近："小青梅可别喝多了，不然又缠着我索吻，小竹马可顶不住。"

灼热的气息洒落在她的耳畔。

昏暗的灯光中，叶愿欢耳尖微红，视线闪躲："我去趟洗手间。"

季屿川跟容淮目光交替。

前者只是欣赏叶愿欢的美貌和演技，单纯地过来打声招呼；倒是后者——

将占有欲表现得明明白白。

谢之欣赏完大戏后轻嗤一声，随后收回视线："有趣。"

今晚这个瓜真的有点甜。

叶愿欢用完洗手间后转身准备往外走。

就在洗手间的门刚被打开的瞬间，一道颀长的身影顺势抵过来，勾缠着叶愿欢向后退。

"咔嗒——"

洗手间的门又重新被关上，紧接着是清脆的上锁声。

叶愿欢抬起眼眸，映入眼帘的是张俊美的脸。

包厢旁的高级洗手间是不分性别的。容淮将叶愿欢抵在墙上，后者试图走，但男人抬起手臂撑在她的身侧："跑什么？"

"没跑。"她红唇轻启。

叶愿欢慵懒妩媚地抬起脸蛋凑近，刚好能蹭到他的下颌，红唇轻轻地落了上去。

　　容淮只觉得心尖被轻轻地撞击了一下。

　　耳边响起叶愿欢愉悦的娇笑："容医生长得这么好看，谁看了舍得跑？"

　　容淮看着忽而变得主动的叶愿欢，又想起上次喝醉的她也是这副模样，心底隐隐产生了一个猜测。

　　"是吗？"容淮冷白的指尖挑起她的下巴，然后蹭着她的鼻尖，"是谁说的绝不会吃回头草？"

　　"嗯？"叶愿欢微微张着红唇，"可有时候好像也挺想尝尝回头草是什么味道。"

　　莹白的指尖轻抵在他的胸膛。

　　"容医生的锁骨处好像能养鱼啊，这些年来养了几条？"

　　容淮见她这样便知猜得没错。

　　"没养过。"容淮将她的手握在了自己的掌心里，吻了下她的手背，"自始至终就这么一个小狐狸精。"

　　叶愿欢欢愉地笑了笑。

　　"小狐狸精这些年来喝醉了酒，又勾过多少人？"

　　叶愿欢将手从容淮的掌心里抽出："可不是谁都能入我的眼。"

　　容淮不着痕迹地挑了下唇。

　　叶愿欢伸手，从脑后穿过他的发："容医生算一个。

　　"也是唯一一个。"

　　"那还不肯答应跟我谈恋爱？"

　　叶愿欢的视线落到他的喉结上，用指腹轻抚，转移了话题："容医生的喉结真好看。"

　　叶愿欢又道："我们走吧。"

　　容淮抵着她的额头，冷白窄长的手指托着她的脸："去哪儿？玫瑰庄园还是楼上？"

　　"楼上。"

"我为你造的玫瑰庄园不好吗？"

"那就玫瑰庄园。"

"谢之那边怎么解释？"

容淮原以为叶愿欢会很在意这个，哪料叶愿欢笑道："管他呢。"

随后她便趴在了容淮的身上："带我走。"

晨光熹微。

叶愿欢窝在容淮的怀里睡得熟。

"零零——"直到闹钟响起。

叶愿欢倦懒地伸出手去摸手机，却摸到一张脸，指尖无意识地沿着五官描摹。

纤长的睫毛，高挺的鼻梁，削薄的唇瓣……手指突然被什么东西咬住。

叶愿欢惊醒，立即疯狂往后缩："容淮！"

容淮姿态慵懒地躺在床上，单手枕在脑后："昨晚还叫'阿淮'呢，现在怎么叫得这么生分啊，小青梅？"

此时的叶愿欢只觉得脑子疼。

她闭上眼，揉着太阳穴，努力回忆着昨晚发生的事情。果然又是因为喝了酒。

她每次喝醉就会控制不住……

"你……"叶愿欢难得哽住。

她的眸光落在容淮的脖颈儿和锁骨上……

那颗嫣红的朱砂痣明显被咬过。

容淮凑近她，轻笑："谈不谈啊，小青梅？"

叶愿欢态度坚决地再次往后缩了缩。

容淮却得寸进尺，往她的方向靠近："都这样对我了，还不肯谈啊？"

叶愿欢伸出手臂，试图将被子挡在两人中间。

容淮却顺势握住她的手，骨节分明的长指探进她的指间："好难过……好想跟愿愿谈恋爱啊。"

"容医生玩不起？"

容淮承认道："玩不起，毕竟每天都在想着怎么才能跟前女友复合，遇到了机会不把握住怎么行？"

叶愿欢干脆转移话题："我该去剧组了，今天正式开机。"

"我也去。"容淮紧跟话音。

叶愿欢警惕地盯着他的喉结："你要是敢在剧组把这些露出来，我保证让你今天有去无回！"

《招惹》剧组正式开机。

复古沙发上，叶愿欢旗袍着身，纤细笔直的小腿微斜交叠，白色羽扇抵在身前。

全剧组的注意力都被她吸引。

"好漂亮啊……"祝清嘉叹息。

季屿川凝视："确实。"

此前在网上关注到她时，就觉得她很美。每次他的目光都会停留良久。

见面后这种感触更深。

季屿川轻笑了声："只可惜名花有主，不然我恐怕也会想要追一追。"

祝清嘉："唉……"

谢之看着镜头里的叶愿欢。

容淮坐在他的身旁，眸光也始终落在她的身上。

"怪不得单身到现在。"谢之突然开始阴阳怪气，"原来目标在这儿啊。"

容淮散漫地往后一倚，轻笑了声："嗯。"

对此他从来都没打算否认。

谢之边看着导演监视器，边跟他聊天："昨晚怎么样？"

容淮朝他睨去。

谢之漫不经心地把玩着对讲机："你俩双双离席后一整晚都没再回来，别把我当傻子，以为我猜不着。"

"被占了便宜，还不肯负责罢了。"

谢之对这样的结果似乎毫不意外。

毕竟像叶愿欢这种野玫瑰，这些年从未有过绯闻，哪有那么好摘？

只是谢之没想到，就连平时看起来清冷的容淮，竟也甘愿拜倒在叶愿欢的石榴裙下。

"你那个前女友……"谢之忍不住八卦。

他自几年前认识容淮起，就知道他有个念念不忘的白月光，但从没探查到任何蛛丝马迹。

容淮的眉眼逐渐舒展："也是她。"

他的玫瑰园很小，自始至终都只娇养得下她这一朵明艳张扬的野玫瑰。

开机戏份拍摄得很顺利。叶愿欢用精湛的演技开了个好头。

小葵将她从片场上接下来："愿姐，你就应该把旗袍焊在身上！"

这身造型简直太适合她了。

叶愿欢手里还拿着那白色羽扇，嫌弃地睨眈小葵一眼，将扇子递过去："但我不喜欢白色的毛。"

小葵：白色的毛多好看啊！

"愿欢。"谢之突然起身，朝她招手。

叶愿欢拎起旗袍裙摆，准备单腿蹦过去。小葵连忙伸手扶住："愿姐你慢点，还穿着高跟鞋呢。"

叶愿欢嫌弃地推开她手里的扇子："这个离我远点。"

小葵实在不知道，叶愿欢为什么独独排斥白毛。

谢之大步向她走过去："你俩坐，别踩着高跟鞋蹦来蹦去，万一崴了脚某人会杀了我。"

叶愿欢抬眸，果然看见容淮的身影。

叶愿欢又想起他昨晚在自己的耳边一遍遍问——

"谈不谈恋爱，嗯？"

"什么时候答应跟我谈恋爱？"

"打算什么时候复合啊我的小青梅？"

"容鬼鬼等得好苦啊……"

叶愿欢的思绪差点被带偏，她将盘旋在脑海里的画面和声音驱散。

"刚才那段戏演得不错。"谢之的后一句差点让叶愿欢哽住，"完全不像是劳累过的样子。"

叶愿欢："啊？"

谢之又轻"啧"了一声："今天还能准时来片场。"

叶愿欢：谢导怎么会知道昨晚的事？

她旋即扭头看向容淮，睁圆的眼睛里写满了质问。

小葵一头雾水："愿姐，谢导在说什么啊？"

叶愿欢沉默。

谢之闹够了，转移话题道："行了，女主角今天也收工了，你们小两口上旁边玩去吧。"

免得他还要在这儿吃狗粮。

谢之转头看向容淮："刚好她过几天拍手术戏份，你去教教她该怎么拿手术刀。别让我白给你发工资。"

容淮轻笑了声："嗯。"

然后她莫名其妙地就被推搡到了他的怀里。

容淮顺势搂着她的肩："走吧，女主角。"

叶愿欢只能硬着头皮离开。

剧组的拍摄继续，后面是季屿川拍摄的枪战戏份，片场里一片嘈杂。

而某个小角落，叶愿欢和容淮相视而坐。面前摆着各种手术器械，叶愿欢兴致缺缺地摆弄着，时不时撩起眼皮看对面一眼。

低沉性感的笑声响起："偷看我？"

"现在是白天。"叶愿欢拿起一个钳子，"做梦做得有点早了。"

容淮的眼尾仍然是藏不住的笑意。

站在远处的小葵：你俩是跑来剧组谈恋爱的？

她正想走过去，衣领却被一只手揪住。谢之道："你的眼睛是装饰品吗？"

没点眼力，还打扰人家谈恋爱。

小葵正想开口解释点什么，便见谢之长腿一伸，睨了眼身旁："坐这儿。"

"啊？"小葵看着他。

谢之不耐烦地轻"啧"一声："让你坐这儿就坐，别磨磨叽叽的。"

他得帮容淮看着点，禁止一切无关人员打扰。

于是小葵只能硬着头皮坐下来。

叶愿欢也不能一直瞎摆弄。

在演戏方面，她自认还是敬业的，早晚都要学如何使用这些医疗器械，于是便傲娇地将手术刀拍在他的面前。

她挑了挑眉："这个该怎么拿？"

容淮拿起手术刀，漫不经心地在手指间把玩："叫声'阿淮'，阿淮教你。"

叶愿欢眸光闪躲，换了样别的东西："不愿意教就算了。"

他轻笑一声，起身绕到叶愿欢的身后，将她拢在自己的怀里，修长白皙的手指探进她的指间。

"我们愿愿脾气这么大啊？"容淮吻了下她的发顶，"教，当然教。我们愿愿都开口了，我怎么能不教？"

此时的剧组人员简直都快疯了。

"啊啊啊，他们真的好配！"

"我敢发誓，就算他俩现在还没什么，容医生也肯定对愿宝有想法！"

"我觉得愿宝未必没有想法。"

"反正我总感觉他俩只要一对视，那眼神就像是在拉丝一样！"

"虽然好像是容医生主动得多，愿宝似乎在拒绝，但视线也明明离不开他！"

"对对对，就是那样！欲拒还迎！"

谢之也向那边睨去，见容淮握着叶愿欢的手，正教她该如何持握器械。

于是他便拿出手机。

"咔嚓——"

小葵察觉到闪光灯，警惕地扭头。

她还以为有狗仔追到片场，结果却见谢之握着手机。

小葵惶恐地看着谢之："谢导你干吗？"

"发个动态。"他散漫地将手机打了个转，然后握在掌心里。

然而还未等她阻止，谢之已经干脆利落地发了出去。

想起黎昕的嘱咐，小葵心中警铃大作，她立刻拿出手机刷出那条动态——

谢之：我们组的医生很敬业。

下面便是那张清晰又暧昧的照片。

叶愿欢坐在前面，水绿色的旗袍清雅而又妩媚，而容淮倾身将她拢在怀里，低语时绯唇轻蹭着她的耳郭。

她拿着手术刀，他握着她的手，简直就像热恋中的小情侣！

小葵瞳孔放大："谢导，您这张照片发出去，不会被人误会我们愿姐在谈恋爱吗？"

"会吗？"谢之看向她。

小葵捣蒜似的疯狂点头，充满期待地眨着眼睛："要不然你删了吧？"

不然等下昕姐又要生气了！

"哦——"小葵原以为他懂了，却没想到他把手机丢到一旁，"那可就太好了。"

小葵茫然地看着谢之，突然懂了一件事，于是立刻给黎昕打电话汇报："呜呜呜，昕姐！谢之这个坏人！"

谢之："啊？"

小葵单手叉腰，疯狂输出："我跟你说，他绝对跟容医生有勾当！他在剧组里捣乱！他怂恿愿姐跟容医生谈恋爱！"

谢之漫不经心地收回了视线。

看来小葵还不算太笨。

叶愿欢全然不知网络上又热闹了起来，而且罪魁祸首还是剧组的导演。

"椰蓉夫妇"CP粉开始狂欢。

啊啊啊，看到了吗！粉红色泡泡！

风情万种旗袍女明星和斯文医生更带感了好吗？

这画面哪里像是什么绯闻，压根就是新婚夫妻在度蜜月啊！

哈哈哈，我简直爆笑如雷！刚刚在季影帝路透照那边刷到沙尘漫天，乌烟瘴气，结果女主角这里却在谈恋爱。

预言家中了！容医生还真是来做医学指导的，追着愿愿一起来的！

…………

叶愿欢的粉丝开始暗自抹泪。

然而黎昕看着热搜，脑子疼。

一次两次说是"青梅竹马"有人信，但次数多了，谁还会听公司说些什么。

小葵欲哭无泪："咋办啊，昕姐？"

主要是导演亲手撒糖，她一个小助理根本没有阻拦的机会。

黎昕抿着唇："算了，就这样吧。"

她早就瞧出来了两人之间的端倪，久别重逢，爱意汹涌，容淮绝不可能轻易放过叶愿欢，还挑唆谢之帮忙搞事。

这种新闻以后绝对数不胜数，与其每次都澄清，还不如随他们去。

小葵："啊？"

黎昕："反正目前看来没有负面影响，'椰蓉夫妇'还给愿愿带来了热度。既然如此，就让他们俩闹吧，以后都不管了。"

这朵风情万种的野玫瑰，其实以前总有股颓靡劲儿，黎昕一直觉得奇怪，但不知晓原因。

如今园丁回来了，野玫瑰重新变得鲜活了起来。

挺好。

叶愿欢学完了所有器械的持握方法。她慵懒地伸了个懒腰，转头便发现工作人员似乎都在盯着她跟容淮，甚至还露出了诡异的笑。

"小葵！"叶愿欢喊道。

被"扣押"在谢之身边的小葵立刻蹦起来："愿姐。"

叶愿欢懒散地睨了两眼旁边："他们为什么一直盯着我？我的妆花了？"

小葵无奈地拿出手机，用指尖敲了两下屏幕："愿姐你还是看新闻吧。"

叶愿欢茫然地眨着眼睛，打开了新闻，然后看到了谢之发出来的那张说不清道不明的暧昧照片。

叶愿欢：！！！

她瞬间炸毛，将手机拿到容淮的面前："这是怎么回事？！"

容淮合上眼睛，揉了下鼻梁："照片拍得不错。"

叶愿欢：谁让你评价照片拍得怎么样了？！

重点是他们居然又被偷拍了，真是跳进黄河都洗不清了！

叶愿欢狐疑地看着容淮："是不是你指使谢导干的？"

"嗯？"容淮的笑意加深。

"他的行为我无权干涉。"

"但是——"容淮看着叶愿欢，"他们都说愿愿跟我很般配啊，所以……"

叶愿欢坐在椅子上，容淮姿态懒散地将手臂搭在椅背上："要不要谈啊，小青梅？"

小葵站在旁边，瞳孔放大。

只见清冷的神医圣手容淮像只求偶的花孔雀，在愿姐的耳边吹着热气……

这时眼前突然一片黑暗！

谢之懒散地站在小葵身后，捂住了她的眼睛："抱歉，这就带走。"

小葵睁大眼睛："唔！"

恢复宁静后，容淮睨了眼谢之后收回视线："小青梅考虑好没有啊？"

叶愿欢沉默。

"没考虑好的话再给你一分钟。"他慢条斯理地道，"但拒绝可不行。"

"今晚就勒死你！"叶愿欢没好气地睁圆眼眸瞪着他。

容淮拨弄玩具似的，卷起她的头发，又松开："所以愿愿今晚还跟我回玫瑰庄园？"

"不……"叶愿欢正要拒绝。

"不回玫瑰庄园怎么勒死我？"

剧组今天收工得很早，傍晚时分便拍完了所有戏份。

叶愿欢回休息室换下戏服，小葵帮她收拾着东西："愿姐，我们回宾馆吗？"

正在摘耳环的叶愿欢动作一停，心虚道："我还有点事，你先回吧。"

"嗯？"小葵不解地看着叶愿欢，"今晚好像没有别的通告了吧？"

叶愿欢挪开视线："我有东西落在容医生那儿了，要过去取一下，今晚可能顺便就在那边睡了。"

小葵点头："行吧。"

具体情况她也没敢多问。

叶愿欢的脚踝已经恢复了不少。坐轮椅太麻烦，她挂着拐杖往外走，鬼鬼祟祟地出现在停车场，然后倚着容淮的车。

"好巧。你怎么在这里？"容淮眼皮轻抬。

她红唇轻扬："我在这里找我的保姆车，没想到这么巧遇到容医生。"

容淮将手腕搭在车窗上，那双清冷疏离的眼眸忽然有了笑意："不巧，猜到了我们愿愿会来。"

小心思被拆穿后，她唇角的那抹笑容消失："容医生是否听说过，自信过头了容易变成自作多情？"

"自作多情的前提是有情，所以……"容淮看向叶愿欢，"原来小青梅对我有情啊。"

叶愿欢：是这么理解的吗？

她往后蹦了下，打开后驾驶座的门便钻了进去："反正就是来了吧，你能怎么样？"

容淮不着痕迹地挑了下唇角："当然只能遵命了，我娇贵的愿愿大小姐。"

叶愿欢轻哼一声，扭过头去，放肆地将受伤的脚搭在容淮的后座车椅上，吟唱起小曲来。

剧组的拍摄进行得很顺利。

叶愿欢抽空跟容淮去云京医院拍了个片子，确认伤好后立即双脚都踩上了高跟鞋。

"恭喜愿姐！"小葵将玫瑰花塞进她的怀里，"组里好多人都给你准备了康复礼物呢。"

祝清嘉先捧着礼物盒赶到。

她站在叶愿欢的面前："恭喜愿欢痊愈，小蛋糕送你。"

叶愿欢嫌弃道："会长——"

"无糖的！"

"我不喜——"

"也不甜！"

这些天送各种零食和盒饭，祝清嘉已经将叶愿欢的口味拿捏得死死的。

不喜欢吃葱姜蒜，但切得细碎，炒熟调味没关系。

可以放香菜调香，但吃的时候她还是会先把香菜挑出来。

喜欢吃牛羊肉，不喜欢猪肉。

鸡鸭要剁得小一点，不能见到鸡鸭的头。

太腥的鱼不吃，太生的菜也不吃……

着实是难伺候得很，因此祝清嘉每次送的盒饭都被叶愿欢无情地退回。

叶愿欢好像每天都自带午餐，不知道是哪位大厨做的，总让她垂涎三尺！

最终祝清嘉琢磨明白一件事——不要掺和女神的三餐，但送点不算太甜的无糖小蛋糕绝对能戳中她！

叶愿欢果然大方地接过礼盒："那就谢谢啦。"

怎么会有女孩子不喜欢甜品呢！

叶愿欢彻底康复后，拍摄进度恢复正常。

叶愿欢和季屿川都演技出众，哪怕谢之再怎么挑刺，也三条内必过。

民国片场内，杏花春雨入红墙，水蓝旗袍生娇靥。叶愿欢此前拍的都是坐着和躺着的戏，而今踩上高跟鞋后更加摇曳生姿。

她慵懒妩媚地倚着檐下的朱栏，面前站着硬朗的军装男人。

分手多年再相逢，暗潮涌动。

叶愿欢莹白的手指夹着烟，慵懒地挺直腰板朝他走近："沈军官刚才说什么？"

季屿川低头看着面前的女人，狭长的眼眸里翻涌着思念："我说，我们复合好不好？"

叶愿欢弯着红唇轻笑了声。

她咬住烟，深吸了一口，而后烟圈慢慢地吐出，缭绕在两人之间。

透过那朦胧的烟雾，叶愿欢的眉眼更加妩媚撩人，她嘲讽冷笑："当年提分手后扭头就走的是你，现在提复合的也是你。

"沈军官把我当什么？"

她微抬俏颜，眼睛里却没有任何笑意。

季屿川蓦然愣住。

谢之看着监视器里的画面："咔！过！"

叶愿欢的情绪收放自如，转头就变成高傲的小狐狸："口红掉了，我的口红都掉了！"

小葵：她家愿姐还真是非常注意形象。

叶愿欢下戏后便去补妆，容淮仍然盯着监视器里的画面失神。

谢之跷起二郎腿，慵懒地把玩着对讲机："怎么？代入自己了？"

容淮没有应声。

谢之饶有兴致道："这个角色跟她倒是挺像，表面看是个小妖精，实则心狠得要命，很难追回。挺心塞的吧，兄弟？"

他瞧得出来，容淮追这前女友追得费劲。

容淮慢条斯理地整理着袖口："她们不像。"

剧里的人的确冷冰冰的，但除了当年分手时被伤得很深外，她还受到间谍身份的限制，即便余情未了，也不再向沈肆迈出一步。

叶愿欢并非冷冰冰的。相反，她那颗心柔软得要命。

他却将曾经那个满心满眼都是他，也只会缠着他撒娇的愿愿弄丢了。

而今他同样能感觉到，她对他并非彻底断了念想。可他的愿愿不愿意再朝他走来，除了因为分手时被伤得深，还因为什么？

这时周围传来议论声——

"愿宝和季影帝的演技真好啊。"

"都把我代入进剧情了，看见男主角追不回女主角，我真的急死！"

"我就不理解，男主角是没长嘴吗？电视剧和小说里的男主角是都不长嘴吗？为什么不能跟女主角好好解释啊？！"

"就是，当年明明是不得已才分手，而且是为了保护她啊……男主角就不能主动把当年的事情说开，解除误会吗？！"

谢之突然用手肘撞了下他的手肘："喂，她当时为什么跟你分手？"

容淮道："是我提的。"

闻言，谢之一愣，毕竟容淮看起来是更主动的那方，而且自认识他后，便知道他对前女友旧情难忘，没想到竟是他提的分手。

"为什么？"谢之忍不住追问。

容淮的眼尾隐约泛起一抹红，抬了抬头，没有正面回应："去趟洗手间。"

谢之看他就像那个不长嘴的男主角。

叶愿欢回了休息室。

小葵来找她时，见口红放在旁边并未动过，而叶愿欢坐在梳妆镜前，手指轻抵着额头闭目休憩。

"愿姐？"小葵试探着轻唤一声。

叶愿欢睁开眼眸看向小葵，抿了抿唇瓣，然后摸到手边的口红，拧开后对着镜子补起妆来。

小葵察觉到她的情绪不对，于是小心翼翼地问："愿姐，你是不是又出不了戏了啊？"

其实叶愿欢之前都没有过这种情况，但是拍《招惹》的过程中，小葵却发现她拍感情戏时入戏过深，虽表面收放自如，还与人谈笑，但其实每次下戏之后，都要找借口回休息室缓缓才能走出来。

"没有啊。"叶愿欢神情坦然。

她眨巴着漂亮的眼睛，补完口红后道："演员入戏不是很正常吗？"

随后她看向小葵，慵懒道："我又没把男主角错当成什么人。"

有什么出不了戏的。

"是吗？"一道低沉的嗓音响起。

叶愿欢的动作僵住。

她透过梳妆台的镜子看到身后站着的那道颀长身影，往后一躺："你怎么来了？"

小葵很自觉地离开了休息室。

容淮将眼镜摘下，慢慢地走进休息室："若没来，岂不是要错过追回小青梅的关键机会？"

随后他饶有兴致地看着叶愿欢："怪不得我们愿愿的感情戏拍得那么好，原来是把男主角代入成我了啊！"

叶愿欢一时无语。

她放下手里的口红："你别不要脸。"

容淮漫不经心地轻笑了声，他的眼眸里带着笑意："看来小青梅果然对我余情未了，不然怎么入戏入得这么深？"

自从叶愿欢进娱乐圈后，他便偷偷地关注着她的动态。

一线顶流野玫瑰影后，摇曳生姿，媚骨天成，凭借一张从骨相美到皮相的脸和精湛的演技获奖无数，但从未听说过她会入戏太深，以至于下戏后要私下缓缓才能从戏中走出来。

"演员的基本素养而已。"叶愿欢不甚在意地轻抬眼皮，"劝容医生最好还是不要想得太多。"

"嗯。"容淮走到梳妆台后，将手腕搭在她的椅背上，懒散地倾了倾身，与她镜子里的那双眼睛视线持平，"我不乱想。"

"那小青梅主动跟我说说，为什么不想跟我好啊？"

叶愿欢的心尖轻轻地颤了下。

容淮偏头，薄唇不经意间蹭过她的耳郭。

"是我对你不好？

"还是怨我当年不要我们愿愿了？"

容淮的手臂向前拢住叶愿欢，他闭上眼眸，用鼻尖和唇瓣轻蹭着她的侧脸："容鬼鬼知道错了。容鬼鬼再也不离开愿愿了，好不好？"

叶愿欢没有应声。

可有根无形的丝线牵扯着他们。

"容淮。"她红唇轻启，嗓音很轻。

容淮的动作微停，心脏都跟着莫名地疼了一下。他察觉到叶愿欢的语气，似乎并不能听到他想听到的答案。

"我们还是——"

"嘘。"叶愿欢的话还未说完，容淮便将手指抵在她的唇瓣上。

随后他佯装轻松地笑着："那我再等等。"

叶愿欢咬了下唇。她没再说话，容淮也没再追问，可气氛似乎并未尴尬，反倒是更加深刻的情感在暗中翻涌。

今天剧组收工特别早。

黎昕发来营业任务，让叶愿欢在社交媒体平台上发点自拍，跟大家宣布康复的事。

叶愿欢借今天片场的景拍了照，并在网上报了平安——

叶愿欢：终于可以踩高跟鞋啦。

照片里的旗袍美人倚着朱栏，莹白纤柔的手执着伞。她翩然回首，侧颜反比正脸更妩媚。

这次是站着拍的全身照。开衩旗袍隐约露出漂亮的腿部线条，高跟鞋更将她衬得像朵盛放的玫瑰。

啊啊啊，真的好好看！

我感觉我好像真的看到仙女了！

什么娱乐圈野玫瑰，简直就是芳心纵火犯好吗！直接烧到了我的心上！

…………

"椰汁"们飞速地涌入叶愿欢的评论区。

就连容淮也刷着手机。

看到那张回眸照片时，他看似波澜不惊，指尖的动作却甚是诚实——

点开照片，保存，设为壁纸。

随后他在叶愿欢的评论区热门排序里，刷到了宋清辞的留言。

外科第一帅：老婆爱我！

容淮的眼睛微微眯起。

谢之睨了眼坐在身旁的人，然后用指尖点着这条评论："瞧见没？路人都比你勇敢。"

人家还敢直接叫"老婆"，怎么就没见容淮冲上去，把叶愿欢搂在怀里喊"老婆爱我"？

谢之继续道："你居然玩这个社交软件，还开着小号！哟——这个账号名！"

叶愿欢是我的。

容淮立刻将手机收了起来。谢之干脆拿出自己的手机，打开社交软件后搜他的昵称，然后点进主页的关注列表。

谢之连"啧"数声："竟然还是唯一关注。"

谢之心想：平时也没见你这么闷骚。

"你到底行不行啊？"谢之都忍不住替他着急起来，"你前女友的追求者可不少，你抓紧点行吗？要不我再想想办法，给你们制造点机会？"

"不用。"容淮薄唇轻启。

他的眸光落在叶愿欢的身上。因为今天收工早，所以剧组里的许多人都趁机跑去找她要合影和签名。

"你看吧。"谢之抬了抬下巴，"你家这位真的很招人喜欢。"

容淮意味不明地哼笑了声，忽然起身。

谢之顺势抬头看去："你干吗？"

容淮拨弄着白大褂领口，别有深意地向叶愿欢那边望去，而后扔下三个字："要合影。"

热搜
第七

当年隐 zhai ye mei gui

1	叶愿欢 & 祝清嘉合照	爆
2	祝清嘉 "椰汁"	新

祝清嘉刚跟叶愿欢合完影。

她抚着胸口，平复剧烈跳动的心脏，然后在社交媒体上发了两人的合影，还特意在叶愿欢的头顶贴了"仙女"贴纸。

> 祝清嘉：是仙女，呜呜呜！

> 在？姐姐这是被盗号了吗？

> 如果我的记忆没错乱的话，咱们跟叶愿欢应该是对家吧……

> 我以为她俩同组会开撕，为什么突然发出来张亲密的合影！

> 怎么可能是姐妹！我家姐姐根本瞧不上她好吗？该不会又是星芒娱乐营销叶愿欢万人迷人设的手段吧？

> 那也太恶心了……花多少钱逼我们姐姐配合的啊！

> …………

因为这张照片，"嘉粉"讨论热烈。

毕竟两方经常互撕，甚至前不久才直播大战过一次。

叶愿欢简直把"嘉粉"得罪惨了！

结果……祝清嘉突然来了这么一出！

正当他们骂得不可开交时——

　　　　祝清嘉：不要胡说八道，我们愿愿仙女就是最美的！我
　　被她的颜值折服！

　　祝清嘉甚至关注"椰蓉夫妇"超话，加入了"椰汁"粉籍。
　　"嘉粉"："什么？"
　　路人："什么？"
　　叶愿欢这个女人，该不会已经强到把对家蛊惑成自己人了吧！

　　还有许多人加入合影的队伍，小葵蹙眉看着叶愿欢的高跟鞋：
"愿姐，要不明天再继续吧。你的脚伤才刚恢复，踩高跟鞋太久会
不会……"
　　叶愿欢露出几分不满："你瞧不起我踩高跟鞋的功力？"
　　小葵：行吧行吧，当她什么都没说。
　　小葵默默叹息："那……"
　　然而话音未落，一道颀长的身影便出现在嘈杂的人群中。
　　容淮波澜不惊地站在她的面前："给个合影的机会吗？"
　　叶愿欢看着容淮，愣了片刻，便见周围投过来无数目光。
　　"姐妹们快来吃瓜！"
　　"容医生居然主动找愿宝合影欸！"
　　"竹马向青梅进攻了！你们猜愿宝会不会答应跟他合影？"
　　"哈哈哈，说不定愿宝会为了避嫌拒绝。毕竟在剧组，一直都是
容医生追着愿宝跑，愿宝避之不及！"
　　"这不此地无银三百两吗？"
　　叶愿欢：什么此地无银三百两！
　　拒绝绯闻难道不是明星的基本素养？她只是洁身自好！
　　但不跟容淮合影就像她心虚似的，于是叶愿欢大方地走到容淮身
侧："为什么不？"

小葵直接愣在那里。

偏偏叶愿欢还招手唤她："小葵，过来给我和容指导拍合影。"

她特意加重了"容指导"三个字，强调了他在剧组医学指导的身份。

容淮绯唇轻挑。

就在小葵准备摁下快门键的时候，听见低沉温柔的声音——

"别动。"

叶愿欢眼睫轻颤，便见撑着黑伞的容淮靠近，微凉的手指轻轻地蹭过她的脸颊，勾住几缕垂落的发丝。

实在有太多目光盯着他俩，叶愿欢稍许不自在："你、你干吗？"

"耳环缠住了。"

"喔。"叶愿欢的心隐隐悸动。

真是讨厌死了。

为什么他只是靠得近了点，心脏就会"扑通扑通"加速跳动起来。

小葵帮两人拍完了合影。

殊不知，另一处角落，谢之早就趁容淮在摆弄耳环时，拍了一组更暧昧的合影，然后火速发到社交软件上——

谢之：剧组成员的感情真好。

小葵看到合影后果断给黎昕打电话："呜呜呜，昕姐！谢之又在捣乱了！"

"椰蓉夫妇"CP 粉已经见怪不怪。他们瞧出来了，这位谢导搞不好也是叶愿欢和容淮的 CP 粉。

哈哈哈，谢谢导发糖之恩！

我笑死了，容医生那么高冷的人，在愿宝面前跟个黏人

精似的。

容医生：嘿！又是我！哪儿都有我！

高冷？你瞅着容医生追愿宝时那孔雀开屏的样儿，哪里高冷？！

容医生你藏不住了，承认了吧，你绝对是在追愿宝！

…………

叶愿欢看着"椰蓉夫妇"超话里的无数粉丝，对着那张照片陷入了沉默。

叶愿欢的好姐妹聂温颜也闻风而来。

聂温颜：宝贝儿，你的脚伤好啦！我刚回云京，今晚出来喝酒不？

叶愿欢：喝喝喝！给姐妹接风！

聂温颜将酒吧地址发了过去。

叶愿欢立刻来到小葵的身边："小葵，今晚我跟你回剧组宾馆住。"

小葵狐疑地转头："啊？愿姐你不是都住玫瑰庄园吗？谢导说既然你不住宾馆，为了省预算就把你的房退了。"

"那再订回来。"

"宾馆的房间已经满了……"

"我跟你挤一晚。"

"我那是单人间……"

"那我回繁华里住总行了吧？山火情况总该查明白原因了吧？"

"愿姐。"小葵苦口婆心道，"你在繁华里的床垫和毛毯都搬进剧组休息室了。你是要回去睡沙发吗？"

叶愿欢：她就想晚上溜出去喝个酒！住在玫瑰庄园她要怎

么溜？！

叶愿欢委屈地瘪了瘪小嘴。

她斜睡睨向容淮，仿佛在看罪魁祸首一样，随后拿出手机给聂温颜发消息——

> 月亮不睡我不睡，今朝有酒今朝醉！姐妹等我！今晚必来！
>
> 聂温颜：……

深夜，月亮高悬，玫瑰庄园中馨香静谧。

门被推开少许，叶愿欢溜出房间。

都凌晨两点了，总该睡了吧！

叶愿欢光着脚丫，拎着黑丝绒流苏高跟鞋悄悄下楼，然后在玄关处换上。

顺利地溜出玫瑰庄园后，她给聂温颜拨电话："姐妹，姐妹，我逃出来啦！你在哪儿？"

聂温颜已经在玫瑰庄园外等她。

盛装打扮的叶愿欢踩着高跟鞋上车，与姐妹会面的那一刻，紧张的心情才终于平复下来。

"呼……"差点以为溜不出来了呢。

与此同时，玫瑰庄园亮起灯。

主卧窗前，披着浴袍的人长身而立，叶愿欢溜走的过程尽数被他收入眼底。

"呵。"冷笑声响起。

"还真是只不听话的小狐狸。"

只是她似乎还不够了解他。他怎么会不让她喝酒呢？

毕竟……她不醉，他又哪儿来的机会？

容淮转身回到卧室，拿出手机打开通信录，将叶愿欢的备注改成了——

在逃野玫瑰。

一朵暂时不愿接受浇灌的野玫瑰。

蓝屿酒吧。

久别重逢的姐妹喝得热火朝天，聂温颜兴奋地举起酒杯："干杯！"

两只高脚杯碰撞，发出清脆的响声。

叶愿欢慵懒地单手托腮，抿了口小酒："还是跟姐妹喝酒快乐！"

"那是！"聂温颜骄傲地抬头。

"住在前男友家的感觉怎么样？"

叶愿欢心虚地又抿了口酒，随意道："还能怎么样？！"

叶愿欢不在意地说："跟房东合租，还不用交房租而已。当然房租我也可以补的！"

"才不信呢。"聂温颜撇嘴。

聂温颜正想再说些什么，却见叶愿欢倒在了她的怀里："但他为什么要回来啊……"

聂温颜伸手将她搂住。

叶愿欢埋着脑袋："我明明都已经快把他忘了，他干吗又回来找我啊……"

聂温颜惆怅地叹了口气。她一只手揉着叶愿欢的脑袋，另一只手举起酒瓶灌了口："别做梦了，愿愿宝贝儿，你压根就忘不了他。"

"才不是！"叶愿欢不满地抬头。

她看了聂温颜一眼："我就是把他给忘了！"

聂温颜拍着她的脑袋，又捏了捏她的脸："那你为什么故意去蓝屿酒吧，又故意喝醉酒，制造偶遇？"

"我正常参加圈内聚会而已。"她小声狡辩道，"喝酒只是礼节。"

聂温颜"哦"了一声："那跟容淮酒后乱性也是礼节？"

叶愿欢："我突然想吃很甜很甜的芝士蛋糕。"

聂温颜放下酒杯，打了个响指。

服务员立刻走过来，聂温颜看着怀里的人："给她拿块芝士蛋糕。"

"好的，小姐。"服务员退下。

他很快便将芝士蛋糕端了上来。

结果蛋糕上竟然撒满了椰蓉。

叶愿欢不满地看着聂温颜："你故意的。你是不是收了容淮的贿赂？"

聂温颜面无表情地回道："我要是收了他的贿赂，现在就该给你系上大红色蝴蝶结，然后把你……"

叶愿欢懒洋洋地趴在桌上："他不行。不行的。"

聂温颜瞧出叶愿欢有点醉了。

她也有些微醺，单手托腮："谈恋爱这么麻烦？为什么互相喜欢的人不能在一起啊？"

叶愿欢傲娇地别过头："我又不喜欢他。"

"你喜欢。"

"我肯定不喜欢。"

"那你现在跟他打电话说，说你明天就从玫瑰庄园搬出去，搬到我家来住。"

聂温颜将叶愿欢的手机掏出来，放到她的面前，然后熟练地输入密码，打开通信录后翻到容淮的手机号："现在打。"

叶愿欢慢吞吞地接过手机。

她的指尖悬在拨号的绿色按钮上，但迟迟没有动作。

聂温颜看着她。

忽见一颗泪珠滴落在手机屏幕上，巧好落在"容淮"那两个字上。

聂温颜一怔。她几乎瞬间就清醒了过来，连忙将叶愿欢搂进怀里："哎哟，不哭，宝贝儿不哭。"

泪珠落在聂温颜的手背上。

她连忙将手机屏幕关掉，拿走："不打了，咱不打了行不行？祖宗你倒是别掉小珍珠啊。"

聂温颜瞬间变得手忙脚乱。

叶愿欢吸了下鼻子，仰起脸，眨巴着眼睛："谁掉小珍珠了！"

她反驳着，然后拍了拍聂温颜："你快点帮我把小镜子拿过来。"

聂温颜愣了下，从包里拿出小镜子，递过去。

叶愿欢举起镜子，仰着脸照起来，然后用指尖点着眼尾："幸好，幸好我的妆还没花。"

聂温颜趴回桌上，打开一瓶酒慢悠悠地喝着："你说我以后谈恋爱不会也这样吧？"

叶愿欢检查完自己的妆容，看了她一眼："不是谁都像我那么倒霉……"

"那你后悔吗？"聂温颜歪头道，"后不后悔当年的选择？"

叶愿欢再次陷入沉默。她抓起酒杯猛地喝了一大口，眼泪又差点掉下来。

"不后悔。"

"那就上啊，姐妹！"

聂温颜扳住她的肩膀，疯狂地摇："既然不后悔，你到底在犹豫什么呢？"

"宝贝儿。"聂温颜双手捧着她的脸蛋，"听我的，不后悔就上，反正当年那个选择做都已经做了，你还怕什么啊！"

叶愿欢被她摇得晕头转向。

直到聂温颜停手，她好半晌才终于醒过神来："可是真的好痛……"

聂温颜看着眼前的女人。

叶愿欢缓缓抬起眼眸："温温，亲手断掉自己的尾巴，真的好痛好痛……"

这会儿聂温颜不说话了。

是啊，叶愿欢最喜欢的就是自己的尾巴了。

各族之间本不禁止通婚，甚至所有人都羡慕他们之间的爱情。

但令所有人没想到的是……叶愿欢竟然长出了第十条尾巴！

这个品种太稀有了，整个狐族数千年来就这一只。

"十尾狐不能通婚。"叶愿欢轻轻地颤抖着，"温温，他们要我留在族里。我嫁不了容淮。"

而且就算她非要嫁，因为自身的特殊性，她跟容淮也永远都不可能有孩子。

叶愿欢当然不愿受人摆布，所以……在长老给她安排的相亲大会上，她拿着刀，亲自砍断了自己的第十条尾巴！

鲜血四溅在那场讽刺的相亲大会上，叶愿欢几乎当场痛昏过去。

可一道天雷将她蓦然劈醒！

她才知道，这件事哪里那么简单，私自断尾触犯了族规。

如果不是父母和哥哥们轮流护着，她恐怕早就死了。

曾经那样痛过，却被抛弃，现在要有多大的勇气，她才敢忘了当年的痛，重新向他迈近一步？

聂温颜将叶愿欢搂在怀里。

她温声哄着："乖，那我们再也不跟他谈恋爱了，我们找别的帅哥。"

"可是我好喜欢他……"叶愿欢将脸蛋埋在她的身前，声音听起来委屈巴巴的，"别人都没他对我好，也没他长得漂亮……"

她甚至根本不在意容淮当时到底为什么跟她分手，她相信他一定有苦衷，就算不想跟她解释也没关系。

她只是不敢走出那一步。

聂温颜感觉自己的衣服被她氤湿，无奈又耐心地摸着她的脑袋："那就去找他，重新谈一场轰轰烈烈的恋爱。"

叶愿欢："痛。"

聂温颜："你这个女人真是麻烦死了！"

聂温颜逐渐暴躁："回家吧，你回家吧，回玫瑰庄园哭去吧！"

叶愿欢："你嫌弃我。"

聂温颜："我就是嫌弃。"

聂温颜扯过叶愿欢的手臂，搭在自己的肩膀上，拎着她往外走，然后叫了女性代驾司机将她送回玫瑰庄园。

容淮在楼下泡着红茶。

细碎的高跟鞋声踉跄着朝他走近。

容淮手里的动作微顿，转过头，便见醉眼迷离的叶愿欢姿态慵懒地倚着墙壁。

容淮眼皮轻掀："回来了？"

"嗯？"叶愿欢走过去，漫不经心地拉住他的手。

"原来前男友知道我出门了啊。"

容淮知道聂温颜过来接她，想着姐妹一起应该不会出什么事，却没想到她竟还喝了不少。

他眉头轻蹙："小青梅这是喝了多少？"

"不多。"娇软的身躯趴在他的身上，"还没醉。"

容淮笑了一声。

看见叶愿欢这副主动的模样，他便知道她早就已经醉了。

微凉的指尖轻轻地抚过她的脸。

容淮忽而捧起那张脸蛋："没醉？"

"没醉。"叶愿欢弯着唇，轻笑了声。

她仰着脸，轻蹭着容淮的鼻尖。两人之间的距离很近，又许是因为空气中弥漫着些许酒气，反倒更添暧昧。

容淮嗓音低哑："怎么喝这么多酒？"

他以为只是跟姐妹出去随意玩玩，不承想她将自己灌得烂醉。

醉得让他有些不忍心折腾她了。

"喝多了吗？"叶愿欢伸出白皙的手臂，"那你抱我。"

叶愿欢身体前倾："抱我回房间洗澡睡觉。"

容淮将手臂揽在她的腰上，随后低首轻抵着她的额头："又是喝醉了就黏人，醒后却不肯认账的套路？"

叶愿欢的眼睛眨了两下。

她漂亮的手指微曲，漫不经心地搭在容淮的后颈上："我在前男友这里的印象这么差吗？"

"不然？"容淮挑眉反问。

他轻笑了声，顺势将叶愿欢打横抱起带上了楼。

叶愿欢慵懒地躺在他的怀里："那前男友今天想要点什么奖励？"

容淮没应声。

他抱着叶愿欢进了浴室，正准备去浴缸前放水，却没想到被叶愿欢抵在了冰凉的白色瓷砖墙壁上。

"嗯？"叶愿欢垂眸，"你还没说想要什么奖励。"

容淮看着面前的美人，微凉如玉的指尖划过她的耳郭："前女友喝醉了酒就黏着前男友不肯放，酒醒后连个名分都不给就跑，还问我想要什么奖励？"

容淮用指腹摩挲着她的唇："愿愿，你一直都知道我的。"

"我别的奖励都不想要……"容淮嗓音低哑，"我只想要个名分。你肯不肯给？"

两人相距极近。

叶愿欢感受着容淮的气息，他身上清冽好闻的味道弥漫在空气里。

许久都没得到回应，容淮以为他今天也不会得到想要的答案了，松开叶愿欢，正欲离开，却没想到忽然被叶愿欢抱住了腰。

"容淮，你再问一遍。"

容淮捏住叶愿欢的下巴尖，抬起她的脸蛋："我问，我想跟愿愿要个名分，愿愿肯不肯给？"

"给。"她红唇轻启。

容淮蓦然怔住："你说什么？"

叶愿欢微抬娇颜，顺势将下巴枕在容淮的手心上，眼眸里尽是醉意。

在容淮炽烈的眸光中，她红唇轻启，再次回应："我说，给。"

容淮的心尖狠狠一颤，惊喜、错愕等多种情绪似洪水般交织在心里。

极强的不安全感与不确定性，让他捧着她脸的指尖都微微发颤。

"阿淮，你抱紧我。"

叶愿欢的嗓音很柔，全然不似之前喝醉酒时那般妩媚放肆。

容淮毫不犹豫地将她揽入怀中！

叶愿欢的嗓音愈加发颤，甚至还隐约带些哭腔："抱紧点。"

容淮意识到叶愿欢的状态有些不对劲，紧接着便察觉有眼泪滴落在肩膀上。

"愿愿？"容淮的心跳蓦然停了一拍。

又一滴泪珠落在了他的身上，冰冰凉凉的触感。

"愿愿……"容淮将叶愿欢搂得更紧，长指轻抚着她的后脑。

他吻着她的发顶："愿愿别哭，愿愿……"

容淮瞬间就变得慌乱起来。

"别哭。"容淮嗓音低哑。

他双手捧起叶愿欢的脸蛋，便见那双漂亮的眼睛水雾蒙眬，晶莹剔透的泪珠挂在纤长的睫毛上。

容淮轻轻吮掉她的泪水，温凉柔软的吻落在她的眼睫上："别哭……别哭，不给名分也行，别哭好不好？"

但叶愿欢的眼泪更加汹涌。

她将脸蛋埋在他的肩膀上，哽咽道："温温……我好痛……"

她唤的是她朋友的名字，话却揪着容淮的心："哪里痛？"

"尾巴……"叶愿欢抬起眼眸，轻轻地咬了下唇，"尾巴好痛……"

容淮轻捧着她的脸蛋，指腹摩挲着她的脸颊："为什么痛？"

叶愿欢看着容淮，没说话。

她忽然踮起脚尖，须臾，嫣红的唇瓣便覆到容淮微凉的唇上。

容淮先是一怔，随后疼惜地将叶愿欢抱起，转身走向卧室。

叶愿欢昨晚在睡梦中也是满脸泪痕。

容淮温柔地吮着她的泪。

"唔……"叶愿欢醒时只觉得头痛欲裂。

他嗓音低沉："醒了？"

"嗯。"叶愿欢应了声，感觉自己的眼睛哭得有些肿。她揉着惺忪的睡眼，正准备起身。

容淮却蓦然握住她的手腕："去哪儿？"

叶愿欢先是一怔，随后想起昨晚发生的些许片段……

她懒洋洋地坐起来："容医生不会又想让我负责吧？"

容淮：他早就该料到的。

叶愿欢今天拍的是夜戏，所以她昨晚才敢放肆地跑去酒吧。

她刚做完妆造从休息室出来，便见工作人员小步跑来："愿姐，外面有个美女说是你朋友，来探班。"

"探班？"叶愿欢眼尾轻抬。

再听工作人员说是美女，她当即猜到肯定是聂温颜跑来看她，于是叶愿欢踩着高跟鞋便往外走。

聂温颜倚着树乘凉，手持小风扇，额前的小碎发随着风飘起。

直到看见美人翩然而来，她立刻举着小风扇跳起来："愿愿！"

叶愿欢抢过她的小风扇："怎么劳烦美人特意跑来看我？"

"啧。"聂温颜揪着自己的小辫子，"还不是怕你伤心难过，怕你想撒泼都没处撒吗？"

叶愿欢嫌弃地斜睨睨她，嘟囔："我哪儿撒泼了……"

聂温颜蹦跳着绕到的身前，倾身凑近，眨了眨眼："昨晚抱着我哭的不是你？"

"你别造谣我。"

"是吗？"

"小心我让公司法务部告你诽谤。"

"那我好怕怕哦。"聂温颜摇头晃脑。

两位姐妹亲昵地挽着手臂往剧组走。恰好这会儿也没有叶愿欢的戏，两人便坐在片场聊天。

没多久，小葵走过来："愿姐，谢导叫你过去对剧本啦！"

"好。"叶愿欢点了点头。

她转头跟聂温颜打了声招呼："你在这儿坐会儿，或者让我的助理小葵带你去休息室。我找完导演就回来。"

"温温姐。"小葵笑道。

身为叶愿欢的贴身助理，她当然也跟叶愿欢的好姐妹熟悉。

聂温颜点头："去去去，忙去吧。"

叶愿欢转身向谢之走去，而聂温颜就在原地等着。

这时忽有一道颀长的身影出现。

聂温颜顺势抬头，便看到容淮那张俊美的脸。她慌忙起身。

容淮语调缓慢："谈谈。"

聂温颜只觉得背脊发凉："谈、谈什么？"

容淮睨了叶愿欢所在的方向一眼，随后抬步向隐蔽的地方走去，直到避开叶愿欢的视线范围——

"愿愿这些年来出过什么事？"

聂温颜其实猜到容淮会问这个："容大人，其实你可以直接去问愿愿……"

容淮狭长的眼睛微眯。

她试探道："你没问过愿愿吗？"

毕竟她也不能轻易背叛姐妹的。

容淮思忖片刻，随后低声道："算是问过。"

他尝试问过她，但并未得到回答。

"容大人。"聂温颜硬着头皮道，"我知道你对愿愿的事有疑惑，虽然我也很想你们俩好好的，但我不能随意插手她的事。"

"愿愿不愿意说肯定有她的原因。我不知道以前你为什么要走，既然都选择分手了，又为什么要重新回来折磨她？"

"折磨？"容淮的声音压得很低。

他的回来，对于愿愿而言……

是折磨吗？

聂温颜咬了咬唇："总之，如果你真的还想要她，我求你对她好一点。"

这些年她看着叶愿欢都心疼。

以前叶愿欢对她说过："温温，求你不要把这件事情告诉容淮……"

聂温颜不理解她为什么非要瞒着，叶愿欢道："他会疯的，他肯定会疯的……"

聂温颜没有多提这件事："真的，求你对她好点吧，否则知道真相后你一定会后悔的。"

容淮的五脏六腑都绞痛着。

"她是不是受过雷刑？"

聂温颜的心一紧。

"她现在怕雷了。"容淮缓缓抬起眼眸看着聂温颜，"她以前最喜欢打雷的……"

在得知叶愿欢怕雷时他便猜到了。

"为什么受雷刑？"容淮道，"她没犯过族规。"

"她……"聂温颜迟疑了。

他又继续逼问："还断过尾？"

"你怎么知道？"聂温颜刚说出口便反应过来自己似乎说多了。

她猝不及防地掉进了容淮的圈套。

"又为什么断过尾？谁断了她的尾？"

叶愿欢是狐族的掌上明珠。

她的父亲是白狐族长，母亲是红狐族长，两个哥哥也对她疼爱有加，整个狐族谁有胆量敢断她的尾？

"你都猜到了……"聂温颜感觉瞒不下去了，"你都猜到了还来问我，这不是坑我吗？"

到时候愿愿要来找她算账了。

"但其他的我真的不能跟你说了……"聂温颜央求道，"你就放过我吧，我觉得还是让愿愿亲口说比较好。但既然你猜到了，就对她再好点。"

她实在不忍心看姐妹受到折磨，于是咬着唇再多说两句："她做这一切都是为了你，当年你却跟她提了分手。你还是先自己反思一下吧。"

聂温颜说完便转身跑开了。

容淮站在树荫下，好似整个人都被阴霾笼罩了。

叶愿欢很快就从谢之那里溜回来。

她找到聂温颜，将好吃的捧到聂温颜的面前："看，小蛋糕、小饼干、小点心，要吃哪个?

"都是我从小葵那里偷来的! 姐妹对你够义气吧? "

小葵和聂温颜都喜欢吃甜的。

她不喜欢。

"仙女"拒绝长胖!

聂温颜却兴致缺缺，随便挑了个小蛋糕，然后用勺子挖下一小块递到她的嘴边："你尝一口。"

"我不吃。"叶愿欢嫌弃地躲开。

聂温颜执着地往前递："就吃一口。你吃点甜的，这个肯定甜。"

"才不要。"叶愿欢扭过头，"女明星要自觉好吗? 你不要因为眼红我的身材，就试图拉着我陪你一起堕落!"

聂温颜不满地"啧"了一声，将小蛋糕喂到自己的嘴里："真是个狼心狗肺的臭女人。"

亏她还担心叶愿欢心情低落，想让叶愿欢吃点甜的呢，结果竟然拿身材来刺激她!

她再也不要跟叶愿欢天下第一好了!

叶愿欢被喊去拍戏了。

圆形拱门，水榭廊桥，山茶绿刺绣旗袍融于民国的江南水景。

军绿色的颀长身影立于她的身后，季屿川拽住她的裙角。

"松手。"叶愿欢声音冷淡。

季屿川唇瓣紧抿，紧绷着的下颌线条暴露了他紧张和慌乱的情绪："你听我跟你解释……"

"解释? "叶愿欢回眸，"沈肆，这些年来我一直在等你解释当年离开我的原因，但你从来都不肯说。"

身着军装的季屿川僵在原地。

叶愿欢红唇扬起："好啊，我现在给你机会解释。你说吗？"

"我……"季屿川喉结轻滚，但他终究陷入沉默。两道炽烈的眸光对视着，彼此分明相爱，可心却离得很远。

叶愿欢自嘲般冷笑一声："现在不说，这辈子都不要解释了。"

音落，她迈开双腿，扬长而去。

谢之摁着对讲机："咔！这条过。"

季屿川和叶愿欢都迅速从情绪中抽离。季屿川挑唇笑了笑："不愧是叶影后，每次拍戏时情绪都代入到位，不知道的还以为是真情实感呢。"

叶愿欢睨了他两眼："能有什么真情实感？演员的基本素养而已。"

季屿川笑着点头，表示认同。

他想叶愿欢也不该会有真情实感，毕竟这样一朵娱乐圈野玫瑰，若谁侥幸摘下，定然会藏在花园里好生娇养才是。

谁会舍得将她丢弃啊？

"我回休息室补个妆。"叶愿欢礼貌地跟他打了招呼，便踩着高跟鞋离开。

聂温颜也跟了过去。

坐在监视器前的容淮起身，谢之昂起头："这是准备去解释？"

容淮眸光淡漠地睨了他一眼。

谢之本以为会收到白眼，却听容淮道："如果能解释……就好了。"

谢之还没反应过来这句话的意思，容淮就转身，不知道向何处走去，背影透着失落。

谢之："啊？"

叶愿欢在休息室闭目养神了片刻，平复心情后回到片场，就发现平时缠着她的人不见了。

她疑惑地轻蹙眉头。

毕竟容淮平时一有机会就来缠她，这会儿不见踪影了，她心底莫名地有些空荡荡的，不太习惯。

叶愿欢踩着高跟鞋走到导演区。她佯装随性地坐下，慵懒地把玩着手里的团扇："谢导，那个医生呢？"

闻言，谢之看向她，故意逗弄道："哪个医生？"

叶愿欢抬眸望着头顶的伞："剧组里不就只有那一个医生吗？我突然觉得脚踝有点疼，想找他看看。"

就是找他看个脚踝而已。

绝对没别的意思！

"哦——"谢之刻意拉长音调，又扫向叶愿欢的脚踝。刚才踩着高跟鞋时还来去自如，哪里是疼的样子。

他散漫地跷起二郎腿："不知道，好像是往人工湖那边走了吧。啧……走的时候背影还挺落寞，像受了刺激似的。"

谢之看向她，道："你知道怎么回事吗？"

叶愿欢心虚道："我怎么会知道？"

她将视线收回，随性地拨弄着长发："我就是脚踝太痛，想找他看看。既然如此，我去找找他好了。"

叶愿欢站起身来，甚至还抬了抬脚丫："嘶……还真是有点痛。"

于是方才娇媚的旗袍美人，这会儿装成脚踝不舒服的样子，一脚深一脚浅地往人工湖走去，将演技发挥得淋漓尽致。

路过的工作人员送来关怀——

"愿姐，你怎么了？"

"愿宝，你的脚伤不会复发了吧？要不要跟导演请假，送你去医院啊？"

"我扶你一下吧。"

叶愿欢尴尬而不失礼貌地扬起红唇："没事。我去找容医生看看就好。”

闻言，众人忙捣蒜似的点头——

"哦哦哦，找容医生啊！"

"那不掺和了，毕竟宁拆一座庙，不毁一桩婚！"

影视城的人工湖碧波荡漾。

叶愿欢离开大众视线后便不再演戏，踩着高跟鞋走过羊肠小路，却发现湖边空无一人。

"容鬼鬼？"她尝试着呼唤了声。

但是无人应答。

叶愿欢加快脚步，四处寻起他的身影："容淮！"

依旧无人应答。

她干脆拿手机给容淮打电话，但也是无人接听的状态。

于是叶愿欢往片场赶，因为走得太急，不小心在鹅卵石路上崴了下脚。

"嘶……"小娇花随即委屈地蹙了蹙眉。

她弯腰揉了揉脚，嘟囔："果然话不能乱讲……"

刚刚骗谢之说自己脚踝痛，转眼就遭了报应。

叶愿欢的眼睛里闪烁着泪光，她忍着痛，加快脚步往回走。

"小葵！"

"怎么了，愿姐？"小葵抬头。

叶愿欢抓住她的手腕，眼里尽是担忧："你看没看到容医生？"

"没。"小葵疑惑地摇头。

她思量片刻："好像愿姐下戏后他就不见了。不知道去哪里了。"

她刚刚拍的那段戏，是沈肆再次向南姒表白，但南姒记恨当年被分手的事，无情地拒绝了他。

容淮该不会受刺激了吧？

　　叶愿欢弯腰拎起包："我有点事得回趟玫瑰庄园，你帮我跟谢导请个假，就说我有很着急的事，非走不可。没拍完的戏我明天一定补，剧组的损失也算在我的头上。"

　　"啊？"小葵当即蒙了。

　　"不是，愿姐，你……"

　　然而还未等她说完，叶愿欢便飞速离开了。

还在追 *zhai* *ye mei gui*

1	容淮还在追	榜
2	"椰蓉夫妇"早晚是真的	新

玫瑰庄园里十分静谧。

时值傍晚，昏暗阴森的主卧里没有一丝光。

窗帘被拉得很严，容淮颓靡地坐在角落，像是被主人抛弃的可怜小狗。

直到叶愿欢的嗓音响起："容鬼鬼？"

容淮抬起头。

清脆的高跟鞋声由远及近，轻敲着他的耳膜，悦耳动听。

他立刻脱掉身上沾血的白大褂，收拾干净身旁染血的卫生纸，随后重新委屈巴巴地蹲回角落里。

"咔嚓——"卧室的门被缓缓推开。

"容鬼鬼？"叶愿欢踩着高跟鞋往卧室里走。

忽然听到一声呜咽，她立刻加快脚步，循声走了过去，便见容淮落寞地蹲在卧室角落里。

听到叶愿欢的声音，他缓缓抬起头，眼眶湿润。

看着好一副委屈巴巴的模样。

他哽咽道："愿愿。

"愿愿。

"愿愿。

"愿愿。"

"容鬼鬼。"叶愿欢立刻走到他的面前，蹲下身跟他视线平齐，然后捧起他的脸。

叶愿欢打量着委屈地缩在角落里的容淮："怎么回事……谁欺负

你了？"

容淮看着她，依旧委屈地唤着："愿愿……愿愿。"

说完，他忽然起身钻进她的怀抱里。

"呜……"眼泪像小珍珠一样掉落下来。

"你抱抱我。"他撒着娇。

微凉的指尖抓住她的袖口，容淮将嗓音压得很低："你抱抱我……"

叶愿欢将容淮搂在怀里，伸手揉着他蓬松的头发："好好好，抱抱抱。"

叶愿欢就这样抱着容淮，不知道过了多久，容淮的声音变得慵懒正常："愿愿。"

叶愿欢一怔。她立刻反应过来，应当是容淮平复了心情，理智被找了回来。

叶愿欢立刻往后一缩，松开他起身就想跑。

指尖抓住叶愿欢的腕骨，容淮慢慢地将她拉回，薄唇贴在她的耳畔："我们愿愿这是想去哪儿啊？"

容淮极为蛊人的嗓音钻进她的耳中，直抵心尖，让她下意识往旁边一躲。

容淮将她抱住，眼尾轻挑："还想跑？"

"跑怎么了？"叶愿欢看着他。

容淮的薄唇缓缓向下，轻笑一声："得对我负责啊，愿愿。"

叶愿欢几乎恼羞成怒："容淮，你不要太得寸进尺。我刚是在好心安慰你，我是你的恩人！"

闻言，容淮再次愉悦地笑了出来。

他懒散地圈着叶愿欢的腰，从身后抱着她，然后慢悠悠地倾身将下巴抵在她的肩上："是恩人。

"所以这不是准备报恩吗？"

"小青梅帮我拿个主意。"容淮咬住她的耳尖，"我要是对恩人以身相许的话，恩人愿不愿意接受啊？"

叶愿欢耳根酥软，心尖发颤。

即便跟容淮分开那么多年，他不经意间的撩拨，还是能让她轻易心动。

叶愿欢红唇轻抿，闭上眼睛，狠心道："容淮，你还是放弃吧。"

容淮的笑意忽然休止。

他绯唇微张，将嗓音压得很低："为什么？"

叶愿欢强忍着哭腔，忽然抬起眼眸冷冷地看着他："因为我不喜欢你了！"

容淮的心跳好似停了一拍。

叶愿欢紧抿唇瓣，努力睁圆眼睛，让眼神看起来清明又绝情："从你说分手起，我就再也不喜欢你了。"

容淮喉结轻滚，好半晌才与她确认："不喜欢我了？"

"嗯。"叶愿欢道，"再也不会喜欢了。"

泪珠不断在眼眶里积蓄了起来。

这次应该说开了吧……

容淮追她那么久，她不仅不愿给出回应，还拒绝了个彻底。他肯定会放弃了吧？

他们再也没有以后了……

叶愿欢深吸一口气，转过身，抬头："容淮，所以我们还是——唔！"

然而还未等她话音落下，所有装出来的绝情被凉薄的唇瓣封堵。

容淮将手臂抵在她的腰上，再次将她揽入怀里。

"唔！容……唔……"

叶愿欢试图挣脱他的吻，但容淮似是一头被激怒的野兽，这次比以往吻得都用力。

容淮微凉的指尖捏住她的下颌："不喜欢了？"

乌黑的眼瞳里好似倒映着她的影子。

容淮哼了一声，咬牙切齿道："骗我。"

叶愿欢本就一直在强忍着，听到容淮拆穿她的谎言时，眼泪瞬间像断了线的珠子般落下。

可这次容淮没有因为她哭了就将她轻易放过，而是继续碾着她的唇，反复地质问："不喜欢我了，为什么醉了就找我？

"不喜欢我了，为什么要哄我，安慰我？"

"不喜欢我吗？"

容淮微凉的指腹摁在她的脉搏上，分明在他吻她时跳得那么快。

"愿愿，除非你告诉我，是心跳在说谎。"

叶愿欢的泪珠滴在他的锁骨上。

察觉到那些许微凉，容淮忽然愣住，捧起她的脸，看到她眼睛里莹润的泪珠时，一时心软。

他贴着她的额头："愿愿，我可以不逼你，你也可以不给我进一步的回应，但你不能骗我说不喜欢我。"

他会疯的……

如果他的愿愿真的不喜欢他，不要他了，他真的会疯的！

叶愿欢哽咽着："容淮，我不敢……"

她伸手攥紧容淮的衬衣，红唇翕动："跟你谈恋爱好痛好痛，我不敢，我真的不敢……"

就算她少了一条尾巴，但她仍是十尾狐，狐族的长老绝对不可能那么轻易地就放过她……

容淮的心跳好似停了一拍。

虽然早就猜到，但从叶愿欢的口中得知，又是另一种截然不同的心情。

"对不起，对不起。"容淮闭上眼眸，轻吻着她的泪珠。

他的声音哑得厉害："愿愿，我不该离开你，不该让你承受这些……以后再也不会这样了，好不好？"

叶愿欢轻轻地吸了下鼻子，泪珠还是不断地滚落下来，顺着脸颊，留下浅浅的泪痕。

容淮吮掉她的泪珠："没人能再断你的尾巴，以后的雷刑都由我来替你受着。

"我回来了。阿淮回来了。

"再也不会有人欺负我们愿愿了。"

虽然他不知道那段时间究竟发生了什么事，也不清楚为什么这件事情会跟自己有关系，但现在他已经基本戒断成功。

他戒了她的血。

他再也不会伤害她了。

他再也不用离开她了。

他会将这朵私藏在家里的野玫瑰，保护得很好很好。

容淮温柔地拂掉她的小珍珠："不谈恋爱也没关系，哪怕继续保持这种关系也好，但愿愿不能骗我说不喜欢我。"

他想他这辈子应当都无法接受未来的生活里失去了叶愿欢。

叶愿欢伸手拂了拂眼尾的泪："但是这样，你也会很委屈……"

他明明什么名分都没有。

"不委屈。"

容淮的嗓音轻柔，灼热的气息交缠在两人之间："只要愿愿不觉得委屈，愿愿高兴，我就不会委屈。"

叶愿欢咬着唇瓣，更想哭了。

"嗯。"叶愿欢哽咽着应了声。

翌日清晨。

用过早餐之后，叶愿欢像平常那样搭乘着容淮的车，去了剧组。

她先在休息室里做妆造，但心情明显比前几天好很多。

小葵好奇地看着她："愿姐，你怎么好像心情很好的样子呀？"

"有吗？"叶愿欢眼尾轻抬，"可能睡得比较好吧。"

今天拍戏的过程依旧顺利。

叶愿欢下戏，等着现场工作人员换景时，穿着旗袍坐在剧组的遮阳伞下，轻轻地揉着站得太久而发酸的小腿。

一道颀长的身影走了过来。

容淮淡漠地坐下，状若无意地理着袖口，偏头道："叶影后不舒服？"

叶愿欢睨向演戏的男人，干脆跷起昨天崴到的那只脚："是啊，昨天怕某人出事，回玫瑰庄园的时候赶得急，不小心崴到了呢。"

叶愿欢身体前倾。

她单手托腮，黑色的露肩旗袍更显直角肩，漂亮的锁骨在旗袍领间若隐若现："容医生说，这要怎么办才好？"

叶愿欢眨巴着眼睛。

容淮原本只是随意地找了个借口，但听到叶愿欢说昨天找他时崴了脚，双眉蹙了下："我看看。"

容淮说着便弯腰握住叶愿欢的小腿，直接放到自己的大腿上，微凉的指尖轻摁着她的脚踝，仔细地检查起来："是崴了这只？"

叶愿欢不由得微微怔了下。

她方才只是故意撒娇，没想到他竟真的上了心。

虽说她昨天赶得急，的确崴了脚，但是不严重，只有刻意活动脚踝时会疼一下。

"其实没事……"叶愿欢道。

容淮紧蹙的双眉并未舒展，他的指腹在她纤细莹白的脚踝上轻轻摁着。

他脸色微沉："怎么这么不小心？"

叶愿欢放肆地将腿搭在他的大腿上："还不是因为担心你。"

容淮抬眸，神情微怔。

叶愿欢避开他的视线，好似生怕小心思被戳穿似的。阳光落在她微颤的睫毛上，心虚掩藏不住。

半晌，容淮轻笑了声："嗯，能被我们愿愿大小姐担心，我的荣幸。"

叶愿欢的心尖又颤了下。

容淮慢条斯理地帮她揉着脚踝。

"是这里吗？"他嗓音低沉悦耳。

叶愿欢看着容淮精致好看的侧颜："嗯。"

其实他明明知道是哪里崴到了，还是特意问了她的感受。

叶愿欢愈发放肆地指了指小腿："还有这里，也站得很酸。"

容淮低笑着应道："好，都给我们愿愿大小姐捏捏。"

叶愿欢明显雀跃起来。

碧瓦红墙，水榭楼台，复古的公园长椅上，旗袍美人慵懒地半躺半倚。

莹白纤细的小腿搭在男人身上，正被他温柔又耐心地捏着……

剧组的工作人员都快疯了！

"我天！我看到了什么……容医生居然在给愿愿宝贝儿捏脚欸！"

"好甜好甜！救命，真的好甜！"

"感觉愿愿宝贝儿今天好像很开心，都没有躲着容医生了。难道容医生追到了？"

"啊啊啊，容医生真的好温柔啊！"

"清冷系医生，唯独在面对自己心爱之人时才会收敛脾性，变得温柔。这种独一无二的偏爱羡慕死我了！"

工作人员们看得脸红心跳。

小葵也好奇地探过脑袋:"咦?"

看到叶愿欢和容淮在大庭广众之下的亲密互动时,她惊呼道:"啊!"

她立刻看向周围,见许多工作人员都掏出手机偷拍,心中警铃大作,正要去提醒叶愿欢时,后领却被人抓住。

小葵:"怎么回事?"

懒散的嗓音响起:"这是要去哪儿啊?"

小葵分辨出是谢之的声音。她旋即扭头,睁圆眼眸:"谢导您把手松开!我得去提醒一下愿姐,不然肯定又要闹出绯闻啦!"

"是吗?"谢之眼尾轻挑。

他不甚在意朝叶愿欢那儿扫了一眼,在看到俩人的举止时,诧异地挑了挑眉:"那我不得帮个忙?"

谢之拎着小葵的衣领,把她弄到身后,然后将手滑入口袋,摸出手机,对着俩人一通拍。

小葵眼睁睁地看着他打开社交软件,上传照片,编辑文字——

谢之:狗都觉得有点撑。

小葵:怎么会有这么能挑事的导演啊!

小葵恨不得把这个天天给公司公关部添麻烦的人掐死。

然而粉丝早就习惯了谢之发糖。

哈哈哈,"椰蓉夫妇"CP粉头又来啦!

好甜!难不成是容医生把愿愿宝贝儿追到手了?

这个女婿我认了,哈哈哈!

呜呜呜,画面也太美好了吧……

…………

但也有人烦了——

　　这是芒芒星娱乐给叶愿欢做的营销吧？之前吹万人迷人设还不够，现在又花钱找个医生来演戏？

　　啧，她的人设不是无人能摘的野玫瑰吗？怎么这会儿又开始做恋爱营销？该不会是要上恋爱综艺，提前预热吧？

　　我真的无语，这到底有什么好看的？不是说容医生有个念念不忘的白月光前女友吗？叶愿欢这种行为不就是第三者插足？

"椰蓉夫妇" CP 粉愣住。

　　是哦……容医生还有个白月光前女友。

　　呜呜呜，他的偏爱不是只给叶愿欢的，曾经也给过另一个女人！

　　都分手了！我们愿愿仙女根本不算第三者插足好吧！

　　况且分明是容淮主动追的。

　　既然他主动追，那便说明早就将白月光前女友给放下了，这算哪门子第三者插足？

　　不管！我们"椰蓉夫妇"就是最甜的！

　　…………

叶愿欢根本不知道社交软件上已经吵得不可开交了。

她慵懒地将身体往前倾了倾，将手肘抵在大腿上，单手托腮："容鬼鬼。"

"嗯？"容淮看了她一眼。

叶愿欢眨了眨漂亮的眼睛："你好像比以前更帅了。"

"那愿愿想不想亲一口啊？"

叶愿欢耳尖微红，伸手偷偷地抓着容淮的衣角，小心翼翼地往旁边看："有人呢。"

"没事。"容淮轻笑了声。

他伸手拿过放在旁边的黑伞，然后撑开来挡住众人的视线。

围观的众人：有什么事情是我们不能看的？！

容淮倾身凑近，用鼻尖轻轻地抵着她的鼻尖："现在可以亲了。"

极有磁性的嗓音里充满蛊惑。

像是醇香的酒，缓缓流淌进叶愿欢的心间。

叶愿欢突然产生种偷情的感觉。

她往旁边看了看，视线果然被黑伞挡住，于是她飞速地朝容淮凑近，蜻蜓点水似的啄了下他的唇瓣。

四片柔软似果冻的唇瓣相碰。

有了偷尝禁果的愉悦感后，叶愿欢搂住容淮的脖颈儿，再次深深地将唇瓣覆了上去。

容淮攥着伞柄的手蓦然收紧。

他用力地将她搂在怀里，然后合上眼眸，深深地回应了回去。

围观的工作人员一脸茫然。

这俩人到底偷偷摸摸地在做什么见不得人的事，怎么伞还突然颤了下？

叶愿欢只觉得感官被无限放大。

虽然黑伞阻隔了群众的视线，但她的心跳还是格外剧烈。

柔软的唇瓣触碰着，直到叶愿欢几乎快喘不过气来，容淮才缓缓将她松开，亲昵地贴着她的额头轻笑。

"我们愿愿大小姐怎么现在接个吻连气都不会换了？"

叶愿欢恼羞成怒地看了他一眼。

她才不是不会换气！

是因为在大庭广众下，她有些紧张，忘记了而已！

"还不是都怪你？"她埋怨道。

容淮的桃花眼里带着笑意，轻轻地捏着她的下颌，指腹在她的下巴尖处摩挲了两下……

随后盯着她的唇瓣道："好看，这样就挺好。"

叶愿欢：什么好看？什么挺好？

她不是本来长得就很好看吗？

叶愿欢伸手将容淮推开，踩着高跟鞋站起身。

耳畔随即响起的是容淮低沉散漫又愉悦至极的笑声。

叶愿欢迅速转身离开。看着她仓皇而逃的背影，容淮回味着刚才的那个吻，慢条斯理地收了伞站起身。

微凉的指腹轻揉着唇瓣，上面还余留着叶愿欢的清甜香味。

再轻轻用指尖蹭一下，甚至能蹭出口红痕迹。

他将叶愿欢的口红……吻花了。

叶愿欢踩着高跟鞋回了休息室。

在片场穿梭的过程中，她总感觉剧组的其他人都在看着她……

她的耳尖像滴血一样红。

小葵从谢之那里挣脱出来，回到休息室，迟疑道："愿姐，你的嘴……"

叶愿欢脸蛋上的绯红还未消。她茫然地看了小葵一眼，用指尖摸了摸唇瓣："我的嘴怎么了？"

叶愿欢疑惑地转头看向化妆镜。

只看了一眼，她就瞬间炸毛，尖叫出声："啊——"

叶愿欢崩溃地伸手抓住头发。

她凑近化妆镜，仔细地看着唇周，发现自己嘴唇上的口红几乎都被容淮吃掉了，余留下的还被蹭花了！

就连脸蛋上都有唇印。

"容淮这个臭流氓！王八蛋！"

叶愿欢差点气得跳起来，连忙转身，抽出一张卸妆湿巾，对着化妆镜狠狠地擦着唇瓣上的痕迹。

再回忆起刚刚大家看自己的眼神，叶愿欢瞬间就明白了究竟是怎么回事。

她的脸上尽是愤怒与懊恼。

她擦着嘴唇看向小葵："剧、剧组里现在都在讨论什么……"

小葵神情复杂地盯着她的唇瓣。

"大抵就是愿姐你跟容医生在剧组里光明正大地谈情说爱，还被他吻花了妆吧。"

就在叶愿欢即将崩溃时，小葵很及时地补了刀子。她拿出手机跟叶愿欢展示着谢之社交软件上的动态："而且，谢导又偷拍你们发动态了。这回可真没的洗。"

叶愿欢睨了眼照片。

正是她放肆地将腿搭在容淮的大腿上，让他给自己揉捏的暧昧画面。

叶愿欢：啊啊啊啊啊啊啊啊！

今晚就回玫瑰庄园暗杀他！

后面的拍摄不怎么顺利，叶愿欢每次入戏，很容易将男主角代入成容淮，然后就会想起刚刚的吻……

"咔！叶愿欢你脸红什么？！这里是南姒跟沈肆争吵的片段，是全剧的重点剧情。你被他凶了，怎么还脸红？！

"咔！情绪不对，愿欢你的眼神要再冷一点，不要表现得那么娇羞。

"咔！眼神别飘，别心虚，再来。"

…………

叶愿欢懊恼得想一巴掌直接扇到容淮的脸上！

偏偏男人还姿态懒散地坐在那里，饶有兴致地看着她，眸光若有若无地落在她的唇上。

叶愿欢：真是烦死啦！

谢之看出叶愿欢的拍摄状态不好，放下对讲机，睨了容淮一眼："你今天的行为，严重影响了我们剧组的拍摄进度。"

闻言，容淮散漫地轻抬眼皮。

容淮一副什么都没做过的无辜模样，甚至还伸手拂了拂白大褂袖口："有吗？"

"没有吗？"谢之反问。

虽然刚才小葵在跟他闹，害他没看到撑伞偷吻的场景，但剧组里的八卦他可都听到了。

谢之眼眸轻睨："你动作真是够迅速，我还以为还得磨叽几年呢。"

"不会。"容淮声音低沉。

毕竟他对这只狡猾却心软的小狐狸再熟悉不过。

即便他现在还没得到男朋友的名分，但是足够了。

谢之不耐烦地"啧"了一声："不过容淮，我可提醒你，在追姑娘这种事情上最好还是别逼得太紧，要学会进退有度。

"像叶愿欢这种女人，把你拿捏了就容易不珍惜。你可别太惯着她。"

尤其是别耽误拍摄进度！

容淮漫不经心地笑了声，品味着他的话："进退有度？"

谢之还以为他悟到了什么，却见容淮抬手摘掉眼镜，眼眸里的占有欲乍现。

"不可能。"容淮绯唇轻启。

他的眸光始终落在叶愿欢的身上："我的字典里没有'进退有度'，

在追愿愿这件事上，我向来只懂乘胜追击。"

叶愿欢调整了好久才恢复状态。

频繁重拍，这在她的职业生涯里是少有的事。就连季屿川都察觉到不对，问她需不需要先休息。

叶愿欢抿着唇，摇了摇头："抱歉，耽误大家的拍摄进度了。"

"没事。"季屿川嗓音温润，拿了瓶矿泉水拧开递给她，"是心情不好，还是……你以前拍戏时可从不会这样。"

他一直觉得叶愿欢的共情能力很强。

这段时间里，他看得出来她入戏很深，偶尔还会难以出戏，却不会像今天这样，总在走神。

叶愿欢红唇轻撇，朝旁边看了一眼："没……"

她正要否认，并用眼神向容淮提出控诉，结果就看见那道颀长的身影从身侧走了过来。

容淮不着痕迹地在两人中间停住，扫了眼季屿川递过来的水，然后拿起自己手里的水，拧开瓶盖。

容淮仰头喝了一口，轻舔唇瓣："要喝吗？"

他看向叶愿欢，即便是询问，手里的矿泉水却已经递了过去。

想法昭然若揭。

他不允许叶愿欢拿别的男人的水，甚至还要喝过，才将水递到叶愿欢的面前。

叶愿欢：打翻了醋坛子的小气鬼。

叶愿欢虽然在心里嘀咕，但还是带着笑意，伸手接过容淮的水，娇艳欲滴的唇瓣覆上瓶口。

容淮像只花孔雀似的抬眸看向季屿川。

季屿川很自觉地将递出去的矿泉水收回，气得仰头喝了一大口："你俩继续。"

说罢，他转身就走。

恰好路过的工作人员看到这一幕，对季屿川发出无情嘲笑——

"哈哈哈，季影帝气得踹翻这盆狗粮！"

"容医生的占有欲好强啊，他就像跟别人炫耀配偶的花孔雀一样。"

"笑死了，哈哈哈！季影帝说我就好心递个水，我招谁惹谁了，还要被当成情敌。"

叶愿欢扑哧笑出声。

漂亮的眼睛里满是笑意，她凑近容淮，唇瓣沾着水光，看起来比平时更娇艳欲滴。

红唇不经意间蹭过他的白大褂："容鬼鬼怎么还是个小醋精啊？"

容淮修长漂亮的手指挑起她的脸蛋，慢条斯理地摩挲着她的下巴："毕竟我们愿愿那么有魅力，没点危机感怎么行？"

他只想把这朵野玫瑰私有化，至于其他人，连觊觎都不行。

"椰蓉夫妇"的恋情新闻在网上发酵。

即便黎昕不想再插手，但暧昧的照片层出不穷，叶愿欢作为顶流，总该出面给粉丝一个回应。

今天的最后一场戏拍完收工。

小葵气喘吁吁地跑过来："愿姐，不好了！影视城外面围了好多媒体！"

谢之微抬下颌。

他漫不经心地转着手里的对讲机："我最近可没安排剧组宣发。"

"谁管你呀？"小葵无情地拆穿道，"外面那些记者都是来看'椰蓉'的！"

谢之："什么？"

叶愿欢的眼睛闪烁了下："具体怎么回事？"

小葵无奈地咬着唇瓣。

她没好气地睨了谢之一眼："还不是怪他总乱发照片！"

谢之散漫地抬头看了她一眼。

小葵将谢之发的动态再次展示出来："这条动态都爆啦！现在网上全都在说你跟容医生谈恋爱的事情是真的！媒体能放过这个热度？所以就跑来剧组蹲你了。"

叶愿欢拿过手机看了看。

除了谢之发的照片外，营销号还扒出许多其他照片，很多都是来自剧组的路透照，大概是工作人员拍的……

虽然照片里的两人没亲也没抱，但暧昧氛围挡都挡不住！

叶愿欢瞬间就怕了起来："交给你了，我这就从后门溜走。"

然而她刚要跑，后脖颈儿就被人捏住。微凉的触感抵着她的肌肤，那人还不轻不重地捏了下，她瞬间如触电般酥麻。

"跑什么？"容淮轻松地将叶愿欢拎回来，面上看似毫无波澜，"既然事情已经发生了，总得给粉丝一个交代不是吗？"

叶愿欢没好气地睁圆眼眸看着男人。

"怎么交代？"

"实话实说。"容淮语调缓慢。

闻言，叶愿欢又要炸毛："实话实说就是我们没在谈恋爱！但是他们肯定不会相信的！"

小葵和谢之蒙了片刻，对视后齐刷刷地看向两人："你们没在谈恋爱？！"

大抵是过于惊愕，他们实在是没控制住音量。

剧组的其他工作人员都被吸引了过来。

叶愿欢无辜地眨着眼睛："没有啊。"

"嗯。"容淮应声道，"我们两个现在是——唔。"

然而话音还未落下，叶愿欢就立刻踮起脚尖捂住他的嘴，随后挤出尴尬而不失礼貌的微笑："朋友……我们现在是朋友关系。"

小葵耸肩："随便吧，反正再想解释只是青梅竹马之间的日常互动是不可能了。而且昕姐刚刚发话了。"

她朝叶愿欢晃了晃手机，上面是她跟黎昕的聊天记录。

"昕姐让你自己跟粉丝解释清楚。"

叶愿欢终究是被经纪人抛弃的小可怜。

影视城外的媒体声势浩大。

各家媒体的镁光灯频闪，摄像机和话筒将这里围得水泄不通，所有人都想拿到叶愿欢的一手消息。

"叶愿欢来了！"有人大喊。

媒体闻声，立刻像蝗虫过境似的涌了过去。

此时的叶愿欢已经换掉旗袍戏服，穿上了长款吊带红裙，搭配足下那双黑色红底的高跟鞋，愈发显得风情万种。

"叶影后！请问能接受采访吗？"

"能解释一下您现在跟容医生究竟是什么关系吗？谈恋爱了，还是……"

"最近谢导经常在社交软件上发'狗粮'，是他自己的个人行为，还是有芒芒星娱乐授意呢？"

"你们是打算官宣（官方宣布）恋情了吗？或者只是为了炒热度，预热《招惹》？"

"叶影后能回答一下我们的问题吗？"

摄像头和话筒全都被推到叶愿欢的面前，她只觉得头疼。

叶愿欢泰然自若地扬起红唇："大家误会了，没有什么恋情，不过各位有兴趣的话的确可以关注一下我的新作品。"

小葵在旁边围观。

她一边嗑着瓜子，一边跟黎昕汇报："昕姐昕姐，愿姐目前还在狡辩。"

黎昕："哦。媒体不会放过她的。"

小葵："你说得对。"

媒体差点将话筒戳到叶愿欢的脸上："可现在网上都是'椰蓉夫妇'的合影，叶影后跟容医生的互动那么亲密，说是没有恋情恐怕不太令人信服哦。"

叶愿欢：虽说她不怎么喜欢这种场面，但好歹是身经百战的影后，在面对媒体时，怎么都能处变不惊。

她慢悠悠地用手指捏住自己的裙角，正要继续狡辩，一道低沉的嗓音忽然响起："的确没有恋情。"

叶愿欢闻声，笑意僵住。

她旋即回头，果然看见身穿白大褂的容淮向这边走来。

媒体也都循声望了过去。

嘈杂的人群中，唯见容淮撑着一柄黑色的伞，看起来有一些奇怪，好似他与这个世界割裂开来。

"容医生……"

"这不就是容医生吗！"

"容医生来了！请问你对你们两人之间的亲密照片有什么想要解释的吗？"

"容医生，叶影后说的是否属实？你们两个之间真的不存在恋爱关系？"

叶愿欢转头看着容淮。

她不是让他别出现吗！

容淮那么讨厌面对闪光灯，况且医生本不需要面对这些……

"容淮。"叶愿欢轻声唤他。

她用指尖揪了揪他的白大褂衣角："你回去，这边我能处理。"

容淮没应声，微凉的指尖抚上她的手臂，缓缓下滑后握住她的手腕，坦然自若地将她牵到了身后。

"咔嚓，咔嚓，咔嚓——"

闪光灯对着他们拍得更厉害了。

牵手了！

"椰蓉夫妇"当着他们的面牵手了！

这还不是事实吗？！

都这样了，这两人还想怎么狡辩？！

叶愿欢轻抿红唇。容淮明显没想过让她独自承担，而是替她挡住了所有的镁光灯。

"的确没有恋情。"容淮嗓音低沉，"所以请各位不要再来打扰我们愿愿。"

媒体：没有恋情？我们愿愿？

叶愿欢隐约产生一种不祥的预感，抬起眼眸，发现容淮正深情地看着她。

她的心跳霎时间漏了一拍。

容淮扬唇，轻笑了声，随后收回视线看向媒体："至于什么时候会有恋情，各位就算问我也不会有答案。

"这件事情我说了不算。

"还在追，所以——

"都是我们愿愿说了算。"

因为容淮的这番言论，媒体再次炸开了锅！

这不就是深情又绅士的男人追妻的典型范本吗？！

《招惹》剧组的其他工作人员也疯了——

"啊啊啊，容医生也太男人了吧！"

"他明明可以趁这种时候直接承认，让愿宝无从解释。但他还是把所有的选择权都交给她！"

"好绅士，好绅士！所以是真的还在追，还是怕官宣恋情影响愿愿……"

小葵也疯狂地摇着谢之的胳膊："啊啊啊，帅爆了！容医生简直帅爆了！"

谢之被她晃得头疼，干脆伸手摁住她的头："给老子把手松开。"

小葵："行……吧。"

新的话题飞速地冲上热搜榜——

> # 容淮还在追 #
> # 什么时候有恋情是我们愿愿说了算 #
> # "椰蓉夫妇"早晚是真的 #

得到正主的确切回应，粉丝们集体欢呼。

> 容医生也太好了吧！
>
> 啊啊啊，他真的好绅士啊，突然感觉他好像配做我的女婿了！
>
> 呜呜呜，给女孩子所有的选择权和最大的尊重，这是什么神仙追求者啊！
>
> 这门婚事妈妈同意了！妈妈命令你立刻给我答应他！
>
> …………

叶愿欢也没想到事情会发展成这样，但想到刚才的那个画面，她还是露出一抹笑意，心里也忍不住觉得甜蜜。

两人回到玫瑰庄园的时候，叶愿欢还抬起头望着他："你不是最讨厌光，不喜欢出现在镜头前面吗？"

容淮眼眸低垂，声线悦耳："这种事情，身为男人不站出来怎么行？"

　　叶愿欢雀跃地蹦跳两步，然而刚走到玫瑰庄园门口时，看到一道颀长的黑白色身影立在那里——

　　叶愿欢的笑容倏然僵住："哥？"

不得巳

you zhai ye mei gui

1	我的 CP 是真的	爆
2	《招惹》杀青	新

叶愿欢揪着容淮的衣角，躲到他的身后。

叶宥琛看都不看容淮："跟我回家。"

叶愿欢的指尖抓紧容淮的衣角。

她又往后躲了躲，显然很不想跟叶宥琛离开，但又有点怵他。

容淮伸出手臂，将她护在身后，抬起眼眸看着叶宥琛："阿琛。"

"别这样喊我。"叶宥琛声音冷淡。

他面无表情地看着容淮："从你跟愿愿谈恋爱起我就说过，你若是敢欺负她，我们就不再是兄弟。"

而他不仅欺负她，还抛弃了她。

所以他们不再是兄弟。

容淮绯唇轻抿，然后道："但你吓到她了。别对她那么凶，有什么事情冲我来。"

叶宥琛闻言，冷哼了一声。

他没好气地睨向容淮："你是她的什么人？以什么立场说这句话？我要带妹妹回家，有你这个外人什么事？"

叶宥琛看到他就来气。

以前他们是很好的兄弟，后来得知好兄弟把自己家里的"小白菜"给骗走了，他还气得跟容淮打了起来；之后两人又相视一笑，他狠狠地抹了下唇角的血迹："对她好点。"

因为他看得出来，妹妹很喜欢容淮，容淮待她好，她在容淮的身边会快乐。

可后来容淮说了一句"分手"就一声不吭地离开了。

他恐怕到现在都不知道，他提出分手的三天前，叶愿欢为了能继续跟他恋爱，亲手断了自己的尾巴，为此险些丧命。

而叶愿欢醒来的第一件事，就是打扮得光鲜亮丽地去找容淮。因为她怕他三天没见到她，会以为她出了事。

结果呢？

她走的时候有多开心，回来时就哭得有多伤心。

"愿愿。"叶宥琛看向容淮身后那抹娇小的身影，"到大哥身边来。"

叶愿欢探出半个脑袋。

她摇头："我不要。"

叶宥琛对她的反应丝毫不意外。他看着她："你是自己乖乖过来，还是我把你打晕了，直接扛走？"

叶愿欢知道她哥肯定做得出来这种事，但还是硬着头皮，摇头道："我不要，我就要住在玫瑰庄园。"

叶宥琛干脆将目光投给容淮，极为不悦地蹙起双眉："你又用什么手段骗了愿愿？你仗着她傻，好拿捏，想要的时候就招过来，不想要了就踹开是吧？"

"没有。"容淮道，"阿琛，当年的事情我可以跟你解释，但我对愿愿从来都是真心的。我发誓以后不会再有这种事。"

"你发誓？"叶宥琛撩了撩眼皮，"你拿什么发誓？你当我跟她一样心软，那么容易被你哄骗？"

"我才不傻！"叶愿欢反驳。

"叶愿欢！"叶宥琛嗓音低沉。

他恨铁不成钢地看着她："你下次再因为失恋哭得一把鼻涕一把泪的时候，别脏兮兮往我身上抹！"

"就抹，我就抹！"叶愿欢发出抗议。

"你今晚必须跟我回家。"叶宥琛笃定的口吻不容他人质疑。

叶愿欢直接抱紧容淮的腰，然后侧着脸，贴在他的背上："天王老子来了我都不走。"

叶宥琛冷声道："雷公电母来了也不走？"

叶愿欢闻言，身躯一颤。

"阿琛，别拿这件事情吓她。"

叶宥琛诧异地挑了下眉："没想到你还知道她怕雷呢。"

他还以为容淮这个没良心的东西，压根就不在意他的妹妹这些年都经历了什么。

容淮伸手，将叶愿欢搂回怀里："愿愿若是想跟你回家，我会放她走。既然她不愿意，那我不会松手。"

"阿琛。"他继续道，"你如果不放心的话，今晚可以一起住在玫瑰庄园，客房多的是。但我想要的，只有愿愿。"

叶宥琛点了下头："行，我今晚还就住这儿了。我倒要看看你是怎么哄骗她的。"

于是叶宥琛跟着两人走进玫瑰庄园。在刚踏进客厅的时候，叶宥琛的神色微变。

这里的装潢和色调，全部都是按照叶愿欢的喜好来安排的……

四处还弥漫着玫瑰香。

叶宥琛薄唇紧抿，没好气地睨了叶愿欢一眼。叶愿欢跟他扮着鬼脸，然后便跑去找容淮："今晚吃什么好吃的？"

叶愿欢仰起脸蛋，眨着清澈漂亮的眼睛，眼瞳里像是闪烁着星星。

容淮顺势低头轻吻了下她的额头，笑道："愿愿想吃什么？"

叶愿欢毫不客气地点了一堆美食。

容淮将白衬衣的袖口挽上去稍许，露出骨节分明又劲瘦有力的手腕。

叶愿欢站在他的身旁看着。

等会儿就要开火炒菜了，容淮用沾了水的指尖捏住她的鼻尖："去旁边玩吧，这里油烟大。"

叶愿欢噘起小嘴。

容淮又道："听话。"

"想陪陪你，还不领情。"叶愿欢说完便离开了厨房。

叶宥琛坐在沙发上，时不时看向厨房，见两人倒真像是小情侣一样。

没多久，叶愿欢回到沙发上坐下。

叶宥琛看向她："你们和好了？"

"没有啊。"叶愿欢道。

叶宥琛瞥了叶愿欢一眼，半晌后不屑地"呵"了一句。

"你冷笑什么？！"叶愿欢挺直腰板。

叶宥琛面无表情道："再被人甩了，别跑来找我哭。你二哥哄，我也不哄。"

"才不要你哄。"

叶愿欢知道叶宥琛就是表面冷，实际上每次她哭的时候，他比谁都慌。

叶宥琛声音低沉："你最好是。"

很快，厨房飘来饭香。

容淮将饭菜端到餐桌上，洗了个手走到客厅："吃饭了。"

叶愿欢立马上了餐桌，闭着眼深吸一口气："好香！"

叶宥琛也坐了下来，尝过菜的味道后面无表情道："手艺是有精进。"

以前他也很喜欢吃容淮做的菜。

叶宥琛拿起筷子，正要夹椒盐鸡翅，容淮却神情淡漠地用筷子将他挡住："你吃别的，这是我给愿愿做的。"

叶愿欢在旁边疯狂点头。

她一边吃着，一边又伸出筷子夹了一个放在碗里面。

叶宥琛一时无语。

这一顿饭吃得还算平静。虽然叶宥琛总盯着容淮，像防狼似的，至少两人没有在餐桌上大打出手。

叶愿欢放肆地打了个饱嗝，然后优雅地擦着嘴巴，下了餐桌。

乌沉的云聚拢起来，罩住了玫瑰庄园。

叶愿欢正坐在沙发上，一道闪电忽然落了下来。

"咔嚓——"

紧接着便是震耳欲聋的轰鸣。

叶愿欢脊背发麻，僵在了那里，小脸泛白。

叶宥琛的脸色蓦然沉了下来。

他条件反射般看向叶愿欢："愿愿！"

果然看到刚才还慵懒的人，此时缩作一团。

"呜……"

叶愿欢的眼眸里迅速地蓄满泪水。

叶宥琛的心跟着一紧，他随即蹲下身，朝她伸手："愿愿乖，我们不害怕。大哥在，来大哥怀里抱抱好不好？"

叶愿欢委屈道："你刚刚还说不要哄我了！"

叶宥琛颇为头疼，哄着："愿愿不哭。大哥在，不哭。"

叶宥琛蹲在沙发旁，朝她伸出手，认为小妹还是会依赖他的怀抱。

这时身侧却出现一道影子。容淮蹲下身，修长白皙的手指伸出，嗓音低沉："愿愿乖，过来，容鬼鬼抱。"

叶愿欢抬起眸子。

目光落在容淮那只漂亮的手上。

叶宥琛双眉紧蹙："你这些年又不在她的身边，懂什么！愿愿来大哥怀里。"

两人开始争风吃醋起来。

叶愿欢的眼珠滴溜溜地转着，先打量打量叶宥琛，又打量打量容淮，然后伸出手——

"轰隆！"

震耳欲聋的雷声再次响起。

原本还在犹豫的叶愿欢"噌"的一下当即跳了起来！

两个男人一同伸手。

叶宥琛自信满满，觉得妹妹肯定会选择更为熟悉的、几乎每次雷雨天都会给她安全感的怀抱，结果……

叶宥琛眼睁睁地看着那抹身影跳到了身侧的白衬衣上。

叶愿欢扑进了容淮的怀里，揪着他的衣领，然后将头埋在他的锁骨上："呜呜呜……"

叶宥琛看向容淮，见男人温柔地将她搂入怀里，冷白的指尖贴着她的耳朵，帮她挡住外面的声音。

"乖，容鬼鬼在。"

容淮抱着叶愿欢转身上楼，还顺势拿起遥控器，将整个玫瑰庄园的窗帘全部拉上，并开启隔音模式。

叶宥琛眯起狭长的眼睛打量一圈。

倒是没想到……

他还是跟以前一样在意叶愿欢。

而他的妹妹也还是跟以前一样，毫不犹豫地选择了容淮。

叶宥琛唇瓣紧抿，看着容淮抱叶愿欢上楼的背影，忽然感觉自己很多余。

叶愿欢趴在容淮的怀里。

她像趁机耍流氓似的，时不时用腿缠他的腰。

低沉蛊惑的笑声在头顶响起。

容淮抱着她，指尖轻轻地挠了下她的腰："这会儿不害怕雷了？"

叶愿欢嘟囔："现在又听不到那么大的雷声……"

现在的雷声就跟闷炮一样，谁会害怕啊！！！

"那……"容淮凑到她的耳边，"既然不怕的话，我松手了？"

叶愿欢的心里当即警铃大作。

她慌张地抬起头，努力地睁圆了眼睛看着他，就连语气都急促了许多："不行！"

耳畔再次响起容淮的笑声。他抱着叶愿欢进了卧室，叶愿欢随即跳进被窝里面，用被子蒙着脑袋。

"快点抱住我。"叶愿欢缩在被窝里，道。

容淮伸出手臂抱住她："好，抱紧我们愿愿。"

他看着她，突然问："那愿愿告诉我，是谁欺负了愿愿好不好？"

他想知道以前发生的事。

究竟是谁胆大包天，伤害了愿愿？

叶愿欢垂下眼眸，有些心虚地舔着唇角："没人欺负我。是我自己触犯了族规而已。"

容淮脸色凝重。

"容淮。"叶愿欢往他的怀抱钻了钻，"别问了。"

那件事，她真的一点都不想再回忆。

容淮绯唇轻抿。即便他的确很想知道答案，却也看出了叶愿欢的逃避，于是伸手将她搂得更紧了些。

容淮轻吻了下她的发顶："好，不问了。"

雷雨来得快，去得也快。

叶愿欢在容淮的怀里逐渐睡去。

叶愿欢呼吸平稳后，他轻轻地揉了下她的脑袋，又吻了吻她的眉心后，轻手轻脚地帮她掖好被子后离开。

叶宥琛正孤零零地坐在客厅沙发上。

听到楼梯处传来的脚步声，叶宥琛看过去，见容淮端着杯子下楼。

"愿愿睡了？"叶宥琛声音冷淡。

容淮低声应道："嗯。"

"啧。"叶宥琛蹙眉，"睡得还挺快。小没良心的东西，以前雷雨天的时候怎么就那么折腾我。"

以前叶愿欢起码要闹到后半夜。

怎么容淮没哄两句就睡了？

叶宥琛警惕地眯起眼睛："你不会又吸了愿愿的血，将她给催眠了吧？"

"没有。"容淮语调缓慢。

他走到厨房去接了些水："我戒了。"

叶宥琛的眼瞳骤然一缩，不敢置信地看着容淮："戒什么？"

"血。"容淮抬手端起杯子喝了口水，声音平静，"已经戒了。"

叶宥琛神情复杂地盯着他打量片刻，最后挤出一句："你疯了？"

对于容淮而言，血就是命，要戒断这个，跟疯了有什么两样？

"没疯。"容淮波澜不惊，"另外，我现在是心血管外科医生。"

叶宥琛此时只觉得头疼。

"你等我缓缓，心血管外科医生是……给心脏做手术的？"

容淮怎么可能受得住？！

"你没骗我？"叶宥琛无法想象。

容淮睨他一眼："这种公开的信息你大可以上网查，就知道我有没有在骗你。"

叶宥琛立刻拿出手机，输入容淮、心血管外科等关键词……

真的是他！

"你……"叶宥琛神情恍惚，随后压低声音，"我记得你跟愿愿分手前的那段时间，分明对血很是依赖……"

"嗯。"容淮并未否认，甚至还轻松地笑了下，"所以戒了。"

叶宥琛几乎猜到了什么。

他迟疑了半晌，道："所以，你当初跟愿愿分手是因为这个？你怕伤到她，所以走了？"

是迫不得已。

是为她好。

"容淮你真是！"叶宥琛合上眼眸，伸手揉着太阳穴，"你怎么戒的？"

"不重要。"容淮又抿了口水。

容淮看向叶宥琛："我现在只想知道，是谁动了愿愿的尾巴。"

叶宥琛闻言，怔了片刻。

容淮抬步走向他："愿愿不肯说。

"阿琛，你告诉我。

"是谁动了愿愿的尾巴，这些年又发生了什么？"

叶宥琛迟疑片刻，眉眼间也多了几分无奈："实在不是我不想说，是愿愿不想让你知道。"

容淮早就猜到，否则叶愿欢不会对他吞吞吐吐。

他凝视着叶宥琛："你有你自己的判断。"

叶宥琛烦躁地转了个身。

容淮的目光落在他的背上："你可以考虑下，是让我知道真相好，还是继续这样瞒着，让她永远走不出来好。"

叶宥琛蹙了下眉。

不得不承认，容淮的这番话戳中了他的心。

这些年来，谁都能看得出叶愿欢不开心，偏偏最能安慰她的那个人还不在……

叶盛白和虞归晚总在争执。

爹心疼闺女，成天臭骂容淮这个负心汉；娘为他们的爱情流泪，寻思着有机会再撮合撮合。

毕竟容淮跟叶愿欢青梅竹马。

他们也是看着他长大的，知道他有多在意叶愿欢，也知道他根本不可能负她。

而今两人再重逢，解铃还须系铃人。

叶宥琛沉默半晌，终究叹了口气，回身在沙发上坐下来："行，我说。"

容淮挑了下眉。

叶宥琛道："愿愿没骗你，的确没有人能动得了她。"

容淮闻言蹙眉。

他笃定道："但她的尾巴被人砍断过。阿琛，这件事情上你别想骗我。"

"是。"叶宥琛并未否认，"但不是别人，是她自己砍的。"

容淮的眼瞳骤然一缩，大脑里空白一片："你说什么？"

叶宥琛也不想回忆当年的事情。

"是她自己。"

容淮的心脏像被人揪住："她为什么——"

"当然是为了你。"叶宥琛将他的话打断。

这是容淮最不想听到的答案。

是因为他……他自然是猜到了的。

否则叶愿欢不会刻意隐瞒，他也不会怎么问都问不出答案。

叶宥琛盯着他："你一定很奇怪，愿愿现在分明有九条完整的尾巴，怎么还会经历断尾之痛，对吗？"

容淮紧抿着唇瓣，没有应声。

"因为她原本是只十尾狐。"叶宥琛声音平静，"是全族唯一的十尾狐。她亲手砍断了她的第十条尾巴。"

容淮呼吸一滞。

像是有把刀狠狠地插在他的心脏上，不断地搅动着。

"为什么……"

愿愿那么珍惜自己的尾巴。

叶宥琛喉结轻滚:"因为狐族有族规,十尾狐需要留在族中,跟其他基因优秀的九尾狐繁衍后代,不能与异族通婚。

"这就意味着,她不能跟你在一起。"

听到这里,容淮什么都明白了。

十尾狐不能通婚,而她不愿意离开他,所以,她便亲手断掉自己的第十条尾巴,用这种痛苦的方式宣告她的决定与决心。

而叶愿欢也因此受到了雷刑处罚。

容淮痛苦地合上了眼眸:"断尾,是什么时候的事?"

叶宥琛的目光落在容淮的身上,说了一个更令容淮绞痛的答案:"在你提分手的三天前。"

容淮的心彻底沉到了谷底。

他声音颤抖:"三天前……"

也就是说叶愿欢来找他的时候,刚经历过断尾之痛和雷刑,而他却说了分手。

容淮曾经觉得,哪怕他错过了叶愿欢的这些年,也从不后悔自己做出的决定。

但这一刻他后悔了……

他竟然在愿愿最需要他的怀抱时,残忍地放手了。

"啪!"

容淮咬着牙,一巴掌狠狠地扇在自己的脸上:"是我混蛋。"

叶宥琛看了他一眼。

虽然叶宥琛很理解他当年离开的决定,思及他这些年来的黑暗时光,恐怕他只会比叶愿欢更加痛苦……但因为血缘关系,叶宥琛还是无条件地站在妹妹那边:"你确实混蛋。"

叶宥琛伸手攥住容淮的衣领:"容淮,愿愿受伤的时候我就恨不得你从来没在她的身边出现过。后来我转念一想，这也不是你的错，是她自己做的决定。

"后来愿愿藏起满身的伤去找你，回来哭着说你跟她分手了的时候，我真的恨不得让你死。"

凭他对妹妹的了解，就算她嘴硬说跟容淮没关系，但那点小心思简直昭然若揭。

她肯定还是要跟容淮在一起的。

容淮没有说话，眼尾渐渐泛起一抹红。

他喉结轻滚，随后站起身来："我去看看愿愿。她若是醒了，看到我不见了会害怕。你自便。"

叶宥琛睨他一眼，没应声。

容淮沉默地转了身，水晶灯的光落在他的身上，半明半暗间隐约显出几分不知所措和落寞。

叶愿欢还蜷在被窝里熟睡，但她的姿势显得很没有安全感。侧卧，纤长莹白的腿弯起，盘得好像红丝绒蛋糕卷。

容淮低头望着熟睡中的人。

他缓缓地单膝下跪，视线与她的眉眼齐平，在黑暗中注视着她的容颜。

"愿愿。"他嗓音低哑地轻唤着她的名字，声线仍旧隐隐发颤，"愿愿……愿愿……"

容淮总也叫不够似的，像是要将过去这些年的思念全部融在这一声声里。

容淮低头轻吻着叶愿欢的眉心。

许是察觉到眉间传来的冰凉，叶愿欢下意识地往容淮的方向蹭了蹭，又伸出手胡乱地摸了两下，最后不小心拍到了容淮的脸蛋，好似确认是谁般捏了捏。

叶愿欢嘤咛："鬼鬼……"

"嗯。"容淮应声，他将手探到叶愿欢的脑后，低头触碰她的额头，轻轻地蹭着，"鬼鬼在。"

睡梦中的叶愿欢酣甜轻笑。

她抱住容淮的另一只手，枕着他的手掌："鬼鬼在，真好。"

鬼鬼在，真好。

容淮的眼尾泛红。

他望着眉梢带笑的叶愿欢，她像是早就忘了这些年的痛苦，也不曾埋怨过他的离开。

明明是那么娇气的小东西……她那时候到底怎么忍得住疼啊。

容淮的心脏绞痛，他捧起叶愿欢的脸蛋，唇瓣轻轻相贴。

翌日清晨。

叶愿欢是在容淮的怀里醒来的。

叶愿欢撒着娇钻进他的怀抱里，紧贴着他的胸膛："早啊，容鬼鬼。"

容淮低头轻吻了下她的发顶，嗓音轻柔又宠溺："早。"

他抚摸着她漂亮蓬松的头发，忽然轻声地问了句："疼吗？"

叶愿欢狐疑地撩起眼皮看他，随后又寻了个舒适的位置继续躺着："疼什么？哪里疼？"

叶愿欢仰起脸蛋，奇怪地看着他："你今天是怎么回事啊？"

跟平时好像有些不太一样。

容淮搂着她的腰的手臂逐渐收紧，好像不管抱得有多紧都不够似的："没有，只是很后悔这些年离开你。"

叶愿欢闻言，她忽然想起容淮刚才的问题……

疼吗？

原来问的是她的尾巴……疼吗？

叶愿欢红唇轻抿，大抵猜到了些什么，试探着问道："你都知道啦？"

"嗯。"容淮并没有否认。

叶愿欢的心尖轻轻地颤了一下，她低头，手紧紧地攥住被子，小声道："疼……"

她永远都没法忘记当年的疼。

那可是断尾啊，哪怕用"撕心裂肺"来形容都是轻的。

"对不起。"容淮嗓音低哑。

他轻轻地吻着叶愿欢的发顶："我不知道。我当时只是太害怕继续留在你身边会伤害到你，所以急着逃。没想到离开反而伤你伤得更深。"

叶愿欢感觉眼眶温热了许多，眼角微微变得湿润，但她才不想在容淮面前流眼泪，很丢人。

于是叶愿欢凑近，问："什么叫……太害怕继续留在我身边会伤害到我？"

容淮察觉到衣襟微湿，微微叹息了声，喉结轻滚："怕留在你身边，会控制不住把你的血吸干。"

"愿愿。"容淮伸手捧起她的脸蛋，低头碰着她的鼻尖，"那段时间我嗜血很严重，几乎到了失去理智的地步。如果再在你身边待下去，你会被我害死。"

在离开之前，他也尝试过各种伤害自己的办法……

可是没有用。

都没用。

叶愿欢想起分手前容淮的状态。

叶愿欢什么都明白了。

她轻咬了下唇，抬眸看他时，晶莹剔透的泪珠在眼眶里不断地打转，好半晌才哽咽着唤了他一声："容淮。"

"我在。"

"你混蛋！"

"嗯，我混蛋。"

叶愿欢的嗓音里逐渐多了些哭腔："你明知道我不介意。

"你明明知道，从我跟你在一起的那刻起，我就已经做好准备了。"

叶愿欢小嘴翕动，哽咽道："你要是告诉我的话，我肯定不会允许你离开我的……"

"我知道，我都知道。"容淮嗓音低哑。

他最见不得叶愿欢哭。见泪珠在她的眼眶里打转，他闭上眼眸，吮着她还未流出来的泪。

吻似云朵一般轻柔。

"但我不舍得，我不舍得……"

所以他宁愿独自躲在黑暗深处。

他以为只要离开她，她就不会受伤。

他以为等他成功后，再回到她身边弥补她就好了……却没想到会发生那样的事情。

叶愿欢声音闷闷的："所以，我亲自砍断一条尾巴你就舍得。"

"对不起……"

他不知道究竟该怎么哄叶愿欢了。

"对不起……对不起……"

如果他当时知道，光鲜亮丽的叶愿欢满身是伤，他一定不会忍心提出分手。

叶愿欢委屈巴巴地吸了吸鼻子。

所有的怨念和思念，在这一刻只化作了软绵绵的一声"混蛋"。

"混蛋错了。"

"大混蛋！"

"嗯，都是大混蛋的错。"

"那还不快点哄哄我！"叶愿欢哽咽道。

容淮望着撒娇的叶愿欢，忽然低头攫住了她的唇瓣。

"唔……"叶愿欢被迫仰起脸蛋来。

心跳随着他的吻逐渐加快。

《招惹》的拍摄临近杀青。

剧中的南姒和沈肆也即将复合，但横跨在他们之间的，还有间谍这层身份。

谢之的拍摄手法很绝，整个画面都仿佛冒着粉红色的泡泡，就连剧组的工作人员都忍不住了——

"叶老师跟季老师好般配啊！"

"真的，尤其季老师还是那种硬朗型的男人，感觉一只手就能把愿宝拎起来！"

"啊啊啊，怎么办，好好嗑……"

"叶季 CP 都有超话了呢！"

"突然有点想爬墙。要不是'椰蓉夫妇'先入为主，我真的好想爬过去蹲一秒！"

容淮坐在导演监视器前盯着屏幕。即便他们特意压低了声音，容淮也听得一清二楚。

男人狭长的桃花眼微微眯起，骨节分明的长指玩弄着谢之的对讲机。

谢之正准备拿过对讲机喊"咔"，旁边忽然响起一道"咔嚓"声响。

他旋即扭头望了过去。

容淮波澜不惊地抬起头，语调缓慢，全无愧疚之意："抱歉，手滑了。"

谢之用舌尖轻抵着后槽牙，只能拿起喇叭大喊了一声："咔！"

叶愿欢和季屿川两人瞬间收戏。

季老师迅速向后退，跟叶愿欢保持安全距离，还转头看向工作人员："我跟叶老师只是单纯的合作关系，营造气氛只是为了剧情，大家别乱说哈。"

容淮轻挑了下唇，极为自然地走到叶愿欢的面前，给她递过去一杯温水。

叶愿欢不情不愿地嘟囔："天好热，我要喝凉的……"

"听话。"容淮低声哄着，"最近这两天不能碰凉的。嗯？"

叶愿欢想起自己的生理期，只能勉为其难地接过那杯温水，然后转身走向休息室。容淮也像是习惯了似的，紧跟在她身后。

"嘿嘿！'椰蓉夫妇'又一起去休息室了！"

"啊——容医生跟在愿宝身后，真的好像一只摇着尾巴的大狗狗啊！"

"呜呜呜，好像还是'椰蓉夫妇'好嗑！"

叶愿欢刚走进休息室，忽觉腰间传来一道强劲的力量，紧接着就被抵在了冰凉的墙壁上，灼热的呼吸和吻铺天盖地落下。

"唔……"她抗议着。

容淮却像是受气般轻咬了下她的唇。

叶愿欢艰难道："只是按照剧本演戏而已，他们乱叫的……"

"嗯。"容淮的醋意不减，"但这不影响我找个借口吻你。"

"唔！"叶愿欢随即睁圆了眼睛。

合着根本就不是吃醋，只是随便找个借口占她便宜！

容淮绯色的唇瓣轻扬。

这时休息室的门忽然被敲响。

叶愿欢的心跳都跟着加快了。她将手抵在两人之间，轻轻地推搡道："放、放开，有人来了……"

容淮没有移开，看了门一眼。

季屿川的声音在外面响起:"叶老师你在吗?有场戏谢导让我来跟你说一下。"

容淮闻声,脸色一沉。他忽然搂过叶愿欢的腰,轻轻一拉,高跟鞋发出无序的清脆声响。

叶愿欢的眼睛里闪过惊慌和紧张:"你你你……你要干吗?"

外面的季屿川开始焦急。

他刚刚似乎听到了什么声音。

叶老师该不会遇到什么危险了吧?

刚才谢导找到他,特意嘱咐过,叶愿欢下戏后状态不好,怕她有什么事情,让他来慰问一下,且不管听见什么动静都一定要进去看看!

"叩叩叩——"休息室的敲门声再次响起。

季屿川贴着门:"叶老师,我听到你的声音了。出什么事了吗?你再不说话的话我只能冒昧地进来了。"

叶愿欢的瞳孔倏然睁大。

她伸手轻轻地推了容淮两下,并试图出声,让季屿川不要进来,但容淮根本就没给她留任何余地。

"咔嚓——"

门忽然传来响动。

叶愿欢本就心脏"怦怦"跳,这会儿更是呼吸急促。

"不要……"

容淮低声回应:"没事,不会让我们愿愿被发现的。"

容淮搂着叶愿欢的腰,将她带到屏风之后。那是她平时更衣的地方。

休息室的门彻底被推开。

被吻住的叶愿欢屏住呼吸,不敢发出任何声音。

她紧贴着容淮的胸膛。容淮甚至能察觉到他的小狐狸正在心跳加速。

他极为满意地笑了一声。叶愿欢当即警铃大作，生怕他将季屿川引过来，于是将手贴在他劲瘦的腰上挠了两下，警告他不准发出声音。

"奇怪。"季屿川四处打量，"这也没见有人啊……"

难道是他刚刚出现幻觉了？

不应该啊，叶愿欢下戏之后好像是回休息室了。

"叶老师？"季屿川试探着叫道。

屏风后，容淮总想要回应季屿川。叶愿欢紧张坏了，总有种马上就要被发现的感觉，连忙搂紧他的腰。

她以为只要她跟容淮都不发出任何声响，季屿川很快就会离开。

可容淮根本没打算就这样结束游戏。

季屿川的呼唤没得到回应，他蹙了蹙眉，再次环视一圈，确定没人后，准备离开休息室。就在他刚转身，面朝梳妆镜时——

季屿川突然惊慌地向后踉跄一步！

一双狭长的桃花眼正紧紧地盯着他。

"容……"季屿川差点出声。

梳妆镜映出屏风后的少许画面——容淮正在和一个女人亲吻。

容淮似乎没那么专注，而是通过镜子看着季屿川，高调地宣示着主权。

季屿川他看出来了！谢之让他来休息室，就是为了强行给他塞"狗粮"的！

季屿川抬手朝容淮示意，不，准确地说是朝镜子示意，然后转身离开休息室。

听到休息室的门被关上的声音，叶愿欢立刻推开容淮，受惊般抚着胸口道："还好没有被他发现。"

"嗯。"容淮漫不经心地看着眼前的镜子，"确实，没被发现。"

季屿川离开休息室时，耳尖发红。

谢之饶有兴致地看着他，挑了挑眉："怎么？看到什么了？"

季屿川无语地看了谢之一眼，沉默半晌后道："你故意的。"

"故意什么？"谢之跷起二郎腿。

季屿川没打算再搭理他，转身就要去看剧本。谢之却立刻起身，捉住他的手腕："别走啊季老师，快跟我说说，他俩进行到哪一步了？"

拥抱、亲吻，还是……

季屿川微微一笑："谢导好奇的话，不如亲自去看？"

谢之我敢去的话忽悠你干什么！

没听到想听的，真难受。一难受就忍不住想要怼人。

他看向在旁边扇风的小葵："小葵花你过来一下。"

"怎么了谢导？"小葵转头，茫然道。

谢之眯着眼睛打量她片刻："我听说很多女孩子减肥都从瘦腰、瘦肚子开始。"

"啊……是啊。"小葵不明所以地点头。

谢之懒散道："那你为什么从减脑细胞开始？"

小葵："啊？"

《招惹》终于迎来杀青。

剧中的女主角南姒为了保相爱之人沈肆一命，最终选择背叛，而等待她的便是被击毙的惩罚。

女人穿着她最爱的旗袍，沿着朱墙转身走向了刑场。

谢之采取的是开放式拍摄手段。他并未拍出击毙的那一幕，只是捕捉了几个画面：飘起的裙角，落地的油纸伞，滴落在地的鲜血……

"我宣布——《招惹》杀青！"

现场却没响起任何欢呼声，大抵是结尾过于悲凉，叶愿欢的演技又实在过强，大家都沉浸在这个悲伤的结局里。

直到小葵捧着花来到叶愿欢的面前："恭喜愿姐杀青！"

大家这才反应过来这部电影拍摄结束了。

"恭喜杀青！"

"恭喜愿愿宝贝儿杀青！"

"叶老师辛苦了。"

"季老师和谢导也辛苦啦！跟大家合作的这段时间真的好愉快！"

叶愿欢和季屿川被簇拥在中间。无数鲜花朝他们捧了过来，叶愿欢像是要被这座小山给盖过去似的。

"小心。"悦耳的声音在耳畔响起。

容医生绅士地走到她的身侧，体贴地虚搂住她的腰。

叶愿欢礼貌地点头："谢谢容医生。"

容淮伸手帮她拿着花，又看了季屿川一眼。

季屿川立刻自觉地抱着花往旁边移了移。

"咔嚓——"

杀青大合影被发到社交软件上。

粉丝闻风而至。

　　恭喜愿愿老婆杀青！

　　恭喜叶老师、季老师杀青！提前祝《招惹》票房大卖！

　　老婆穿旗袍真是太好看啦！

　　嘿嘿嘿，容医生也在合影里面，而且还站在愿愿旁边！

　　哈哈哈，我居然从季影帝的表情里看出了惊慌。他不是男主角嘛，怎么跑到那犄角旮旯里站着了？

　　嗯？容医生看起来那么温文尔雅……居然这么能吃醋？

　　…………

以谢之的习惯，杀青夜他必然是要请客吃杀青宴的。

他生怕叶愿欢偷偷跑掉，特意强调了一句："杀青宴得来啊！不来的话立刻曝光你们在我的剧组公费恋爱！"

叶愿欢一时无语。

容淮笑道："求之不得。"

叶愿欢表面微笑着，私下却伸手拧他的腰："我们会去的哦。"

这时小葵从外面跑了进来："愿姐，外面有个帅……哥找你。"

察觉到容淮还在时，她又找补了一句："没有容医生帅。"

容淮睨了叶愿欢一眼。

叶愿欢眨着清澈漂亮的眼睛："应该是我哥哥。"

"最好是。"容淮微微一笑。

小葵连冒冷汗。

倒是谢之饶有兴致地抬了抬下颌。

好像有情况！

叶愿欢轻轻地挠了下容淮的掌心，踮起脚尖道："大舅子不能冷落吧？"

容淮看着她，道："前男友也配拥有大舅子？"

叶愿欢无语地噘了噘小嘴，轻哼一声，然后转身踩着高跟鞋向片场外走去。

一道颀长的身影立在片场外。

黑西装，白衬衣，淡薄的单眼皮和唇瓣透着冷淡，眉眼间却与叶愿欢有几分相像。

"哥！"叶愿欢朝叶宥琛走过去，然后亲昵地挽住他的手臂，"你怎么来啦？"

"慢点。"叶宥琛蹙眉，"要是崴脚了，你以为我会背你吗？"

叶愿欢嘟囔："你每次都这么说，但我需要你的时候你比谁都跑得快……"

叶宥琛淡漠地睨她一眼，冷笑出声："你再试试，看我以后还背不背？"

　　"肯定背！"叶愿欢挽着叶宥琛的手臂往片场走，"刚好我今天杀青，你来探班怎么连花都不带啊。果然还是抠门……"

　　在云京影视城外蹲守了好久的媒体见此情景，立刻拿起摄像机。

　　终于捕捉到大新闻了。

　　而且还是最近绯闻不断的一线顶流叶愿欢的新闻！

男朋友

xiao zhai *ye mei gui*

1	恋情再度曝光	爆
2	期待"椰蓉夫妇"同框合体	新

叶愿欢对此并未有所察觉。

而剧组内部兴奋地八卦起来——

"我刚刚去外面偷看了一眼帅哥。"

"怎么样？跟容医生比，谁更帅？"

"两个帅哥是不同风格的！容医生是高岭之花，片场外面的那个帅哥看起来好冷酷，像是霸道总裁！"

"你们说愿宝跟这个男人是什么关系？难不成这才是一对？！"

"反正我刚刚看到愿宝挽着他的手呢！"

"啊啊啊，挽手！我都没见过愿宝在剧组里挽过容医生的手呢！"

大家凑在一起疯狂八卦时，那抹窈窕身影挽着西装革履的男人回到片场。

"快看愿宝！"

群众齐刷刷地望去。

风情万种的旗袍和黑色西装相映成趣，俊男靓女在片场构成极为好看的景色。

容淮漫不经心地抬头，就看到自家的小青梅亲昵地挽着大舅子的手有说有笑。

他笑了一声。

站在旁边的小葵莫名地察觉到冷意，于是往旁边走了两步。

就连谢之也饶有兴致地打量着这对俊男靓女。

叶愿欢红唇轻扬："跟大家介绍一下。"

众人：难道是真的？

小葵的好奇心都被勾了起来，她悄悄地打量着容淮……

见他波澜不惊，金丝边眼镜下的桃花眼微眯着，让人琢磨不透。

就在所有人以为要官宣恋情时，叶愿欢看着叶宥琛，笑着道："这是我哥。"

众人："噢……"

"原来是哥哥啊……"

"我就说，感觉两人的眉眼有点相似，差点以为是夫妻相了，哈哈哈！"

"吓死我了，吓死我了！"

"啊啊啊，怪不得这么帅！"

"原来是哥哥！是亲哥哥吗？基因也太好了吧！愿愿宝贝儿好幸福！"

叶愿欢内心：一点都不幸福。

这时容淮慢条斯理地起身，走到叶宥琛面前，云淡风轻地道："哥。"

众人将视线投给两人。

就连叶宥琛也吃惊了一下。容淮平时不都喊自己"阿琛"吗，现在喊他"哥"？

叶宥琛冷淡道："谁是你哥？"

容淮对此毫不介意，他只想以此表明关系。

谢之索然无味，懒散地交叠着双腿："原来是哥哥啊！今晚杀青宴，要不要一起来喝酒？"

"喝酒？"叶宥琛眼睛微眯。

他知道叶愿欢是个小酒鬼，而且每次喝完都不老实。

每次都让他跟老二很头疼。如今容淮回来了，他又怎么可能放心将小酒鬼交到容淮的手里。

他嗓音低沉："当然去。"

蓝屿酒吧内觥筹交错。

大家都高兴得要命，轮流向谢之、季屿川和叶愿欢敬酒。

"多谢叶老师这段时间的照顾。"

"愿愿宝贝儿，我真的超级喜欢你！这次能跟你合作是我的荣幸！"

"老婆……呃，愿宝，社交软件能不能互相关注呀？我从你出道起就喜欢你啦。"

"愿宝别喝洋酒，那个度数太高啦。你可以尝尝这个车厘子酒哦，很甜！"

叶愿欢被许多人簇拥着，然而众人敬酒时，两条手臂却拦了过来。

容淮和叶宥琛同时握住递向叶愿欢的酒杯："我替她喝。"

随后两人扭头交换了眼神。

叶宥琛有些意外地"啧"了一声："我以为你打算把愿愿灌醉，这样你才有机会。"

容淮语调缓慢："我一直都是正人君子，况且……我们愿愿就算不喝醉，平时也缠人得厉害。"

叶宥琛一时无语。

第一轮酒敬完了，谢之跷起二郎腿看过去："叶老师。"

"嗯？"叶愿欢拿着车厘子酒。

谢之饶有兴致地扬了下唇："你哥哥长得这么帅，没兴趣让他进娱乐圈陪你吗？"

"帅？"叶愿欢扭头。

虽说叶宥琛和容淮帮她挡了大部分酒，但她向来喜欢酒，自己也喝了些，此时已经有些醉了。

"我哥有很帅吗？"叶愿欢眨着眼睛，随后倒进容淮的怀抱里，"好像还是我家容鬼鬼更帅。"

叶宥琛一时沉默。

容淮敛眸轻笑，低头轻轻地吻了下她的发顶："嗯，我们愿愿眼光真好。"

叶宥琛：亏他还担心叶愿欢，特意过来看着。

叶宥琛放下手里的酒杯起身："你们慢慢玩，我有事先走了。"

很快，叶宥琛就后悔了。

颀长的黑色身影立于夜幕下，他仰头看着空中那轮圆月，眉头轻蹙，随即给容淮发了条短信：今晚是月圆之夜，早点带愿愿回去。

叶愿欢此时正软绵绵地趴在容淮的怀里，后来越来越放肆，甚至直接枕在了他的大腿上，手里还有杯车厘子酒。

她懒洋洋地伸手拿了根吸管丢进杯子里，嘬起小嘴慢悠悠地喝。

周围其他人疯狂讨论——

"啊啊啊，救命！愿宝居然躺在容医生的大腿上！"

"这还不官宣？这还没打算官宣吗？都这样了也不考虑官宣的事吗？！"

"他们肯定在谈恋爱，啊啊啊！而且叶家哥哥明显跟容医生认识，关系匪浅的那种，说不定两家早就见过面了！"

"啊啊啊，容医生好温柔！"

谢之在旁边嗑着瓜子。

果然，还是酒精这种东西便于推进感情，简直就是爱情升温的良方。

就在他这样想着的时候，忽然感觉肩头一软。

喝醉的小葵软绵绵地倒在他的身上："呜呜呜……谢老六你别发动态！"

谢之神情复杂地扭头看过去，便见小葵脸蛋红通通的，眼角眉梢都染着醉意，小手却不安分地想要掏他的手机。

"你……嗝……手机交出来！

"不准再乱发我们愿姐的照片。

"不然，今晚暗杀你！"

谢之看了她一眼，用指尖抵住她的额头，无情地将她往旁边一推："莫挨老子。"

"就挨，就挨！"小葵又黏过去，然后无理取闹地抱住他的手臂。

容淮收到叶宥琛发来的短信后，点开日历看了看。

"愿愿？"容淮低声唤着她。

叶愿欢醉醺醺道："嗯？"

容淮弯腰，在她的耳畔道："今晚是月圆之夜，回家。"

再晚些就要变成小狐狸了。

叶愿欢慵懒地坐起身来，随后又软弱无力般趴在他的身上，莹白的指尖拨开他的领口。

众人目瞪口呆地看着叶愿欢。

"乖。"容淮声音低沉，"回家再闹，现在安分一点，嗯？"

不然明天酒醒后意识到自己今晚这么丢脸，肯定又不想见人了。

叶愿欢搂住他的脖颈儿，红唇轻启："抱我走。"

容淮稳稳地将她抱在怀里，转头看向坐在旁边的谢之。

只见向来吃瓜最积极的人，此时竟也难得抽不出空来。

谢之依然用手抵着小葵的头，察觉到容淮的目光，抬了下头。

容淮看着怀里的人："愿愿喝醉了，我先带她回家。"

谢之腾出手，不耐烦地挥了挥。

小葵趁此机会，头又枕在了他的肩膀上："快把你手机里的照片删掉！"

"老子今晚没拍！"

谢之彻底放弃了抵抗。

容淮抱着叶愿欢离开蓝屿酒吧。

夜幕中，那轮圆月已经高悬在枝头上，朦胧的月光倾洒。

容淮喝了酒不能开车，又考虑到今晚的特殊情况，只能先在蓝屿酒吧的顶层开一间总统套房。

"唔……"叶愿欢在他的怀里撒着娇。

喝醉了酒的叶愿欢最是不安分，她慵懒地环住容淮的腰。

容淮弯腰将她放到床上，正想去给她泡杯醒酒茶，叶愿欢的手忽然一拽!

容淮毫无防备，被她拽了回来，朝床上倒去。他的一只手臂努力撑着，才没有将叶愿欢给压疼。

可叶愿欢全然不知道这些。

她单手钩住容淮的脖颈儿，微微抬起身，在他的耳畔道："哥哥。"

"容……哥哥。"

容淮的身躯蓦然僵硬了。

他看着叶愿欢，缓缓躬身，贴着她的额头，嗓音低哑："愿愿刚才唤我什么？"

叶愿欢微微抬起脸蛋，用鼻尖轻轻地蹭了下他的，声线甜美："容哥哥。"

容淮的喉结轻轻地滚动了两下。

他的呼吸逐渐变得急促："愿愿，你知道吗？你这是在要哥哥的命。"

动听的笑声回荡在容淮的耳畔。

容淮的理智几乎要被吞没。

他忽然低头，吻住叶愿欢的唇瓣。

清晨，阳光洒在床上。

叶愿欢醒来时稍稍扭动了下腰，酸痛的感觉直冲大脑。

"嘶……"她不由得轻轻地倒吸了口凉气。

叶愿欢正掀开被子下床时，手腕忽然被人抓住了。

叶愿欢瞬间僵住。即便如此，她依然硬着头皮闭眼装睡。

身侧的人慢慢地贴过来，另一只手臂圈住她的腰："往哪儿跑？"

叶愿欢感觉头皮都跟着发麻，藏在被窝里的脚趾忍不住蜷缩起来。随后她悄悄地睁开眼，睨了容淮一眼又立刻闭上。

低笑声缓缓地钻进她的耳膜里："又想赖账了？"

"什么意思？"叶愿欢睁开眼，望着天花板。

容淮侧卧在叶愿欢身旁，微微抬手，摸着她的耳郭："所以你不记得了？"

"记得什么？"叶愿欢斜眸睨他。

容淮笑了一声："没关系。

"容哥哥料到了。"

叶愿欢看向容淮："谁给你的大脸皮，喊自己'容哥哥'？"

容淮眉尾扬起，不予反驳。

他慢条斯理地伸手摸过手机，指尖轻滑，昨晚的视频便被播放出来。

"容……哥哥。"

"叫声'男朋友'听听。"

"男朋友！

"容哥哥是愿愿的男朋友！"

叶愿欢当即掀起被子蒙住脑袋，拒绝直面事实。

沉闷的声音从被子里发出来："这不算数！"

容淮也没指望她承认。

"哦——"容淮委屈道，"愿愿不想给容哥哥转正，容哥哥好伤心啊。"

叶愿欢掏出枕头，恼羞成怒地朝容淮扔了过去！

她以前可从不这么喊他！

容淮轻松地接住枕头，随后伸手将被子撩开一个角："容哥哥勉为其难地再问你一句，给不给哥哥转正，嗯？"

"你能不能别喊自己'哥哥'？"

"是你先喊的。"

"我喝醉了！"叶愿欢大声地抗议。

"哦——"容淮得逞地轻扬眉尾，"所以你承认自己喊我'哥哥'了。"

叶愿欢从被窝里探出脑袋，恼羞成怒道："你能不能不要这样？"

容淮的桃花眼里满是笑意。

他的指尖轻拂叶愿欢耳边的碎发："我以为愿愿喜欢我这样。"

叶愿欢：是什么让他产生了这种错觉？

叶愿欢没好气地睨向容淮，悄悄地掀开被子就想溜下床，结果手腕却被男人抓住。

容淮稍一用力就轻松地将她扯回怀里："不给我转正？"

叶愿欢继续沉默着。

容淮问道："愿愿在回避什么？"

叶愿欢心虚地低了低头。

容淮搂住她的腰，手臂缓缓收紧："容鬼鬼向愿愿保证，以后再也不会离开愿愿了。

"容鬼鬼以后即便有事也提前跟愿愿打好招呼，再也不让愿愿等我那么久了，好不好？"

叶愿欢的呼吸微微一滞，小心翼翼地抱着他："可是我怕痛……"

叶愿欢实在不敢回忆那种疼痛。

容淮低头，轻轻贴着她的额头："若有那天，容鬼鬼将选择权交还到愿愿的手上好不好？"

他曾主动离开过她一次，若以后她也选择主动离开他，他不会怪她，甚至还会心甘情愿地放她走。

因为……他也不舍得她再次受到伤害。

他只希望他浇灌的玫瑰是明艳娇贵的，绝不因雨打风吹而折枝。

叶愿欢感觉自己又动心了。

是啊……

不过是杞人忧天而已。

她甚至都不知道往后会怎么样，就回避、退缩、拒绝。

可容淮也为她做了那么多……

这样对他来说好像一点都不公平。

"好。"坚定的嗓音忽然响起。

容淮的身体一僵，他平视着叶愿欢。

目光交汇，爱意汹涌，仿佛有盛大的烟花在白日里绽开。

"你说……什么？"

"我说好。"叶愿欢伸手搂住他的脖颈儿，倏然仰头吻住他的唇瓣，"男朋友。"

容淮立即深深地回应。

容淮跟叶愿欢腻歪了好久。

毕竟，容医生终于可以光明正大地和叶愿欢在一起了。

而他们的手机都快被打爆了，黎昕愣是联系不到任何人，气得差点就要闯过来。

"咔嚓——"

浴室的门被推开，容淮抱着刚洗完头的叶愿欢走进卧室。

"嗡——"

"铃——"

这时黎昕和小葵分别打着两人的电话。

放在床头柜上的手机疯狂地振动着。

叶愿欢吸了下鼻子："好像有电话。"

容淮将叶愿欢放下，走过去看了眼手机上的来电显示。

"你的经纪人。"他将自己的手机递给叶愿欢，弯腰从抽屉里拿出吹风机，开始给叶愿欢吹头发。

叶愿欢接起电话："喂？"

黎昕可算是打通了容淮的手机号码。单手叉腰，翻了个白眼："你终于接电话了是吧？社交软件都闹翻天了，你终于接电话了！"

叶愿欢无辜地眨着眼睛："社交软件怎么啦？"

黎昕也听到对面的噪音，刻意将嗓门放得声音极大："你又被曝光恋情了！！！"

她叉腰站在芒芒星娱乐的走廊上，这一嗓子几乎快要将公司的顶给掀下来。

叶愿欢："啊？"

难道是在蓝屿酒吧的时候？

那些都是剧组内部人员，应当懂规矩，不会乱发照片才对。

坐在床上的叶愿欢娇翻了一个身。

容淮握着吹风机，见叶愿欢身子往前蹭了蹭，试图去拿放在床头的手机……

然而手太短，摸不到。

容淮静默片刻后关了吹风机，身体稍微往后一倒，长臂一伸，轻轻松松地将她的手机拿了过来。

叶愿欢不满地看了他一眼："我能够到！我手不短，我能够到！"

"嗯。"容淮眉眼间带着笑意，"你能。只是我单方面想帮愿愿。"

"这还差不多。"叶愿欢满意了。

黎昕：这都什么时候了？！

叶愿欢低头翻看手机，果然看到与她恋情相关的词条挂在热搜榜上。

#叶愿欢恋情再度曝光#

叶愿欢点开主帖，一眼就看到——

她跟叶宥琛并肩而行的照片！

妩媚风情的黑色旗袍美人踩着细高跟鞋，亲昵地挽着身侧西装男人的手臂，对视时笑靥如花。

网友又疯了！

三分钟，我要这个男人的全部资料！

啊啊啊，这也太养眼了！突然感觉旗袍美人跟阴狠大佬更配怎么办？

我感觉这个男人好冷，看着愿宝的时候好嫌弃的样子，但是嫌弃中又藏不住宠溺，这不就是口嫌体直吗！

傲娇西装暴徒和妩媚旗袍美人！

救命！感觉这对比"椰蓉夫妇"更好嗑，怎么办……

他们居然还有夫妻相！

呃，夫妻相这种东西……咱就是说有没有可能是兄妹啊？

毕竟实在长得过于像了吧……

…………

叶愿欢的脑袋微微耷拉了下。

她点开照片，加载原图后放大："这个角度把我的睫毛都给拍短了……"

黎昕："这是重点吗？"

叶愿欢觉得非常重要，但她听出经纪人口吻里的警告，委屈巴巴地嘟囔："媒体捕风捉影而已，这分明就是我亲哥……"

黎昕冷笑了一声。

她的手肘抵着墙："主要是因为你前段时间绯闻曝光得实在有点多，网友再看你的绯闻就有逆反心理，不管怎样对你都不利。"

叶愿欢红唇轻撇。

她不高兴地说："那还不是怪谢之！"

总是乱发她跟容淮的照片。

黎昕挑眉："我估计你哥可能不关注这些。你把他的联系方式给我下，我这边的公关团队会联系他配合处理。"

"哦。好。"叶愿欢乖巧点头。

黎昕接着道："另外就是你后续的工作安排。有几档综艺找到了我，恋爱综艺居多，另外还有密室逃脱类，你怎么想？"

叶愿欢下意识地转头看向容淮。

她眨着眼睛："恋爱综艺是只邀请了我，还是也邀请了我们家阿淮啊？"

黎昕：得，你家阿淮。

看来这恋情确实是真的了，只是这些媒体搞错了对象。

"一起邀请的。"黎昕将白眼翻上天，"包括密室逃脱也是一起邀请的。"

那些导演和投资人想，像叶愿欢这样娇贵的小姑娘，肯定会被"鬼"吓哭吧，到时候被容淮搂在怀里哄……

嘿嘿嘿，好像比恋爱综艺更好看！

"那我要问问阿淮的意见，过两天再答复你。"叶愿欢道。

隔着手机都能闻到恋爱的酸臭味儿，黎昕咬牙切齿地应了声："行。"

黎昕挂断电话后就去联系当事人了。

"您好，叶宥琛先生是吧？我是愿愿的经纪人黎昕，这边有件事要麻烦您配合处理一下……"

叶愿欢低头翻着其他评论。

的确有很多人产生了逆反心理，排斥她搞所谓的万人迷人设——

> 啧！万人迷是吧？
>
> 嘻嘻，某家怎么不说她是狐狸精呢？还真是会玩营销！
>
> 之前还不停地买热搜爆绯闻，靠"椰蓉夫妇"吸粉，怎么现在又变成另一个男人了呀？该不会脚踏两条船吧！
>
> 哈哈哈，都那么亲密了肯定是真的啊！
>
> 希望容医生看清她的真面目吧，到处勾三搭四，她也配？
>
> …………

"唉……"叶愿欢叹气。

容淮慢条斯理地抚着她的头发，撩起眼皮看她一眼："怎么了？"

"美女的烦恼。"叶愿欢歪了下脑袋。

都怪她太有魅力，人气太高。树大招风，惹人嫉妒，所以才有这些糟心事。

容淮轻笑一声。

他轻吻了下叶愿欢的小耳朵，手臂拢着她的腰，声音里却透着凉意——

"欺负我们愿愿的人，不会有好下场。"

叶宥琛很快便接到消息。

黎昕和叶宥琛约在咖啡厅见面。

看到社交软件上的那些言论，叶宥琛双眉紧蹙："这些人简直是胡闹！"

黎昕懒散地往后一倚，端着咖啡小啜一口："叶先生只需要配合我们澄清就行，文案我们这边已经写好了。"

黎昕说着便将东西推了过去。

叶宥琛看了一眼："不用，我妹妹的事我会上心，不会平白无故地让她受到委屈。"

音落，他拿出手机，迟疑了片刻后又抬头。

黎昕端着咖啡杯的手也停了片刻，眼里露出疑惑："怎么？"

叶宥琛的薄唇紧抿成一条直线。

他沉吟了许久后才道："社交软件那个东西……要怎么弄？"

黎昕神情复杂地看着叶宥琛："叶先生，你该不会是生活在几千年前吧？"

叶宥琛脸色发青："我平时不关注这些，能麻烦黎小姐帮忙弄一下吗？"

"行吧。"黎昕被他给逗笑了。

她接过叶宥琛的手机，边打开应用中心下载社交软件，边忍不住地调侃他道："连个软件都不会下载注册的人还真是少见。"

黎昕将社交软件下载好。

她打开注册页面，然后将手机递给叶宥琛："你填一下这个就可以了。手机号和邮箱之类的信息总知道吧？"

"嗯。"叶宥琛低声应道。

他低头填写信息，黎昕饶有兴致地单手托腮看着他："我有一个问题。"

叶宥琛看她一眼。

黎昕的眼尾微微扬起："你跟你妹妹都生了一双如同狐狸般的漂亮眼睛，你们兄妹俩该不会真是狐狸精吧？"

叶宥琛闻言，指尖微顿。

他狭长的眼睛微微眯了下，看向黎昕的神情里多了几分无情。

"怎么？"黎昕被他的眼神吓了一跳。

她随即往后倚了倚："不会被我给猜对了吧？准备杀我灭口？"

叶宥琛静默地审视着黎昕，似乎想从她的神情状态里辨别，究竟她是刻意试探，还是随意的玩笑话。

叶宥琛最终也没瞧出黎昕有什么恶意，淡声道了句："没有。"

叶愿欢慵懒地趴在床上，双腿悠闲地摆动着。

"容鬼鬼。"叶愿欢在床上打了个滚，然后将小脸贴了过去，"电影杀青了，你是不是要回云京医院上班啦？"

"嗯。"容淮低声应道。

他望着身旁的人，冷白的手指轻拨她耳鬓的碎发："跟医院多请了三天假陪你。"

叶愿欢"哦"了一声。

"怎么？"容淮瞧出她的低落情绪。

叶愿欢歪了下脑袋："没什么，就是昕姐说好多综艺都同时邀请了我们两个……你回医院的话应该就没空了。"

容淮哪里舍得让他的小狐狸失望。

他的唇角扬起纵容的笑意："陪你录个综艺的时间还是有的。"

"可你很辛苦呀。"

叶愿欢抬起小脸望着他，漂亮的眼睛里泛着波光，瞧着还挺真心。

嗯，的确不再是无情的小狐狸了。

容淮弯下腰，唇瓣贴在她的耳边："乐此不疲。"

叶宥琛捣鼓明白社交软件之后，很快便配合芒芒星娱乐发布了一则声明——

> 叶：是不是情侣你们自己判断，但我与叶愿欢小姐的确
> 相似度很高。毕竟我们不仅姓氏相同，父母还长得一模一样。

文字的力量自然是不够的。因此，叶宥琛给叶妄野打电话，要了

他们去年过年时拍的全家合影。

一家五口，兄妹三人。

皆是一水儿的漂亮眼睛，眼角眉梢间透着魅惑之意。

最重要的是，这样一比较，他们长得实在太像了，都完美地继承了父母的优良基因。

> 惊天大反转！
>
> 啊啊啊，我就说我家愿宝绝不可能脚踏两条船！"椰蓉夫妇"才是真的！
>
> 是哥哥耶！亲哥哥！
>
> 愿宝居然有两个亲哥哥！啊啊啊，另外一个好像长得更帅！
>
> 我爱了！愿宝什么时候把另外一个哥哥也拎出来遛一遛，我好馋……
>
> 容医生是愿宝的，愿宝的两个哥哥是我们大家的！
>
> …………

黑粉仍在继续输出言论。

然而就算他们再怎么说也没用，而且就在他们刚被打完脸的那个刹那，发声的账号突然就注销了。

紧接着他们的手机像中了病毒一样，相册被塞满了叶愿欢和容淮俩人的合影。

一行红色大字弹出来——叶愿欢是我的。

黑粉们：被打脸，还要强塞"狗粮"是吧！

叶愿欢问黎昕要了各档综艺的具体信息和拍摄安排后，首先排除了那些需要连日住在爱情小屋的恋爱综艺。

240

另外旅游综艺也不行，出去太多天会耽误容淮的工作。

挑来挑去就只剩下最后一个——《嗨！小鬼》。

这是一档以鬼屋为主题的密室逃脱类综艺，各位玩家需要凭借智慧，想办法从各个鬼屋中逃出生天。

其间会有真人扮演各种鬼怪 NPC（非玩家角色），以营造真实的恐怖环境。策划案上拟定的部分情境主题有聊斋志异、吸血鬼日记等。

叶愿欢单手托着腮帮子，莹白的指尖轻点脸蛋："还不如让我去当 NPC 呢。"

保证比谁都真实。

容淮刚从医院回家，就看到叶愿欢窝在沙发上："在看什么？"

"嗯？"叶愿欢转头向男人望了过去，"在看综艺策划。你看这个怎么样？"

叶愿欢将《嗨！小鬼》的策划案递过去。

容淮修长白皙的手指随意地解开两颗衬衣纽扣后，坐在沙发上，将她搂进怀里："密室逃脱？"

"嗯嗯！"叶愿欢小鸡啄米似的点头。

她靠在容淮的肩上："每周录制一期，每期只录制一天，应该不会特别耽误你的工作吧，容医生？"

其实容淮没有必要陪她上综艺，毕竟这本就不属于他的圈子，但叶愿欢是有私心的。

这个小醋精总想曝光恋情，而且还给黑粉发他们的合影宣告主权，这些事情别以为她不知道……

可爱情本来就不是单向的，她也想给容淮惊喜。

叶愿欢想趁着这个综艺直播的时候，假装不小心把恋情曝光出来，以此满足小醋精那蔫坏的小心思。

叶愿欢微抬娇颜，澄澈的眼睛眨呀眨："去不去吗？陪我去嘛。"

容淮望着撒娇的叶愿欢。他将策划案放到旁边："有什么奖励？"

叶愿欢的眼睛里泛着波光，她忽然起身，飞速地轻啄了下容淮的唇瓣，发出一道清脆的声响。

容淮单手捧着叶愿欢的脸蛋，指腹从她的脸颊轻抚至耳根："就只是这样而已？"

"那还要怎——唔……"

然而叶愿欢的话还未说完，就被他吻住了。

"讨点利息。"容淮缓缓松开叶愿欢的唇瓣，用鼻尖轻抵着她的。

《嗨！小鬼》很快全网官宣。

该档综艺分数期录制，每一期都会有不同的嘉宾，而本次官宣的则是"聊斋志异"主题，五位主要嘉宾分别是——

剧组毒王 @ 谢之、三金满贯影帝 @ 季屿川、人间富贵蔷薇花 @ 祝清嘉、万人迷野玫瑰 @ 叶愿欢和清冷医生 @ 容淮。

> 啊啊啊，节目组也太懂我们啦！
>
> 这不是《招惹》剧组大联动吗！呜呜呜，这个售后我可太满意了。
>
> 天！家人们！容医生居然真的上综艺了！
>
> 居然还是密室逃脱！愿宝看起来那么娇贵的样子，如果被"鬼"吓一下，应该要哭好久吧？
>
> 嘿嘿嘿，而且是趴在容医生的怀里哭好久哦！我做好准备吃糖了！
>
> 容医生，是男人就速速给我官宣！
>
> …………

节目组也没想到，本期邀请竟会如此顺利，直接搬来了近期刚杀青的大热影视项目《招惹》的主要剧组成员。

就连向来排斥综艺节目的谢之，这次居然都接受了邀约……

导演兴奋得脸蛋通红："搞！这期给我搞大的！把道具都做得逼真一点！让他们重点吓唬叶愿欢，爷要嗑糖！"

众人迟疑地看向导演："许导，咱们这好像是档密室逃脱综艺……"

不是恋爱综艺啊！

"哦。对。"导演回过神来，但他很快又反驳回去，"那影响我嗑糖吗？"

这年头当导演的就得会来事儿！

粉丝想看叶愿欢被吓得趴在容淮怀里哭，他就得给粉丝整出来！

"反正给我把他俩往死里整，吓得他俩抱在一起不准分开的那种！"导演激动得握紧了小拳头。

很快就到嘉宾的集结日。

《嗨！小鬼》采取每周六晚上全程直播的方式，力求无剧本、无恶意剪辑的真实性，次周周五则放出剪辑版。

粉丝提前来到直播间——

超期待"椰蓉夫妇"同框合体！

啊啊啊，有谢导在，作为椰蓉的 CP 粉头他肯定会带头给我们造糖吧！

曾经还以为祝清嘉、叶愿欢、容淮同台会是修罗场，结果现在……哈哈哈，愿宝简直手握团宠剧本，情敌秒变迷妹！

所以……如果愿宝被吓到的话，容医生和嘉嘉谁会跑得比较快？

哈哈哈，嘉嘉！但她肯定不是跑过去护愿宝，而是自己先撒腿跑了。

　　因为嘉嘉怕鬼，哈哈哈……

　　…………

　　果然，综艺还没开始录制，站在旁边的祝清嘉就小脸惨白，瑟瑟发抖。

　　谢之睨她一眼："你癫痫发作啊？"

　　祝清嘉差点被谢之气哭："我没有！我只是怕鬼而已！"

　　综艺录制现场氛围营造得很足，录制时间又是晚上。

　　聊斋志异风格的片场，破旧的古屋上飘荡着被鬼怪咬碎了的店铺幌子，纸糊的窗户也被恶爪撕碎，血迹四溅。

　　整个片场的灯光都很昏暗，只有诡异的几盏灯摇曳着令人发怵的冷光……

　　就连季屿川都觉得这里阴气十足："这里确实还挺可怕的，不知道等会儿录制开始时，进到里面后会是什么样。"

　　他转头看向祝清嘉："不过你这么胆小，怎么还答应参加这档综艺啊？"

　　祝清嘉揪着自己的衣角，强忍恐惧："当然是因为我的女神在哪儿，我就在哪儿！"

　　谢之顿时发出一声不屑的笑。

　　叶愿欢望向身旁的祝清嘉，用指尖挑了挑她的下巴尖："没事，我会保护你的。"

　　祝清嘉："啊啊啊啊啊！"

　　她的整张小脸瞬间因为激动变得通红。

　　容准的桃花眼微微眯了一下，鼻梁上的金丝边眼镜泛着一丝冷光。

　　这时导演的声音忽然响起："欢迎五位嘉宾来到《嗨！小鬼》聊

斋志异主题的录制现场，节目组特意准备了主题服装，请各位嘉宾前往更衣室。"

祝清嘉茫然地眨了下眼睛。

她环视一圈，寻找导演的位置，但是并没有发现。

"呜！更诡异了！"祝清嘉欲哭无泪。

监视器后的导演露出得逞的笑容，故意让自己的声音变得更空灵："现在……就各自去寻找你们的更衣室吧。"

"啊——"

一道凄惨的尖叫声忽然响起。

五个人瞬间眼前一黑，祝清嘉吓得直接喊出来："救命！发生了什么！啊啊啊，救——唔！"

紧接着她就被人捂住嘴巴带走了。

叶愿欢突然间也被蒙住了眼睛，但她根本就不害怕，因此全程都表现得非常冷静。

导演疑惑地扭头看向旁边的人："叶愿欢为什么不害怕？"

"不、不知道啊。"助理茫然摇头。

按理说氛围营造得这么足，突然被蒙上双眼，女孩子都会被吓住才对。

但叶愿欢也太冷静了……

导演给自己加油打气："没事！早晚有吓到她的时候！把她跟容准分配到一组去。"

他要看绯闻情侣惊吓相拥！

最好能把绯闻变成真的，这样他的综艺绝对大爆特爆了！

就连观众都惊讶了——

　　咦？愿宝好像完全不害怕的样子。这样都没有吓到她呀？

　　我看到打扮成鬼的工作人员冲出来的时候都吓了一跳。愿愿宝贝儿在现场居然这么淡定吗？

　　突然感觉很难看到愿宝被吓得钻进容医生的怀里瑟瑟发抖的样子了……

　　我不管！我要看！她肯定是装的！

　　就没人好奇他们的服装是什么样子的吗？会不会是狐狸精之类的呀，毕竟是聊斋志异的主题……

　　啊啊啊，好想看愿宝扮狐狸精！

　　…………

　　而节目组的确精准地拿捏了观众的喜好，准备好了狐狸套装！

"假"道具

you dai mei gui

五位嘉宾并没有被 NPC 挟持。导演只是故意给了他们一个惊吓，然后便将他们带进各自的更衣间。

镜头从室外环境给到了室内——

叶愿欢嫌弃地拎起狐狸耳朵发箍："你们这儿的狐狸毛质量这么差的吗？"

工作人员：这……

叶愿欢抓起那九条假尾巴："还有这个，也太粗制滥造了吧。"

工作人员：就是个道具啊！

"呃……要不您，凑合一下？"工作人员试探性地看着叶愿欢。

叶愿欢更嫌弃了。

好丢脸哦。

导演给叶愿欢准备的主题服装是九尾红狐，以红为主，白色相衬的齐胸襦裙，搭配毛茸茸的狐狸耳朵和九条尾巴。

服装的刺绣工艺倒是非常精良，看得出来是下了血本的。

其实耳朵和尾巴也做得非常柔软逼真，但叶愿欢实在是喜欢不起来。

　　哈哈哈，我笑死！愿宝满眼嫌弃。

　　愿宝：本狐狸精还要用你们这些粗制滥造的毛？！

　　楼上的戏好多，哈哈哈哈！

　　愿宝如果真是狐狸精的话，你信不信她立刻把尾巴和耳朵都露出来，根本用不着这些道具。

哦？楼上该不会是预言家吧？

你们的脑洞真的好大。

…………

观众们一边发着弹幕，一边嬉笑起来。

叶愿欢终究妥协似的轻叹了一口气，拎起了那九条尾巴："行吧。"

她是绝对不会戴这九条假尾巴的！

叶愿欢看向工作人员："准备换衣服了。我要遮镜头啦，宝贝儿们。"

她说着还朝镜头抛了个媚眼。

直播间当即"死伤"无数。

工作人员转身离开更衣室后，叶愿欢警惕地打量着这间屋子。

确认没有任何监控后，她一个转身，九条货真价实的狐狸尾巴忽然像烟花般绽放在了她的身后，毛茸茸的耳朵也冒了出来。

叶愿欢转头看向穿衣镜，看着漂亮的尾巴，满意地扬了下红唇，然后拎起那些道具，嫌弃地把它们塞进了衣柜里，再换上那条红白色的襦裙。

其他人的造型逐渐展示在观众面前。

祝清嘉是蝎子精造型，彩色小辫子搭配紫色古风造型，很是好看。

相比两个女妖精来说，三位男嘉宾的造型则正常多了。

谢之扮演的是皇族贵胄，一袭深紫色蟒袍，头戴紫金冠，剑眉星目。

季屿川扮演的是江湖侠客，一袭黑色夜行衣，头戴斗笠，意气风发。

而容淮那边……他素来是清爽的白衬衣，或是干净的白大褂，节目组也非常机智地保持了他平时的穿衣风格！

月白锦袍清冷高贵，袖口与领口以金丝点缀，最重要的是……那月白锦袍上还隐约可见血迹。

他肌肤偏冷白，薄唇绯红，性感的喉结上还缀着朱砂痣，莫名地让人觉得有几分妖冶。

　　救命！容医生怎么穿啥都好看啊！我的脑子里顿时出现了疯狂的白衣少年郎。

　　这人设也太带感了吧！白衣染血，根本就不像表面看起来那么单纯清俊，说不定是杀人不眨眼的恶魔。

　　感觉这服装跟容医生好配！

　　哈哈哈，对对对！我觉得容医生在愿愿宝贝儿面前，就像个勾魂的妖孽。

　　好期待愿宝换装后的样子！

就在这时——

换好衣服的叶愿欢，抬手撤掉了遮挡在镜头前的帘布。

美人当即出现在众人的视线里。

整个直播间静默了三秒，然后大家疯狂地尖叫了起来！

叶愿欢一袭齐胸襦裙，衬得肌肤似雪，身材也被极好地展示了出来！

她俏鼻挺立，朱唇红艳，一双妖媚的眼里泛着波光，搭配着新中式的编发造型，发髻斜插两支檀簪，显得愈发美艳动人。

偏偏这套襦裙领口处的设计也很独特，红色薄衫包裹着左肩，右肩则露了出来！

　　啊啊啊！女儿，给妈咪穿好衣服！

　　穿成这样是要去勾引哪个臭男人！妈咪不许你这样穿！

呜……救命啊，愿宝扮演狐狸精怎么能美成这样啊！

家人们！她的尾巴好漂亮啊！

是啊！

那九条狐狸尾巴！

…………

众人再看向叶愿欢，恰好见她转身，身后那九条盛放的狐狸尾巴摇曳生姿，而新中式古典发型上，两只毛茸茸的红色耳朵探出，耳尖还抖了抖。

粉丝：为什么她的道具还会动？

如此逼真的造型……

她该不会真是狐狸精吧！

祝清嘉更是看呆了。

祝清嘉抬眸对上叶愿欢的眼睛，没忍住冲上去，直接将她抱在怀里："你好漂亮！"

季屿川在旁边无奈地笑了一声。

谢之看热闹不嫌事大，睨向容淮，见他的眼睛里果然泛着冷意。

祝清嘉觉得脊背莫名发凉。她僵硬地扭头，恰好对上容淮那如寒潭般的阴冷目光。

祝清嘉缓缓地松开了叶愿欢，然后不情不愿地往旁边让了一步。

下一秒，身穿一袭月白锦袍的容淮朝叶愿欢走去。

叶愿欢眨着眼睛看着他。

容淮停在她的面前，眸光最终锁在她露出来的右肩上。

叶愿欢猜到了他的心思："容医生这是要做什么？"

容淮仍旧盯着她露出的香肩，没有应声，只是很不客气地抬手将她的衣领整理好。

"叶老师应当穿好衣服才是。"

直播间的弹幕又开始疯狂刷着——

啊啊啊，容医生吃醋啦！

哈哈哈，祝清嘉小可怜，笑死我了。有被容医生的眼神威胁到。

救命！好甜！容医生帮愿宝整理衣服，啊啊啊。

我宣布"椰蓉夫妇"原地结婚，姐妹们快帮我把民政局抬过来！

都让让！民政局来了！

…………

不过并不是叶愿欢不想好好穿衣服，只是……右肩处的薄衫很快又滑落了下来。

容淮盯着她的香肩，见叶愿欢抬手摘掉一枚发卡，主动别在自己的领口上，随后抬起头，笑着道："如容医生所愿。"

这次容淮倒是一愣，没想到叶愿欢会在镜头前这么主动。

她似乎……不排斥他的行为？

容淮的眼眸里出现了一抹笑意。

祝清嘉注意到叶愿欢的尾巴，疑惑地"咦"了一声："愿愿，你的尾巴真好看，而且做得好逼真啊。为什么还会摇？"

得意过头的叶愿欢愣怔片刻，偏头道："说明节目组负责，斥了巨资！我也觉得尾巴很好看。"

导演扭头看向道具组的人："你们上哪儿买的？竟然还会动？"

道具组一脸蒙。

"我们买的就是普通的尾巴啊导演，而且感觉现在的颜色好像和我们买的还不一样……"

叶愿欢身后的尾巴颜色更鲜艳些。

叶盛白和虞归晚坐在电脑前嗑着瓜子："咱们的宝贝女儿真是大胆。"

"嗯，确实。就不怕被这群人类抓去实验室！"

"那没可能。有容淮在，肯定没人能动得了咱们的闺女。"

"嗯，老婆说得甚是有理。"

容淮看了眼叶愿欢的尾巴。

真想咬她的尾巴一口啊，看她还敢不敢再露！

这时导演的声音再次响起："各位嘉宾已经换上我们的主题服装，恭喜各位正式进入角色！现在，请大家进行抽签，五人将会按一男一女的搭配分成三个组别。不知道哪个倒霉蛋会单独一组，嘿嘿嘿嘿。"

谢之挑了下眉，看向音响："这导演，笑起来跟个傻子一样。"

季屿川默默地伸出大拇指。

导演：等下就让你变成那个倒霉蛋！

工作人员立即前来分组："女士优先。叶老师和祝老师抽签来选择男搭档吧。你们两个谁先来？"

祝清嘉立刻道："愿宝先！"

导演：果然不出我所料，统统拿捏。

工作人员松了一口气。他有些心虚地摸了摸手里拿着的三张纸——上面写的全都是"容淮"。

叶愿欢伸手随意地抽了一张。

结果毫不意外。

"啊——"祝清嘉惊喜道，"难道这就是传闻中天注定的缘分？！"

哈哈哈，笑死！祝姐现场嗑 CP！

我们愿宝简直魅力无穷，硬生生地把情敌拉到了己方阵营。

呜呜呜，好想去现场啊！

…………

叶愿欢主动走向容淮，微微抬头："好巧啊，容医生。"

容淮躬了躬身，目光落在她的身上，道："跟叶老师搭档，是我的荣幸。"

啊啊啊啊！

都这样了，你俩还在等什么啊！这不是把密室逃脱当成了恋爱综艺？

请你们两个速速给我宣布恋情！

这时一条特别的评论出现——

什么椰蓉啊，椰丝还差不多！我已经被这两个人的狗粮给噎死了好吗？

这条评论被大家疯狂点赞。

粉丝"哈哈哈哈"笑个不停。

由此叶愿欢和容淮的 CP 粉也正式定为"椰丝"。

导演激动地拍着桌子。

他热泪盈眶："真好！太好了！你们谁帮我去问问他俩到底啥时候结婚？孩子满月酒的时候能不能让我吃个席？"

助理轻咳一声，提醒道："导演，咱就是说，有没有可能要进行下一个环节了？"

"哦。"导演收回笑容。

轮到祝清嘉抽签，她抽到季屿川作为搭档。谢之理所当然地成了那个倒霉蛋。

谢之：合理怀疑导演在公报私仇。

这时导演道："好了，分组完毕！接下来请各位进入各自的小屋去完成任务！"

于是五位嘉宾兵分三路。

叶愿欢红裙翩跹，九条尾巴肆意地甩在身后，那小耳朵也时不时动动，好像在跟谁卖萌似的，可爱得要命。

容淮的眸光落在她的耳朵上。

容淮忍了许久，终究没忍住，于是伸手轻轻地捏了下她的耳尖，叶愿欢瞬间就警惕起来。

她忽然想起现在是直播，不能表现出太多的异样，于是睨向容淮："你别捏我的道具。捏坏了没有备用的！"

"节目组准备的道具的确很逼真。"

容淮又将眸光移向她的尾巴，随后躬身与她平视，很认真地看着她："我有点好奇。能摸摸你的尾巴吗？"

> 啊啊啊啊啊啊啊！
>
> 容医生也太勾人了吧！想摸尾巴居然还这样问！
>
> 呜呜呜，如果是真尾巴就好了！
>
> 愿宝！给他摸！现在立刻给他摸！
>
> 现在是疯狂的白衣少年！
>
> 啊啊啊，好甜啊！
>
> ⋯⋯⋯⋯⋯

叶愿欢一眼就瞧出容淮是故意的，他就是想在直播镜头前摸她的尾巴！

这时导演的声音突然响起："给他摸！！！"

叶愿欢没被 NPC 吓到，反倒被导演吓了一跳。

助理恨铁不成钢地拍桌道："导演！咱能不能悠着点！这还在直播呢！你这声音能让所有观众也听见！"

"哦，是吗？"导演反应过来。

于是他抓起了对讲机，调到跟叶愿欢对话的频道："立刻给他摸！！！"

叶愿欢立刻抬手摘掉耳机，将耳机拿得远了些，一副嫌弃的模样："这个导演真的专业吗？"

"不清楚。"容淮道，"不过我听到他说让你给我摸。"

"所以……可以吗？"

容淮喉结轻滚："可以给我摸吗？"

直播间里的观众都激动死了。他们可太想看容医生摸她的尾巴了，哪怕只是道具，都觉得非常带感。

叶愿欢自然也有点顶不住。

她轻咬唇瓣，眼帘微垂，轻声应道："那你摸吧。"

容淮的绯唇不着痕迹地扬了下。

修长白皙的手指随即握住她身后的尾巴，慢条斯理地抚摸起来。

叶愿欢只觉得电流窜过全身，但碍于直播镜头，又只能忍着。

叶愿欢连忙低下头，伸手揪住容淮的衣角："可以了……别再摸了。"

蛊惑的轻笑声响起："好。"

他暂时将手收了回来。

两人并肩往小屋里走，周围的环境变得更加可怕，耳畔也回荡着小鬼嬉笑怒骂的怪叫声。

直播间的观众都不由得抱紧自己。

容淮偏头看着叶愿欢："怕吗？"

"嗯？"叶愿欢抬起头。

容淮眼里有淡淡的笑意："如果怕的话，可以牵住我的手。"

这些互动完全在粉丝们的意料之外，毕竟圈内明星就算真的在恋爱，直播时也肯定会克制。

结果没想到——这俩人还没官宣就这么明目张胆！

这简直太要命了！

叶愿欢唇角扬起笑意，她看出了容淮的小心思，但没有戳穿，佯装道："真的可以吗？"

"可以。"容淮声音温柔。

大家以为叶愿欢不会牵，结果就看到她往容淮的身边凑了凑："的确有一点点怕。"

她伸出手："那不然就牵一下吧。"

镜头给了他们特写，然后直播间里的观众就看到两只手真的十指相握在了一起！

他们瞬间就上了好几个热搜——

＃叶愿欢九尾红狐＃

＃"椰蓉夫妇"牵手＃

＃容医生摸叶愿欢的尾巴＃

＃"椰蓉夫妇"过年啦＃

没看直播的人不明所以，于是好心人便将剪辑后的视频放到了网上！

从容淮帮叶愿欢调整衣服，到他捏她的耳朵，再到他绅士地询问能否摸狐狸尾，最后就是两个人牵手的画面。

啊啊啊，这是官宣吗？

这也太明目张胆了吧！救命！我简直要为他们的爱情窒息了！

我妈妈问我吃什么噎成这样。

我的妈呀，这也太甜啦！！！

…………

于是叶愿欢和容淮就这样牵着手走到小屋前，准备开始第一道关卡。

然而两人迟迟没有收到指令……

叶愿欢催促："导演？"

导演趴在监视器前，脸红通通的："啊……这该死的爱情也太甜了……"

助理极为头疼地揉着太阳穴，然后压低嗓音提醒："导演，该进入下一个流程了！他们已经站在小屋面前，马上就要被吓得抱在一起啦！"

"什么？"导演瞬间醒过神来，"快快快，快给我抱！"

助理：您不发布任务，人家怎么拥抱啊？！

叶愿欢茫然地站在小屋前。

即便用对讲机呼叫导演，也迟迟得不到回应。

"吱嘎！"

这时眼前的大门忽然间被推开。

叶愿欢抬头，这时身后突然传来一股力量。

她踉跄向前。

清冷的嗓音在耳畔响起："小心。"

紧接着叶愿欢的细腰被容淮的手臂环住，两人同时被推进昏暗的屋子里。

生怕叶愿欢摔倒，容淮护着她，以背抵墙，肩膀磕碰到什么东西，他发出"嗯"的一声。

声音低沉，带有几分蛊惑。

啊！这是我能听的吗？

这是不需要花钱就能听到的吗！容医生的声音也太性感了……

楼上你这个词用得好贴切。

呜呜呜，心疼容医生！

…………

小屋内装有夜视摄像头，屋里所有的画面都被拍得一清二楚。

导演在监视器前捶桌子："啊！是抱抱！真的是抱抱！"

助理一时无言。

叶愿欢听到了容淮的闷哼声。

她眉头轻蹙，立即问："受伤了？是不是我撞疼你了？"

容淮微微低头，唇瓣不经意间擦过叶愿欢的眉心，随后嘴唇翕动："还好。"

"啊啊啊，亲上了！"导演指着监视器，对周围的所有工作人员说。

众人：看见了！

观众们更是疯了，完全没想到一个恐怖综艺竟然被这两个人玩成了恋爱综艺。

椰丝：你们真的没恋爱吗？

"吼——"

这时一个东西突然从侧边弹出来。

叶愿欢下意识往容淮的怀里缩了下,然后便察觉到腰间的手臂收紧了。

容淮将下颌抵在她的发顶:"没事,别怕。"

她转头才发现这只是个道具——用弹簧衔接的鬼头。

她虽然不怕鬼,但在没有防备的情况下,还是会被吓到。

"导演肯定是故意的!"叶愿欢的眼睛微微一睁。

导演在监视器前嘚瑟得摇头晃脑。

我就是故意的。

你能把我怎么样?

还不是得在我的拿捏下跟容淮抱抱?!

叶愿欢似乎料到导演心中所想:"我叶愿欢今天就把话放在这里,绝不可能再被他吓到第二次!"

导演呵呵一笑:"小样儿,看我怎么弄你。"

入屋的恐吓小插曲很快过去。

诡异的蓝光缓缓从脚底亮起,广播声环绕在整间小屋里——

"欢迎来到聊斋志异一号小屋。三组嘉宾将分别在各自的小屋内完成单线剧情,闯关成功后即可会合执行终极任务。

"请注意,每组只有两个小时。如果任务失败,将会被狐妖追杀,掏出玩家的心脏吃掉哦!"

导演:很恐怖吧!

叶愿欢嫌弃道:"好无聊。狐族才不喜欢吃人类的心脏呢,这种东西……只有吸血鬼才会吃!"

导演:怎么感觉你玩得比我还明白似的?

容淮轻笑道:"也不全是。"

音落，他伸手捏住领口的麦克风，低声道："比如我，只喜欢吃狐狸肉罢了。"

叶愿欢随即睨了他一眼。

观众急死了。

在监视器前的导演更是急死了。

说了什么呀？他们俩到底说了什么悄悄话呀！有什么是他们不能听的！

"快解题吧。"叶愿欢红唇轻撇。

她松开容淮的手，抬步走到门前，便见上面泛着些许蓝光，显示出密室逃脱第一关的内容——

叶愿欢疑惑道："这些字符……"

这些字符长得好奇怪啊。

有本古书记载，这好像是狐族留下的文字。虽然没有证据证明狐族的确存在，也没办法证明这些文字来源于狐族，但那本书是这样说的……

啊？世界上应该没有狐狸精吧？

也可能是节目组自创的。反正都看不懂，应该是要通过其他办法来解密的。

…………

容淮打量着周围。

旁边的石桩上放着一根木棍，他伸手取了过来，发现上面有开关，打开之后木棍燃起极为逼真的蓝色鬼火。

于是他举着鬼火四处检查，长指捞起门上悬挂的物件："这门上挂着一把锁，应该需要四位数密码。"

"嗯。"叶愿欢应了声。

她转头望向旁边的墙，看到上面有很多奇怪的图样："应该是要完成这个后，根据规律找到数字密码。"

导演跷着二郎腿嗑瓜子。

他嘟瑟道："没想到她还挺聪明，但这机关可不是那么好破——"

"咔嗒——"

然而导演的话还没说完，就听见现场传来一道开锁声。

叶愿欢疑惑地摆弄着那个锁，无辜地抬起头："我真的不明白，这导演为什么设置了那么复杂的机关，却还要把密码明目张胆地写在门上——"

导演："啊？"

"你看这里。"叶愿欢用指尖点着门上那四道由蓝光构成的字符，"这上面不是写着 0725 吗？"

导演睁大自己的眼睛，看着监视器里的字符。

"她为什么会认识这些字符？"导演扭头看向工作人员，"这不是狐族的鬼画符吗？"

他翻遍古书，好不容易找出来的。

古书里记载的内容不多，他只找到了"0725"这四个数字该怎么写，于是便将它设定为密码。

写在门上只是为了增加氛围感，毕竟他没想过有人能看懂啊！

工作人员："不、不知道啊。"

就连直播间里的观众都看蒙了——

门是怎么被打开的？

我就看到愿宝输入了四位数密码，然后锁就直接被打开了……

可她还没破译机关啊！

她、她不是说，她能看得懂门上的鬼画符吗？传闻中的
狐族文字。

啊，这⋯⋯有没有一种可能，穿上服装道具，扮成九尾
狐后就能看懂了？

来人，抬楼上的人去精神病院。

⋯⋯⋯⋯⋯

顺利解开密码的叶愿欢转头看向容淮："我厉害吧？"

身后的狐狸尾巴骄傲地翘了起来。

容淮夸赞道："当然，我们愿愿最厉害。"

导演瞬间将刚才的苦恼抛到九霄云外，又开始激动地捶桌子："啊
啊啊，小情侣真的好甜啊！"

大门为两人敞开，叶愿欢和容淮并肩往小屋深处走去。

周遭的气氛愈发幽深阴冷。

容淮右手举着鬼火，左手时不时佯装不经意地碰一下叶愿欢的
尾巴。

"你别总碰我的尾巴。"

"嗯？道具而已，愿愿也会有感觉吗？"

"我就是看到了。"

"哦。我还以为愿愿的尾巴是真的呢。"

叶愿欢"哼"了一声："怎么可能是真的？反正你别乱摸。"

欢快的笑声回荡在她的耳畔。

叶愿欢懊恼地看了他一眼，想着回去之后该怎么教训他。

这时导演想到什么，问："除了刚刚那个密码外，其他关卡还有
多少是用这种方式标注了答案的？"

"呃⋯⋯"工作人员哽住了，"导演，基、基本全都是。"

导演瞬间脸色铁青。

助理在旁宽慰："导演您别担心，可能是数字简单，好认一点，说不定她只是碰巧在哪里看到过，后面的肯定认不出来了。"

"那就行……"导演松了口气。

但他很快就后悔了。

只见叶愿欢一路过关斩将，对所有文字都熟悉万分。

三岔路口前选择唯一的生门时，叶愿欢指着那蓝色文字道："这两个写的是'死'，那个是'生'，走那个。"

于是生门被她毫不费力地打开。

导演：这是什么情况？

接下来需要调配药物迷倒看守钥匙的野兽，导演斥巨资制作了大型机关，但叶愿欢这次连狐族文字都没看。

"这个毒药我知道。"她用莹白的指尖轻抵着下巴，"其实这个毒药药性不强。这关卡太无聊了。"

叶愿欢说着便走到机关面前，直接"啪啪啪"一通摁，精准地选中了所有原料，毒药直接被递了出来。然后她捏起药丸丢进了兽笼里。

"嗷——"野兽发出凄惨的叫声后晕倒了。

导演再次怀疑人生："她为什么会知道这种毒药的配方？这几味原料在现实世界里很难见到啊！"

这是他努力查阅资料后才知道的！

古老的狐族，只生活在传闻里，一般不会有人知道，也正因如此，他才会这么搞！

不然万一被不懂事的观众学了去，节目组不是要背大锅？

助理："不知道啊。"

愿宝好厉害！

她真的没有拿剧本？她没有拿剧本？她为什么不需要破译任何机关就知道答案？

没有吧。毕竟就算有剧本也不该是这样，这完全没节目效果了啊。

哈哈哈哈，我简直笑死！限制时长两个小时？对愿宝来说太久了。

现在也就才十分钟吧。

…………

再反观另外两组的情况。

祝清嘉被四处蹦出来的"小鬼"吓得腿软，都快把季屿川的衣角扯烂了，瑟瑟发抖的，根本不敢去解题。

季屿川绞尽脑汁："这都是些什么？是个人都看不懂吧？"

弹幕：哈哈哈，隔壁"椰蓉夫妇"组全看懂了！

谢之更是双眉紧蹙。

他满脸写着"嫌弃"和"不耐烦"，每次试图暴力拆卸时，身边就会突然蹦出一只"鬼"吓唬他。

谢之则会面无表情地扭头，然后朝他缓缓地翻个白眼。

而叶愿欢和容淮已经顺利地完成了单线任务。

导演突然想起一件事："等会儿？小鬼道具呢？那些扮鬼的 NPC 呢？"

助理神情复杂地扭头看向他："导演，咱们设定的鬼怪道具，都是需要嘉宾在解密的过程中触发机关才会弹出来的。

"或者是进入死门后会被 NPC 追，还有输错密码或暴力拆卸时会被恐吓。

"但是……他们轻而易举就对了！没触碰机关，哪里来的'鬼'哦！"

负责一号小屋的工作人员也很奇怪。

他们躲在暗处，等待着嘉宾触发行动指令，结果鬼脸面具和头套捂得人出汗，都没听见任何动静……

甚至有人疑惑地拿起对讲机："喂？是我的对讲机坏了吗？"

为什么没有人喊他上班啊？！

导演被叶愿欢气得差点当场晕过去。

助理立刻帮他掐住人中："导演，要不我们人为控制一下，让一号小屋的 NPC 全都冲到'椰蓉夫妇'的面前？"

导演瞬间打起精神来。

他眼里放光："哦，我又可以了！"

叶愿欢全然不知道导演打的主意。面对最后一扇门，她的眼睛弯成月牙形状："要不然这个你来开？"

"好。"容淮笑道。

他慢条斯理地弯下腰，正准备研究如何解开终极大门时——

啪！

整个小屋的灯光瞬间全灭。

容淮立即转身，几乎条件反射般将叶愿欢搂进自己的怀抱里。

"怎么回事？"他眼睛微眯。

叶愿欢也不知道发生了什么。就在这时，整个小屋似乎都震动起来，鬼哭狼嚎的声音不绝于耳。

借着容淮手中的蓝色鬼火，叶愿欢隐约可见一群打扮得形态各异的鬼怪朝她冲来。

这些 NPC 打扮得有模有样：有满脸刀疤血痕的凶汉，脸上长满了毛的怪物，没有眼珠只剩眼白的僵尸，将长发落在脸前的白衣女鬼……

嘶——

整个昏暗的鬼屋里烟雾缭绕，裹着容淮手里的鬼火，氛围极为诡异。

"啊——"一道尖叫声忽然响起。

叶愿欢身侧的树洞被打开，五官流血的"女鬼"突然跳了出来。

叶愿欢面无表情地看着那只"女鬼"，好奇地伸手捏了下她的脸蛋，然后扭头看向容淮："假的。硅胶做的。"

兴奋地盯着监视器的导演见到叶愿欢这个反应也愣了下。

他疑惑地扭头看向助理："是咱们设计的 NPC 不够恐怖吗？"

助理脸色惨白地盯着监视器。

他扯过小毛毯，瑟瑟发抖地将自己裹住："我、我觉得还挺可怕的……"

录个综艺跟看鬼片一样。

导演双眉紧皱："难道是出现得不够突然，让她有了心理准备？"

怎么会有女孩子不怕这些东西？！

他能理解胆子大，但是这么多"鬼"突然全部朝她冲过去，怎么能不害怕？！

NPC 们也陷入了自我怀疑。

"啊——"扮演吸血鬼的工作人员突然凑近叶愿欢，朝她露出了獠牙。

叶愿欢波澜不惊，反倒主动凑近，用指尖轻轻地弹了两下他的獠牙："吸血鬼的獠牙不是这样的。"

工作人员：说得跟你见过一样！

一只"蜈蚣精"突然跳到叶愿欢的面前，张牙舞爪地摆弄着自己的足，甚至还试图朝她的小脸蛋摸去。

容淮突然伸手握住他的手腕，声音低沉："离她远点。"

工作人员：这种时候还给我硬塞"狗粮"是吧！

接下来 NPC 逐个凑到叶愿欢面前，尝试着吓唬叶愿欢，但她始终没有惧意："你这个毛发质量实在有些差劲。

"没有眼珠，只剩眼白的设计，是用美瞳做的吧？那你能看清我的脸吗？

"这个长鼻子好逼真哦……哦，不好意思，我不是故意掰断的。"叶愿欢尴尬地摸着鼻尖。

观众都笑疯了。

哈哈哈，她怎么不按常理出牌啊！

我妈问我为什么笑成这样。这么多NPC打不过一个叶愿欢！

她真的不害怕吗？

反正我待在家里看直播时都有点瘆得慌。要不是为了看愿宝，我恐怕早就把直播关掉了……

我躲在小被子里瑟瑟发抖。感觉今天晚上会做噩梦，要开灯睡了。

啊啊啊，那岂不是看不到抱抱了？

导演：什么？看不到抱抱？

"必不可能！"导演义愤填膺地拍着桌子，"一定是恐怖氛围还不够。还有什么玩意儿可以给他们增加点气氛？"

助理试探性地看向导演："要不……来点雷雨？"

导演朝他竖起了一个大拇指。

叶愿欢跟那些NPC玩得不亦乐乎，都差点忘了还有解锁离开的任务。

她看着容淮："好久没见到这么多朋友了。"

众人：咋的，你平时还跟鬼怪做朋友啊？

偏偏容淮应道："嗯。你要是想的话，过段时间陪你回去。"

众人：容医生，你可是医生啊！难道不该拒绝这些鬼神论吗？

众人最终得出结论——

宠妻这种事情是没有底线的。

"好了。"叶愿欢红唇轻扬,"我们还是解锁离开这——"

然而还未等她把话说完,一道模拟闪电忽然从叶愿欢的身后劈了下来。

紧接着一道雷声响起。

"轰——"

叶愿欢出于对雷电的恐惧,几乎是条件反射般立刻伸手捂住耳朵。

尖叫声响起。

容淮也未曾犹豫,立即转身将她搂在怀里,手掌覆在她的耳朵上。

导演:"这招真的有用!"

他都不敢相信自己居然成功了!

"再来,再来!"导演兴奋了起来。

叶愿欢的脸色瞬间变得惨白,她躲在容淮的怀里,手紧紧地抓着他的衣衫:"不要……不要……"

"轰——"

"啊——"

雷电和尖叫声同时响起。

那些鬼怪重新靠近叶愿欢。

为了更加真实,一个满脸是毛的怪物举着三叉戟,走到叶愿欢的面前:"身为九尾狐,擅自跟人类谈恋爱是吧?

"违反狐族族规是要遭天谴的。"

"咔——"

闪电再次朝地面劈了下来。

叶愿欢紧闭双眼,伸手推开护着她的容淮,然后捂着耳朵蹲了下来:"啊——"

充满惊惧的尖叫声再次响起。

"愿愿！"容淮眼瞳骤缩。

他朝叶愿欢走去，却见她跌坐在地上，拼命地往角落里缩着："不要！别碰我！不要过来！"

叶愿欢缩在小屋的角落里，将九条尾巴全部藏在身后。

"别碰我……别过来！"

叶愿欢抱紧自己，将脸蛋埋在自己的臂弯里，身体不受控制地颤抖着。

容淮没想到小屋里竟还有雷电特效。他喉结轻滚，看到叶愿欢这副模样，心胀痛着。

"愿愿……愿愿别怕，我是阿淮。"

容淮怕叶愿欢再受到惊吓，不敢强行将她拥入怀中，只是缓缓地蹲下来，尝试着朝她伸出手。

叶愿欢仍旧往角落里缩了下。

观众意识到了不对劲——

　　愿宝好像是怕雷电。

　　她看起来好像对雷电有心理阴影的样子。啊啊啊，导演快住手！

　　我想起来了！愿宝好像从来不在雷雨天拍戏。之前有天晚上预报有雷雨，她直接从剧组跑了，还被骂耍大牌。

　　愿宝是不是真的怕雷啊……

　　啊，心疼死我了！不要用愿宝有心理阴影的东西吓她啊！

　　…………

监视器前的导演组也感觉不对。

助理连忙看向导演："导、导演，叶老师好像怕雷。"

而且是刻进心窝里的恐惧……

导演也意识到了有些不太对劲。

他欲哭无泪："啊啊啊，我不知道叶老师怕雷啊！快让所有部门把特效停下！"

这时对讲机里传来容淮努力克制的声音："停掉所有雷电特效，把灯打开，让这些人都给我滚！"

导演的背微微一僵。

就连观众也愣了，他们还从没见过清冷的容医生这般动怒……

他好像知道叶愿欢怕雷。

"暂停录制！"导演还是有职业道德的，发现自己做错了事，连忙做出应对，"先暂停录制！快让 NPC 撤离，把所有的灯都打开，安排心理医生！"

热搜
第十二

秋千吻 zhai ye mei gui

| 1 | "椰蓉夫妇"恋情 | 椰 |
| 2 | "椰蓉夫妇"修成正果 | 新 |

各个部门立刻行动起来。

NPC 立刻从现场撤离，一号小屋也亮堂了起来，但叶愿欢还躲在角落里。

工作人员和心理医生也赶了过去，似是察觉到动静，她的身体微微一颤。

容淮狭长的桃花眼微眯。

他转身看向那些人："让所有无关紧要的人都走开，所有摄像头都关掉。"

"导演说这个是心理医生……"一位工作人员低声道。

"不需要。"容淮声音极冷，眼镜镜片泛着寒光，"我在这里就够了。"

"撤撤撤，快撤。"工作人员忙挥手。

所有人迅速地撤离了小屋，敞亮的空间里只剩下他们两人。

叶愿欢还在微微颤抖着。

"愿愿……"

容淮轻声唤着她。

他缓缓向叶愿欢靠近，免得她再受惊吓："已经没事了。来容鬼鬼怀里好不好？"

叶愿欢委屈地吸了下鼻子。

她缓缓地抬起头，敞亮的屋子使得她眯了下眼睛。她抬起手挡了挡光，缓了半响才观察起周围的环境。

是在录制的小屋……

不是真的雷电。

叶愿欢旋即扑进容淮的怀抱里，晶莹剔透的泪珠往下落："呜呜呜……"

容淮伸手抱住她。

他知道叶愿欢没有安全感，因此将手臂收得很紧："乖，没事了，都是假的。容鬼鬼在呢。"

"呜呜呜！"叶愿欢哭得更大声了。

她微微仰着脸蛋，漂亮的眼睛泛着一圈红晕，珍珠似的眼泪从她的眼眶里汹涌而出。

叶愿欢的哭腔里夹杂着委屈："我还以为他们又要劈我，又不让我跟你谈恋爱了。呜呜呜……"

容淮的心脏针扎般疼。

他喉结轻滚，低声安慰："不会，没人阻止我们谈恋爱。没事的，嗯？"

叶愿欢努力忍着不掉眼泪。

"好了。"容淮抹掉她的眼泪，"愿愿乖，不哭了好不好？"

叶愿欢将尾巴小心翼翼地抱在怀里，挨个儿顺着毛，似是在用这种方式消除刚才的恐惧。

叶愿欢噘着小嘴，抬起水雾朦胧的眼眸看着容淮："我想玩你的犄角。"

容淮微微一愣。

叶愿欢吸了下鼻子："要玩犄角，玩一会儿才能好。"

她的耳边传来无奈又纵容的叹声。

容淮拿叶愿欢没有办法。

他微微低下头，两只犄角冒了出来，随后就被叶愿欢攥在了手心里。

此时，片场和直播间里的人都急坏了。

直播暂停时，大家就意识到肯定有大事发生。

　　愿宝不会被吓出心理问题了吧？

　　啊，节目组过分！要是愿宝真的被吓坏了怎么办……

　　心疼死了！刚刚看愿宝尖叫发抖，以前还从来没见到过她这个样子。明明刚才她还玩得很开心。

　　呜呜呜，愿宝回来吧，不录了。

　　…………

导演在一旁偷偷抹泪："呜呜呜，我也不知道叶老师居然这么怕雷啊……"

他就是想看两人抱抱，有错吗？！

片场人心惶惶，而被关在小屋里解密的那两组，全然不知道外面发生了什么……

导演哭着揪住助理的衣角："容医生等会儿出来不会把我大卸八块吧？"

刚才他真的好凶。

助理思忖了片刻，随后认真地点头："我觉得，极有可能。"

导演差点要坐在地上放声大哭。

他真的没有恶意，只是想给节目增加些氛围……

若此前知道叶愿欢对雷电这么恐惧，他肯定不会干这种事。

守着直播的叶盛白也急得不行。

他直拍大腿："导演怎么能用雷电吓我的宝贝女儿！"

心疼死他了！

宝贝女儿最害怕的就是雷了，当年怎么哄都不管用的。

虞归晚倒是慵懒淡定："有那小子在呢，咱们的宝贝闺女受不了委屈。"

"还说呢！"叶盛白突然板起脸，"愿愿怕雷还不是怪这臭小子！"

虞归晚闻言，瞅了他一眼，随后冷笑道："你怎么不说怪你？你以为愿愿的十尾基因是哪里来的？"

叶盛白心虚地闭上了嘴。

虞归晚翻了个身："别人不知道你是十尾白狐，当我也不知？"

叶盛白露出尴尬的笑容："那我也没想到会遗传给女儿嘛，那俩小子就啥事没有。这件事只能怪她倒霉。"

虞归晚冷笑一声。

她没好气地白他一眼："那也是你这个当爹的责任。我劝你最好想想该怎么补偿她，而不是在这里说风凉话。"

叶盛白：自己在老婆心中的地位，终究比不上闺女了。

容淮哄了叶愿欢好一会儿。

叶愿欢乖乖地躺在他的怀里，漂亮的眼睛还红着，但是已经不再哭了。

"好了？"容淮问道。

叶愿欢应了声："嗯。"

容淮摸了摸她的耳尖："尾巴和耳朵也收起来。我抱你出去？"

"嗯。"叶愿欢又乖乖地应道。

容淮将她抱了起来，稳健阔步地走出去。

导演就像热锅上的蚂蚁。

他在原地来回踱步，将助理都给弄晕了。助理低头轻轻地捏着自己的鼻梁，以免晕死过去。

这时，小屋的门倏然打开——

众人旋即抬头。

导演第一个冲上去："叶老师她没事吧？"

然而容淮立即侧身避开，声音冷淡："离她远点。"

导演立即畏畏缩缩地后退。

他将双手叠在身前，像做错事的小孩般自觉罚站："抱歉啊叶老师……我真的不知道您这么怕雷电……"

叶愿欢将脸蛋埋在容淮的怀里，没应声。

容淮淡漠地看了导演一眼："辛苦导演另想办法，后面的综艺我们愿愿不录了。"

"其实我还可以……"敬业的叶愿欢从容淮的怀里探出一颗小脑袋来。

容淮声音平静："不录了。"

又不缺节目组这点通告费。他的玫瑰园就这一朵娇贵的玫瑰花，他养得起。

且观众和粉丝那边也都知道叶愿欢受了惊吓，此时退出录制，想必大家也没什么怨言。

导演感觉自己的心在滴血。

他欲哭无泪："好……好吧。"

还能怎么办呢？只能怪他自己玩大了吧！

"那我安排车送您二位回去。"导演卑微地看着容淮。

这回容淮倒是没有拒绝。

不过他们临走前，导演将他拦住："那个……容医生，我有件事实在忍不住想问问您。"

容淮看着他。

导演笑得乖巧："那个……您跟叶老师，应该是在谈着吧？"

他说话时还竖起两根大拇指，做出亲吻的手势。

叶愿欢抬起头，眼睛微眯。

节目组的其他人也非常好奇。原以为他们两个不会说……

然而容淮低沉地应道："嗯。谈着。

"叶老师是我女朋友了。"

众人：啊啊啊啊！

叶愿欢回到玫瑰庄园后，躺在柔软的床上很快就睡着了。

不过，她做了一个并不美好的梦。

惊醒的叶愿欢睁大眼睛，轻轻地喘着气。

就在叶愿欢还惊魂未定时，容淮将她搂进怀里，抚着她的后脑："做噩梦了？"

叶愿欢的额头上还沁着冷汗："嗯……我梦到第十条尾巴又长出来了。"

容淮闻言，呼吸微滞。

他微微抬起下颌，轻吻了下叶愿欢的耳朵："别怕，梦境都是相反的。"

叶愿欢心有余悸地轻咬着唇瓣。

梦真的太真实了……

她没忍住伸手揉了揉尾骨，不知道是不是受梦境影响，总觉得那里有些发痒。

低沉的笑声在叶愿欢的耳畔响起。

容淮将唇瓣贴在她的耳上："别怕，鬼鬼不会再让他们将你带走的。"

叶愿欢瓮声瓮气地应道："嗯。"

黎昕并未让舆论发酵一整夜。

明确叶愿欢已经离组后，她就立即联系《嗨！小鬼》的导演，让他配合发了通告。

声明叶愿欢对雷电有严重的应激反应，受惊后不宜继续录制节目，因此不得不暂时退出这档综艺，向观众和节目组表示歉意。

导演：不不不！该道歉的应该是我！是我太上头了……

观众自然也表示理解。

　　哈哈哈，我真是被导演笑死！为了嗑糖不遗余力，结果把人吓跑了！

非常理解叶老师的退出啦。

还是好心疼愿宝。能不能麻烦经纪人姐姐照顾好她，以后千万跟剧组、节目组都打好招呼，别再让愿宝受惊了！

　　是啊……这件事应该由经纪人提前说好的，不然也不会这样。

　　导演高举投降大旗：不不不！不怪黎经纪，都是我的错！黎经纪提前问过我拍摄细节……当初完全没有使用雷电的计划，这是临时想出来的。

导演还算比较人道，并没有让黎昕承受网暴，而是主动站出来跟大家解释清楚。

虽然录制过程中出现了一些小插曲，但他不悔啊，呜呜呜！

因为真的有被甜到！

　　这段时间黎昕没给叶愿欢安排通告，容淮也回云京医院上班了。

宋清辞现在见到他心里就发酸："啧，没想到你还是把我的女神搞到手了。"

容淮闻言，轻抬眼皮。

他周身散着冷意，长指执笔，圈点着手里的病历："她本来就是我的。"

得，没否认。

虽然两人的恋情并未公开，但凭宋清辞对容淮数年的了解，他清楚若没点什么事的话，容淮不会陪叶愿欢上综艺。

更不会在综艺直播里疯狂撒糖。

宋清辞跷起二郎腿："到底什么时候的事啊？怎么以前没见到苗头？"

他还常在办公室里大喊叶愿欢"老婆"，现在想想，自己没事，怕是容淮看在他们多年兄弟情的分上……

"叩叩叩——"

"容医生。"

这时办公室的门忽然被人敲响，护士俏皮地探进来一颗脑袋："忙吗？"

容淮的桃花眼微微眯起，表情淡漠："忙。"

宋清辞"啧"了一声："人家容医生有对象了，没空跟小护士聊天玩暧昧。乖，哪儿凉快哪儿待着去。"

"哦——"小护士拖长音调。

她的眼睛里有几分失落："忙就算了。我的女神还说在医院公园里等着你呢。那我去跟她说声，让她回——"

"突然不忙了。"容淮放下笔。

他看着护士，佯装漫不经心地问："你的女神是谁？"

"当然是娱乐圈野玫瑰呀！"护士又活泼了起来，"所以……容医生忙吗？"

宋清辞恍然大悟。他饶有兴致地挑了下眉，懒散地转着手里的签字笔："忙死了，等会儿还要上手术台呢。要不我去陪女神聊会儿？"

"宋清辞。"冷淡的声音响起。

容淮觑他一眼，随即站起身："我不忙，这就下去。"

小护士笑了笑后转身离开。

她激动地捂住嘴，打开"椰蓉夫妇"超话群分享战果——

家人们！我敢保证，"椰蓉夫妇"绝对是真的！

我以容医生同事的身份发誓，愿宝这会儿正在我们医院跟容医生谈情说爱呢！

阳光正好。

一处被紫藤萝缠绕的白色秋千上，红裙被微风扬起。

叶愿欢坐在秋千上，慢悠悠地荡着。

微卷的长发披在身后，香肩半露，她像一朵盛放着的红玫瑰。

忽见一道身影从不远处而来，叶愿欢放缓了荡秋千的动作。

高跟鞋尖落在草坪上，秋千停了下来，叶愿欢道："这位医生长得好帅，有女朋友了吗？"

叶愿欢歪了歪脑袋，然后将足上的高跟鞋踢掉。

莹白的脚丫露出来，踩在柔软碧绿的草坪上。

容淮忽地挑唇轻笑一声："我们叶老师今天在玩什么把戏？或者说……叶老师是希望我答'有'，还是'没有'？"

叶愿欢慵懒地起身，缓缓向容淮走近，而后站定。

明艳的红荡漾在风里。

叶愿欢抬头看着男人，玉指忽然轻抵在他的小腹上，随后缓缓向上爬。

像小人儿走路似的。

隔着薄薄的白衬衣，踩着他的腹肌线条，然后钩住容淮的领带。

"如果容医生没有女朋友的话……"叶愿欢的身体微微前倾，用红唇蹭着他的领口，"考虑一下我，怎么样？"

容淮看着她，没有应声。

叶愿欢抓住他领带的手稍一用力，容淮配合着她躬身凑近。

叶愿欢笑道："容医生若是不说话的话，我就当作默认了哦。"

低沉的笑声忽而响起。

容淮笑而不语。

是要默认的意思。

于是叶愿欢踮起脚尖，将柔软的唇瓣覆在容淮的薄唇上。

医院办公楼里探出很多颗脑袋。

听说女神来医院找容医生，无数颗八卦的心都躁动了起来。手头上没工作的人全都趴在窗边，偷瞄着公园，然后就看见女神主动踮脚，朝容医生吻了上去！

不过从医院办公楼的角度向外眺望，会发现容医生表现得很冷淡，就像是被强吻了一样。

叶愿欢偷瞄着容淮。

下一秒，纤细的腰忽然被容淮掐住。

容淮用力将她往自己的怀里一揽。

叶愿欢猝不及防地向前跟跄了一步，差点就要倒在容淮身上的时候，容淮忽然转身，两人便以拥吻的姿势跌坐在了秋千上。

受力的秋千荡起！

众人："啊！"

还以为是女神主动追求容医生，没想到竟还有如此反转。

第一神仙手……私下在女神面前竟然是这样的？！

同事们立刻拿出手机，对着不远处就是一顿拍！

叶愿欢错愕，但蛊惑人心的笑声轻敲着她的耳膜："怎么？叶老师不喜欢这样的？"

叶愿欢的心跳逐渐加速。

趴在窗边偷看的同事们都要疯了！

宋清辞更是大跌眼镜："啧，没想到容淮这么闷骚……"

他简直酸死了。

公园里人来人往，但叶愿欢从录制综艺开始，压根就没再避讳她跟容淮之间的关系了，因而根本不在意会被看到、拍到。

"咔嚓——"

快门声毫无意外地响了起来。

容淮缓缓松开叶愿欢的唇，额头却依然轻贴着她的。他似回味般，舌尖轻轻地扫过自己的唇。

然后容淮低笑一声。

"呃……"拍照的病人异常尴尬。

她连忙收起手机，往后退了数步："抱歉抱歉，无意打扰，你们继续……"

叶愿欢轻轻地咬了下唇瓣，看向那个女孩。

"要不……"那个女孩快哭了，"要不我把这张照片删掉吧？"

她实在是没忍住。

"对不起，我没有恶意的，我只是真的超喜欢女神，也很看好你们。如果打扰了你们，我感到很抱歉，我这就删照片！"

她说着就将手机拿了出来。但看到那张唯美的照片，她实在难以下手，咬牙抖着手正要删掉时，却听见一声清亮的"不用"。

"啊？"女孩蒙了。

叶愿欢亲昵地挽着容淮的手臂，轻笑一声："不用删。如果你喜欢这张照片的话，就发个动态吧。"

容淮转头看向叶愿欢，似是没想到她会做出如此决定。

两人的目光在空中交会。

"反正也是时候官宣了。"

叶愿欢的唇角带着甜蜜的笑："这么好的男朋友怎么能只藏在家里，当然要跟全世界炫耀啦！"

女孩：啊！

一时间，叶愿欢和容淮关于秋千吻的照片占领了整个社交软件。

#"椰蓉夫妇"恋情#[爆]

浪漫的紫藤萝白色秋千下，两人甜蜜拥吻。

除了近距离拍到高清大图的女孩之外，其他在窗边偷拍的同事也纷纷积极出动！

各角度的照片层出不穷。

甚至还有视频……

恰好拍到了容淮掌握主动权，搂着叶愿欢的腰坐到秋千上，荡起秋千并拥吻的画面。

粉丝：救命！！！

社交软件霎时瘫痪，但这并不影响粉丝在"椰蓉夫妇"超话里疯狂欢呼——

救命！是谁被甜疯了我不说！

秋千吻也太浪漫了吧！啊啊啊，我真的会疯！这是我见过最甜的官宣！

这次不会否认了吧？不会否认了吧？都这样了还准备怎么否认啊！

好甜！好甜！甜到缺氧了！

妈妈问我刷着社交软件怎么晕了过去……

啊啊啊，甜死我了！这种甜甜的恋爱什么时候才能轮到我啊？

…………

媒体万万没想到，如此重大的新闻居然不是他们蹲出来的……

而是出自一个路人之手。

他们痛心疾首，追悔莫及时还不忘蹭热度，发了一堆营销新闻。

"椰蓉夫妇"终修成正果!

"椰蓉夫妇"医院公园秋千上拥吻被拍,恋情曝光,无处遁形!

盘点"椰蓉夫妇"的甜蜜细节,原来在叶愿欢车祸住院时已有苗头!

当然也有为了流量造谣的——

得知"椰蓉夫妇"官宣后,容医生的前女友哭晕在厕所!

容医生前女友指控叶愿欢是小三!

叶愿欢茫然地眨着眼睛:"我? 我指控自己是小三?"

容淮淡漠地抬了下眼皮,然后拿出手机,登录自己的社交软件账号,直接转发了这条造谣文章。

叶愿欢是我的:没有别的前女友,自始至终只有我们愿愿大小姐一个人。

众人:这跑出来的小号是什么玩意儿?

众人点进去一看:没有粉丝,叶愿欢是唯一关注;没发过其他,全是点赞叶愿欢动态的记录……

众人:你是谁?

然而下一秒,这个社交软件账号的粉丝列表里就多了一个人——叶愿欢。

紧接着叶愿欢就转发了他的动态。

叶愿欢：嗯嗯嗯，在逃野玫瑰被容医生摘回家了。

众人：原来是容医生亲口辟谣！

两位正主站出来承认恋情，又掀起了第二波风浪。

"椰蓉夫妇"承认恋情 #[爆]
叶愿欢是我的
诱摘野玫瑰
容医生的账号名
前女友叶愿欢
"椰蓉夫妇"破镜重圆

终于承认啦！"椰蓉夫妇"过年啦！

太甜了，天啊，救命啊！呜呜呜，这是什么神仙爱情！

原来前女友也是愿宝！亏我之前还担心旧情复燃呜呜呜，现在倒是真的旧情复燃了。真好啊！

超好奇当年为什么分手啊？

容医生的账号名太霸道了！之前看到这个名字在愿宝的评论区里疯狂找存在感，我还说过他痴心妄想，没想到人家真的是正主……

哈哈哈哈，找存在感，这是什么事？

于是，容淮之前发的评论都被扒了出来。

"老婆贴贴""老婆真棒""老婆看看我"……

叶愿欢的手搭在他的白大褂上："原来……容医生还偷偷给我留过这些评论啊？"

现实生活中都没听过他喊"老婆"。

容淮低沉地笑了一声，凑到她的耳边："还不是某只小妖精粉丝太多，正主不去找找存在感怎么行？"

然而黎昕直接气晕在厕所，她给叶愿欢打电话："愿愿大小姐！不是跟你说了，有什么想法要提前跟我打招呼吗？！"

居然越过她直接宣布恋情。

公关部都忙晕了！

叶愿欢笑声甜美："对不起啦。"

黎昕的血压疯狂飙升，但已经凶不起来了。

上辈子一定是被叶愿欢救过命吧！

然而当事人正准备美美地约会去。

很快，两人在惠灵顿牛排店共度烛光晚餐时被拍，叶愿欢接容医生下班被塞了满怀玫瑰花时被拍，夜晚在江边牵手散步时被拍……

宣布了恋情的两人有恃无恐，每次被拍时都大大方方的。

"椰丝"们表示——

他们一定是这世上最幸福的 CP 粉！

蓝屿酒吧被包场。

今晚的客人只有四位。

高脚杯轻碰，发出悦耳的声音。

"Cheers！"

聂温颜眨着眼睛看向叶愿欢："恭喜我们愿宝得偿所愿！跟容医生复合啦！"

叶愿欢笑容甜蜜。

聂温颜单手托腮，她能清晰地察觉到，这朵蔫了许多年的野玫瑰又重新绽放了。

然而酒吧二楼却是火药味十足。

叶愿欢的二哥叶妄野得知他们宣布恋情后，立即从边境赶了回来。

他跷着二郎腿，狂放不羁地看着容淮，蓦地冷笑一声："容淮，你行。"

容淮端起酒杯小啜一口："二哥过奖，我觉得自己还有进步空间。"

叶妄野放下腿，单手撑着桌子站起来，凑近道："你可真不要脸。

"老子心爱的妹妹，就这么被你拐走了？"

之前叶宥琛跟他提起时他还不以为意。

他心想，妹妹当初哭成那样，怎么可能会重新回到容淮的身边？

啧，果然是他低估了容淮在妹妹心中的分量。

容淮慵懒地轻晃着手里的高脚杯："不算拐。"

"都这样了，还不算拐？"

容淮轻笑，认真地纠正着："最多算，诱摘。"

叶妄野冷笑着。他端起红酒，时不时往楼下看两眼……

姐妹俩已经醉得抱成一团了。

聂温颜："好羡慕你有爱情啊！呜呜呜……"

"单身好。"叶愿欢重复道，"单身好。"

聂温颜抬起头笑道："嘿嘿，也对……单身自由自在！"

叶妄野闻言，倏然嗤笑了一声。

容淮放下酒杯起身，拿起旁边的西装外套："愿愿醉了，我先带她回家。"

叶妄野挑了下眉，表示默许。

他看着趴在叶愿欢怀里的聂温颜，用指尖轻敲了下玻璃杯："你……顺便把她也送回去。"

"我那么闲？"容淮将西装外套搭在手臂上，"你单身，你送。"

叶妄野"哦"了一声，然后佯装慵懒地往后倚了倚，视线不禁落在楼下的小圆桌上，然后悠闲地品酒。

叶愿欢已经醉得趴在小圆桌上。

容淮下楼将西装外套披在她的身上，然后弯腰将她抱了起来。

"啊！大魔王！"聂温颜倏然抬头，"不要带走我的愿欢，呜呜呜……"

叶愿欢枕着容淮的肩膀，伸出手："呜呜呜，姐妹救我……大魔王要把本仙女拖去洞里吃掉了！"

容淮抬手轻轻地拍了下叶愿欢的臀。

叶愿欢"嗷"了一声，扭头看他："你居然敢打本仙女的屁股！"

"听话。"容淮声音低沉。

叶愿欢道："听话的话就不会把我吃掉了吗？"

"嗯。"

叶愿欢乖巧起来："那我听话。听话的话大魔王就不能吃我。"

容淮闻言，桃花眼微眯，抱着叶愿欢往酒吧外走。

好姐妹被她家男人抱走了。

聂温颜趴在桌子上揉着太阳穴，清醒一些后撑着桌子起身，正准备去洗手间里洗把脸，却猝不及防地撞上了一个坚硬的胸膛。

她不禁痛呼一声。

聂温颜懊恼地抬起头，还未看清眼前之人是谁，便见一道影子覆了下来。

叶妄野看到聂温颜眼眸里委屈的泪花，将唇瓣贴在她的耳畔。

肆意的笑声钻进她的耳朵里："哭什么啊？哥哥的胸膛有那么硬吗？"

聂温颜闻声，倏然睁大眼睛。她踩着高跟鞋慌忙地后退，紧紧地贴在了冰凉的瓷砖墙壁上。

"叶妄野？"她几乎瞬间清醒，"你怎么也在这儿？你不是……"

他不是这些年都在边境吗？

叶妄野懒散地挺了挺腰板，看起来仍然吊儿郎当的。

他睨了聂温颜一眼，抬手松了下衬衣领口："怎么？我不能回来？

"我们都这么久没见了，你现在怎么见到我就躲啊？"

聂温颜轻咬着唇瓣。

叶妄野和聂温颜是有名的欢喜冤家。聂温颜经常来找叶愿欢玩，却总被叶妄野气得哭着回去。

这简直是她最不想见到的人。

聂温颜伸手推开他："你让开。我要、我要回家了。"

聂温颜在他的面前莫名地心虚。

叶妄野拦在她面前，没让开。

他躬身，单手撑着墙，低头看着紧贴瓷砖墙壁的聂温颜，额前落下来的碎发遮住狭长的眼睛："这么着急走？

"去见你那个丑陋的相亲对象？"

聂温颜诧异地抬头道："你怎么、你怎么知道？"

叶妄野意味不明地笑了一声。

他看着聂温颜："倒是出乎我的意料。你眼光怎么那么差？

"那丑东西连我都比不上，你就这么同意了？"

聂温颜气得腮帮子微微鼓起。

她没好气地抬头瞪着叶妄野："关你什么事啊？哦，我懂了，你嫉妒我是吧？有本事你也找个老婆啊！"

"聂温颜。"叶妄野的嗓音忽然低沉。

他伸手捏住她的下巴："你是真听不懂老子在说什么，还是跟老子装不懂？"

聂温颜试图推开叶妄野："你快让开，我真的要走了……"

"走？"叶妄野忽然将她打横抱起，"聂温颜，你想都不要想！"

叶愿欢被带回玫瑰庄园，醉醺醺地趴在床上，挠着男朋友的手心，很快便睡着了。

一夜好梦，翌日清晨醒来的时候，身侧已没了人。

叶愿欢抬起头，便见容淮正慢条斯理地一颗颗系着衬衣纽扣。

叶愿欢慵懒地单手撑着头："早。"

容淮低头，轻吻了下她的唇瓣。

"去上班了。"他伸手捏了捏她的脸蛋，"等会儿早餐给你放在餐桌上，记得趁热吃。"

容淮系上最后两颗纽扣："我娇贵的女朋友。"

叶愿欢在床上躺了会儿，然后起床沐浴。

她刚下楼就闻到饭香，早餐令人垂涎欲滴。她拍了张照片，立马就发到社交软件上。

没有任何文字，只有一张精致的美食照片，早餐旁还贴了张字条：祝愿愿大小姐用餐愉快。

虽然并未写明厨师是谁，但椰丝们机智过人，立刻就猜到了！

> 啊啊啊，发狗粮啦！
>
> 大家排好队，一人一盆。
>
> 容医生居然还会做饭！
>
> 救命！脑子里已经有画面了，那么漂亮的一双神仙手切菜……
>
> 愿宝好幸福啊！
>
> 呜呜呜，看起来好好吃。这到底是什么绝世好男友啊。医院上班那么辛苦，居然还会先起来给女朋友做早饭！
>
> 愿愿大小姐！那个字条上的字好好看！又是为绝美爱情流泪的一天。
>
> …………

用完餐的叶愿欢还不忘到处炫耀。

虞归晚：噢，我的女婿真棒！

叶盛白：臭小子！以为做个早餐就能把我的宝贝女儿给拐回家了吗？

叶宥琛：喷。

叶妄野：谈恋爱的感觉确实不错。

黎昕：你给我等着。

为了报强塞"狗粮"的仇，黎昕反手甩给她一堆剧本和策划案："既然这么闲，那就找新工作吧！"

叶愿欢委屈巴巴地抱着平板窝在玻璃房里，翻看着黎昕给她发来的东西。

叶愿欢趴着，坐着，侧躺着，不断地换着姿势。

她总觉得尾根的位置有点痒，弄得她很不舒服。

叶愿欢没忍住，伸手轻抚了两下，并没有发现什么异样。

直到晚上沐浴的时候，她悠闲地躺在玫瑰浴里，又觉得尾根处有点痒。

她眉头轻蹙，伸手去摸，在指尖触碰到某处时，她的心都跟着颤了下。

"哗——"

叶愿欢直接站起身，慌张无措地跑到镜子前查看，便见她的尾根处长出了毛茸茸的小尖。

"十尾……"

叶愿欢的眼睛微微闪烁，她记得以前也是这样，起初她还不在意，但它很快就会变成蓬松漂亮的尾巴！

叶愿欢的心忽地被揪住。她单手撑着洗漱台，似被抽了魂，差点没能站稳。

她的第十条尾巴……是不是又要重新长出来了？

"咔嚓——"

这时浴室外隐约传来开门声。

容淮今晚加班做手术，回到玫瑰庄园后径直上楼。他一边单手解开西装外套的纽扣，一边走进卧室，没见到叶愿欢的影子，但隐约闻到浴室里飘来的玫瑰香。

他轻声唤道："愿愿？"

听到容淮的声音后，叶愿欢慌了神，连忙转身回到浴缸里。

"叩叩叩——"

浴室外传来容淮的敲门声。

叶愿欢连忙出声道："你别进来！我、我在洗澡！"

"好。"低沉的笑声在外面响起。

待容淮离开后，叶愿欢才松了口气。

此后的几天，容淮每次想跟叶愿欢亲近的时候，她都会找各种各样的借口逃避。

他颇为无奈地低声哄道："那尾巴给我摸一会儿，嗯？"

已经好几天都没摸过了。

叶愿欢的心更是颤了下，她怕他知道第十条尾巴正在慢慢生长着。

叶愿欢佯装困倦，扯过被子来盖住脑袋："好困，好困，睡觉。"

容淮不由得轻蹙了下眉。他觉得叶愿欢最近有些反常。

"愿愿。"

容淮温柔地将被子从她的脑袋上掀开，试图撬开她的心扉："是不是有什么事情瞒着我？"

叶愿欢心虚地咬着唇瓣，眸光闪躲，否认道："没有啊……哪有什么事瞒着你？"

"有。"容淮甚是笃定。

他对叶愿欢最了解不过了。若非有事瞒着他，觉得心虚，这几天她绝对不会是这样不寻常的反应。

叶愿欢没再说话，只是紧紧地攥着被角，但情绪变化尤为明显。

"告诉鬼鬼，鬼鬼帮你。"容淮的声音很轻很温柔，他在慢慢地引导着叶愿欢主动说出来，"好不好？"

他其实有发现，叶愿欢最近似乎心情不好。

她时常躲着他，还格外频繁地去照镜子，就像是……

容淮的心里蓦地产生了一个猜测。他的心脏为之一颤。

叶愿欢的手越攥越紧。她虽然试图隐藏这个秘密，但同时也很不知所措……

隐忍了这么多天，叶愿欢的情绪在这个瞬间彻底爆发了出来。

"容鬼鬼。"叶愿欢红唇微张，微颤的嗓音里夹着哭腔。

她缓缓地抬头看着容淮，晶莹剔透的泪在眼眶里打转："我……"

珍珠似的眼泪忽然从她的眼眶里砸落了下来，恰好滴在容淮的手背上。

容淮的心跟着狠狠地疼了下。

"我第十条尾巴长出来了……"叶愿欢声音发颤。

泪花闪烁，叶愿欢不知所措："它又长出来了……"

甚至比第一次长得还要快。

这段时间叶愿欢试图阻止，她趁容淮不在家的时候，甚至还找出过剪刀，但下不了手。

只是将锋利的剪刀抵在尾根处，她就感觉全身都在痉挛。

那是第一次断尾时带给她的痛。

就像心理阴影一样，难以抹除。

她没有勇气再对自己下第二次手。

叶愿欢红唇微张："容鬼鬼……

"你帮我好不好？"

她忍着痛苦，说这番话时鼓起了巨大的勇气。

叶愿欢翻过身去，拉开床边的抽屉，将剪刀拿了出来，颤抖地塞到容淮的手里："你帮我……好不好？"

容淮的心蓦然被紧紧扼住。

他看着那把剪刀，叶愿欢的哭声在耳边萦绕。虽然她已经尽力隐忍，但这种隐忍更让人心疼。

这也是第一次，叶愿欢在他的面前露出了她的第十条尾巴。

还没完全长开的第十条尾巴，比其他九条尾巴要短上一截，但毛色更加明艳，轻轻摇摆着。

"不剪。"容淮伸手抚上她的尾巴。

短小的尾巴似乎更加可爱些。他低头轻轻地吻了下她的眉心："第十条尾巴很漂亮，我们不剪。"

叶愿欢也不想剪。

她最喜欢自己的尾巴了，又怎么可能舍得轻易将它断掉？

她委屈地咬着唇瓣："可是，我害怕长老把我抓回去……"

"我的狐狸，"容淮的声音低沉，"想嫁给谁，还轮不到那些无关紧要的人来干预！"

叶愿欢窝在他的怀抱里。她微抬眼眸，漂亮的眼睛还泛着一圈浅浅的红："那要怎么办？"

容淮只是扔掉了手里那把剪刀，并未应答。

热搜
第十三

玫瑰园 zhai ye mei gui

		爆
1	在逃野玫瑰	
2	"椰蓉夫妇"二三事	新

狐族天降异象，但近日来并没有新的小狐狸出生。

长老们不由得想起很多年前，叶愿欢长出第十尾时，也是这样……

狐族长老本就因她断尾一事极为不满，当即命人将叶愿欢抓回审判，却没想到那位令人闻风丧胆的容大人只身一人来到狐族审判庭。

"容淮？"狐族长老盯着他。

他们自然知晓叶愿欢又跟他搅和在了一起："你来做什么？"

容淮抬起头。

今天的他意外地穿了一件黑衬衣，衬着常年不见光的冷白肌肤，眼眶里是妖冶的红瞳。

"我来，"容淮慵懒地说，"给我们家愿愿讨个公道。"

长老们登时面面相觑。

其中一位长老冷笑一声："我们族内的事情，尚且轮不到你插手！"

"如果我偏要呢？"容淮道。

狐族长老表示不屑："容淮，十尾狐应当在族内婚配，这是我们历来的族规。她擅自断尾也理应遭受天雷！难道你还要为她荡平我们狐族不成？"

容淮慢条斯理地转动着手腕。

荡平狐族？

如果可以的话，他当真想荡平狐族，为当年叶愿欢的断尾之痛报仇！

但他不会。因为他知道愿愿会难过，他的愿愿那么不喜欢血腥，他又怎么舍得违背她的意愿做出这种事情来。

"她不会回狐族。"容淮的声音低沉，却充满力量，"她会嫁给我，她只能给我生宝宝。"

"她要受的刑，我替她受。"容淮盯着几位长老。

长老们不由惊讶了下，旋即一位长老冷笑："你替她受？就算你替她受了刑，她也应当回狐族——呃！"

然而还未等长老把话说完，一道黑影在他眼前闪过，然后扼住了他的脖颈儿。

"这位老头儿，"容淮狭长的桃花眼微眯，"听清楚，我不是在与你们商量，我此番来只是通知一下你们。"

修长纤细的手指缓缓收紧。

"呃……呃……"

那长老涨红了脸，只觉得快要窒息。

容淮歪了下脑袋："你们可以自己选——是我荡平狐族，还是我替她受了所谓的狐族刑法，从此以后谁都别再干预她！"

长老喉咙滚动，费力道："就算你替她受刑，她也不可能跟你生宝宝！容淮，你收了这个心思！"

容淮的红瞳逐渐变得幽暗。他嗓音清冷："为什么？"

那长老像是抓到了容淮的痛处，极为不屑地冷哼一声："叶愿欢没告诉过你吧？她这辈子都不可能给你生孩子！

"十尾狐基因特殊，只能与同族婚配。你们两个的基因就算能成功融合，最后她也只会流产！"

根本就不可能诞育出新的一代。

所以，狐族才禁止十尾狐与异族通婚。

这样好的基因不留下后代怎么行？

听到这个消息时，容淮的手指力气不由得加大，差点就要将眼前的人掐死!

"容鬼鬼……"

温柔的呼唤仿佛在耳畔响起,他的情绪慢慢稳定,手指立即松开不少。

"这件事不用你们外人操心。"容淮嗓音低哑,"你们只管做决定,是我一个人受刑,还是你们都死!"

或许还有更好的办法,但他不想再让她有任何阴影,不想再让她因为这件事担惊受怕。

所以他要解决个彻底。

旁边几位长老面面相觑,自然不想轻易让步,于是刻意苛求道:"如果你能扛得住九十九道天雷,我们以后自不会再逼她!"

"好。"

"什么?"长老们怔住。

他们故意如此说,是想让容淮退缩,却没想到他竟然爽快地答应了。

九十九道天雷……

叶愿欢也不过只受了十八道天雷,便差点要了她的命。

"九十九道天雷。"容淮狭长的眼睛里闪烁着猩红的光,"我说,好。"

如果他受九十九道天雷便能换她自由,他愿意。

狐族长老不敢置信地看着他:"九十九道天雷,你真的清楚这意味着什么?"

"我知道。"容淮嗓音笃定,"九十九道天雷足够要了你们这些老头儿的命。开始行刑吧。"

说话间他蓦然将那位长老松开。

长老猛咳了两声,随后大口喘着气。

"你确定?"

"确定。"

"就算丢了命也愿意？"

"没有这种可能。"

"容淮，天下的女人那么多，你就非这样不可？"

容淮慢条斯理地掀起眼帘，始终坚定不移："她是我的狐狸。我这辈子就只认这么一只狐狸。

"所以别废话，动手吧。"

容淮扫向他们："若是此事结束后你们还敢逼迫她，我一定不会善罢甘休！"

似有幽冷的风刮过，长老们不禁抖了一下。

他们不甘心，不情愿，但转念一想，就算他们不答应容淮，叶愿欢也没那么容易妥协。

"好。"长老终于松口，"只要你能受得住这九十九道天雷，我便答应你的条件！"

容淮的眼眸里毫无波澜，他转身，踏步而出，然后立于审判庭外，合上眼睛等待着雷刑。

有长老不确定道："真动手吗？若容淮有个三长两短，血族肯定也不会放过我们！"

"你在怕什么？"

"那是他主动提的！就算出了事，也是他自作自受而已。"

"动手！九十九道天雷，一道也别少！"

天空蓦然电闪雷鸣。

"轰隆——"

一道天雷蓦然劈落了下来，霎时间便贯彻了容淮的全身！

"轰隆——"

紧接着又是一道。

天空乌云密布，蓝紫色的电光频闪，震耳欲聋的雷声轰鸣耳畔。

容淮的背始终挺得笔直，膝盖更是不曾曲下半分。

他微抬下颌，冷傲地直视苍穹。

"轰隆——"

"轰隆——"

"轰隆——"

鲜血逐渐染透黑色的衬衣。

血液顺着玉似的长指滴落而下……

"容淮，只要你肯把叶愿欢带回来，便不必再遭此酷刑！"

容淮满不在意地睨向狐族长老，即便已浑身血痕，眉目间也仍是傲气，绯唇轻启："不、可、能。"

他永远，永远都不可能再抛下那只小狐狸。

叶愿欢总觉得有些心慌。

这时阳光突然被乌云遮掩！

意识到变天，叶愿欢立马转身逃出玻璃房，拉上所有窗帘，并拿起遥控器调整成隔音模式，然后跳到沙发上用毛毯盖住脑袋。

又是雷雨天……

来得好突然。

叶愿欢仍有些惧怕，拿出手机，委屈巴巴地给容淮发消息："鬼鬼什么时候回家呀？"

然而没有回音。

叶愿欢蜷在沙发上，出神地望着窗帘，莫名地感到惊慌……

与平时的雷雨天不同。这次，她好像是在担心着什么。

"嗡——"

这时手机振动起来。

叶愿欢以为是容淮的电话，立刻接了起来："喂？鬼——"

"愿宝！"电话里是聂温颜的声音。

她语速飞快，透着焦急："出事了！容淮独自跑到狐族找长老讨刑法去了！说是要替你受九十九道天雷！"

"什么？"叶愿欢眼睛大睁。

她反应了好半晌："九、九十九道天雷。"

所以才会突然变了天。

九十九道天雷……

这怎么可能扛得住！

"他在哪儿？"叶愿欢攥紧手机。

聂温颜道："审判庭。我也是听叶妄野说的。你大哥、二哥现在都赶过去了。愿宝，要不你……"

她原本想劝叶愿欢别去了，毕竟她清楚自家姐妹对雷电的阴影，却没想到电话里倏然传来忙音。

聂温颜急了："喂？喂！愿宝！"

聂温颜将手机从耳边拿了下来，果然看到电话被叶愿欢挂断了。

"哎呀。"聂温颜急得不行。

她立刻起身，拿过外套，思忖后又捎了条毯子，带了几个眼罩和一个降噪耳机，然后撑着伞出了门。

叶愿欢挂断电话后便要出门，开门的瞬间，一道闪电忽然在眼前闪过。

"咔——"

叶愿欢立即踉跄地往后一退，抬手捂住耳朵，低头闭眼："啊！"

身体剧烈地颤抖着。

强烈的恐惧感再次在心底升起。

叶愿欢原本想将门关上躲回去，却又忽地想起聂温颜方才的那些话……

九十九道天雷！

她当初没受几道就差点丢了一条命。如果容鬼鬼根本就扛不过去怎么办……

想到这里，叶愿欢的心脏剧烈地跳动了两下。

她眼睫微颤，缓缓地抬头望天，一道闪电又劈下。她这次没惊叫出声，只是低头闭着眼睛，瑟缩了一下。

"愿愿别怕……哪怕为你荡平整个狐族，鬼鬼也绝不会再让愿愿受断尾之痛。"

容淮的承诺忽然萦绕在耳畔，轻轻地敲击着她的思绪。

因为这个承诺，所以容淮才瞒着她只身去了审判庭，想要替她受刑法。

她不能退缩。

她不能懦弱。

叶愿欢忽又抬头望着苍穹，蓝紫色的雷电仍然在云雨间闪烁。

但她似乎不再有惧意……

一旦想到每一道天雷都是劈在容淮身上的，她便觉得心被剜了。

于是叶愿欢紧紧地攥起双拳，尝试着往前迈出一步。只要满心想着容淮，这种恐惧好像也没那么难克服。

随后是第二步，第三步……

瓢泼大雨落在她的身上，雷声仍在耳边轰鸣，但她冲了出去。

聂温颜生怕叶愿欢会出什么事，开着车赶到玫瑰庄园，果然看到叶愿欢要赶去审判庭。

她立刻降下车窗："愿宝！"

叶愿欢循声转头望去，被淋湿的头发贴在脸上，卷翘的睫毛上也缀着水珠，显得有几分破碎感。

"上车！"聂温颜连忙道。

叶愿欢抬步便向她的车跑去，坐进车里后道："温温，带我去审判庭……我要去审判庭找容淮。"

"知道。"聂温颜发动了车子。

她将眼罩和降噪耳机丢给叶愿欢。

叶愿欢抬手接住，但她没戴，反而转头望着窗外的闪电，听着轰鸣的雷声。

这些不再是她的梦魇，而是实实在在落在容淮身上的荆棘。

狐族长老并未对容淮手下留情。

长老本就带着怨念，甚至还有打碎对血族敬畏之心的爽感，因此，劈在容淮身上的天雷，比当年落在叶愿欢身上的狠得多。

"给我住手。"叶宥琛攥紧大长老的衣领，"他不属于狐族，用不着受这些莫名其妙的狐族族规。立刻给我统统住手！"

大长老波澜平静，转头看向叶宥琛："琛爷，这雷刑是容淮自己领的。就算要停也得他亲自开口，您可别怪我们无情。"

叶妄野狭长的眼睛微眯。他直接将大长老倒挂了起来："欺负他和我妹妹算怎么回事？你有种让它劈我！"

叶宥琛和叶妄野在狐族的地位极高，他们当然不敢对二位公子用刑，但是也并未让这天雷停下。

倒是容淮冷傲地抬起下颌："用不着。这刑，我受得起。"

三百年前是她为了他受刑。

那时，他并未陪伴在她的身边。

那么现在，这九十九道雷刑，便是对他当年缺席的惩罚。他不舍得见玫瑰生于荆棘上，便用自己的命替她拔了这些荆棘。

"容淮。"叶宥琛盯着浑身是血的男人，咬牙切齿道，"你真是疯了！"

饶是他们当年替叶愿欢受了几道天雷，都养了好些天才缓过劲儿来。如今他竟要独自一人承受这九十九道天雷。

"老子是不是欠了你们俩的？"叶妄野也被容淮气得不行，"老子的心头血是你俩的爱情保镖是吧？"

当年他用心头血将叶愿欢救回来，不会等下他又要再剜一次心头血，救眼前这个主动受刑的傻子吧？

容淮没有丝毫动容，像是铁了心，并且认定受过这九十九道雷刑，叶愿欢就自由了。

"轰隆——"

天雷又一道道地劈了下来。

已经数不清这究竟是多少道。容淮已经浑身是伤，他蓦地合了下眼，一直笔挺的身板摇晃了下。

"容淮！"

叶宥琛和叶妄野的心都跟着一紧。

容淮喉结轻滚，原本就冷白的肤色，因受了太重的伤而显得更苍白，额上和鼻尖上也满是冷汗。

他缓缓地睁开眼，嗓音低沉："继续。"

"轰隆——"

一道雷又劈了下来。

黑云在苍穹中翻滚，就在这时，昏暗无边的天际出现了一抹红色的明艳身影。

"容鬼鬼——"

容淮的眼睫轻轻地颤了下。

始终平静无澜的桃花眼，在此刻终于有了些许波澜。

他缓缓地抬起头，便见一袭红裙的叶愿欢，在暴雨与雷电中朝他奔来，随后直接扑到了他的怀里——

"容鬼鬼！"

容淮条件反射般接住了她。

叶愿欢知道容淮受了这么多道雷刑，肯定受了很重的伤，因而只是轻轻地贴了贴就分开。

生怕会触碰到他的伤口。

容淮眼眸微垂，嗓音微哑："愿愿，你怎么来了？"

叶愿欢早就被暴雨给浇透了，红裙紧贴着肌肤，头发也狼狈地贴在脸颊上。

容淮的双眉紧蹙。他抬头看了眼乌云间的雷电，又躬身看着眼前的女孩："雷雨天怎么出来乱跑？不是告诉你隔音遥控器在哪儿了吗？"

"回去。"容淮嗓音低沉。

他没有告诉叶愿欢，独自前来，便是料到了会经历雷刑。

他的小狐狸那么怕雷电……

他怎么舍得让她陪在自己身边，看着那九十九道天雷落下来？

"我不回。"叶愿欢摇头。

她的眼睛里充满了眼泪："还剩多少道天雷？我要陪你一起。"

叶愿欢的目光在他身上游移。容淮今天特意穿了黑色衬衣，这是能遮挡血迹的颜色，但即便如此，血腥味还是浓重得萦绕在鼻间……

殷红的鲜血顺着他的手臂流下，悬在指尖的位置，然后"滴答"落到地面。

叶愿欢的整颗心都被揪了起来，看到容淮浑身是血，她心疼得指尖都在颤抖。

这时大长老忽然出声："愿欢小姐，你来得正好。你来了，他便不用再受刑了。"

容淮蓦然看向他。

即便身体摇晃着，他还是立刻伸手将叶愿欢揽到身后："你方才答应我的事，若敢食言，我说过，我定当荡平整个狐族！"

叶愿欢的注意力却在长老的话上。

什么叫"你来了，他便不用再受刑了"？

她能救他？

就连叶宥琛和叶妄野都眯起了眼，他们清楚长老想要的是什么。

"愿欢小姐。"大长老盯着她，"只要你肯留在狐族，我们立刻就会停止雷刑。放心，我们并不会剥夺你的自由，只要你生下十只健康的十尾狐，从此以后你想做什么便做什么！"

叶愿欢闻言，心尖一颤。

她下意识地向后退了一步，摇头道："我不要，我不要！"

"轰隆——"

这时一道天雷蓦地落了下来。

容淮无法克制地闷哼了一声。

"容鬼鬼！"叶愿欢旋即转头。

就在这时，三道天雷连续落到了容淮的身上。

叶愿欢连忙伸手扶住容淮。

即便这样，容淮也只是坚定不移地道："你们不必逼她。我说过，这雷刑我受！"

就算叶愿欢同意，他也绝对不可能应允……

他绝不可能将她交给别人！

"鬼鬼……"她看着容淮，"鬼鬼，我们不受雷刑了好不好？我们肯定还有别的办法，跟我回家……你跟我回家。"

叶愿欢说着便要将他带走。

容淮却无动于衷。他正想抬手，忽然意识到自己的手已沾满鲜血。

他动作微顿，慢条斯理地将掌心上的血迹给擦干净，然后才小心翼翼地抚着她的脸颊："愿愿乖，就剩五十几道了。等我受完刑，我们的愿愿大小姐以后就自由了。"

"不要。"叶愿欢哭着摇头。

容淮身上的伤太多了，她想抱他，一时间却不敢下手，只能轻抚着他的手臂，指尖微微颤抖着。

还要再受五十几道，这怎么可能扛得住？

晶莹剔透的泪珠顺着她的脸颊落下："我不要你替我受雷刑。我自己受。"

"对，我可以自己受……"叶愿欢的眼睛忽然亮起。

"你们劈我！"叶愿欢立刻将容淮护到自己身后，看着大长老，"你们如果想让唯一一只十尾狐也死掉就劈我！"

"愿愿！"叶宥琛嗓音微沉。

他紧紧蹙起双眉。他自是清楚妹妹的脾气，她倔强起来，真的会心甘情愿为容淮承受剩下的几十道天雷……

叶妄野也被气得脑仁疼。

"愿愿，别闹。这是我自己请的雷，不用你替我受。"

"可是……"

"那不如请愿欢小姐再断一次尾吧。"大长老故意出言激她。

第一次断尾许是她年少轻狂，当时未曾想过断尾之痛痛彻心扉。可如今她经历过一次，长老笃定，经历过这种痛的人绝对没有勇气再来一遍……

叶愿欢果然一愣。

只是听到"断尾"二字，她便有种锥心蚀骨般的痛感，从她的脊柱贯穿了整个身体。

"愿宝，你别傻。"聂温颜摇头，"第二次的断尾之痛你扛不住的！"

断尾这种事，只会一次比一次痛。

叶愿欢低着头，没说话。

"轰隆——"

天雷又落了下来。

她忽然抬起头，正想替容淮接这道天雷。但容淮像是早就料到了她的所想，比她动作更快一步，将她护在怀里。

"嗯……"

天雷落在了容淮的脊柱上。

他身体蓦地一晃，叶愿欢立刻抬手将他扶住。在与他贴得更近的时候，叶愿欢也更清晰地感觉到了他的虚弱……

她的鬼鬼只是在强撑而已。

叶愿欢紧咬着唇瓣，而后缓缓抬头："如果我愿意再断一次尾，你们是不是就可以放过他了？"

"愿愿！"

"愿愿！"

"愿宝！"

叶宥琛、叶妄野和聂温颜几乎异口同声道，都朝她摇头。

容淮的眼瞳也骤然缩了下。

叶愿欢忽然将她的尾巴放了出来，十条尾巴成为这阴云密布下最艳丽的色彩。

"第十尾……"

那些长老也不禁走了神："真是漂亮啊……"

叶愿欢的第十条尾巴已经彻底长成，明艳非常，尾尖处还染着更加鲜艳的一点朱红。它被其他九条尾巴簇拥在最中间，似烟花般盛开。

"愿愿！"容淮声音低沉。

叶愿欢转头，看了眼身后那条摇摆着的，最为漂亮的红尾。

她伸手，断尾刀出现在掌心里。

叶愿欢握紧那把蓝色的刀，但手在颤抖。在掌心触及冰凉的断尾刀时，她就感觉整个身体都冷了下来。

"愿愿，不可以。"

容淮紧紧地盯着叶愿欢的手，视线如同锁一般，恨不得将她的手给拴起来。

"不可以……"他的嗓音很哑，"我说过，不会再让你受断尾之痛。

现在容鬼鬼回来护你了，你听话，我们不这样好不好？"

叶愿欢轻轻地吸了下鼻子。

她抬起蒙眬的眼睛："可是我也不想让容鬼鬼替我受雷刑。这跟你没有关系的……

"以前又不是没断过，再断一次就好了。其实也没那么痛，就是好好睡一觉，醒来之后就没事了。"

可所有人都清楚，那所谓的"睡一觉"是痛昏过去，要在鬼门关游走一圈。

"愿宝不要……"聂温颜摇头。

叶愿欢紧咬着唇瓣，攥着断尾刀的手越收越紧。她再次看了眼那第十条尾巴，而后闭上眼睛。

像是下了好大的决心般，叶愿欢忽然抬手挥刀——

可想象中的痛感并未袭来，盛怒的嗓音从她的耳畔传来："我看你们谁敢再动我女儿一次！"

叶愿欢旋即睁眼，便见容淮和叶盛白同时握住她的手。

两个男人交换了眼神后，叶盛白确定容淮控制住了她，伸手夺走那把断尾刀，抬手便朝大长老丢了过去！

大长老吓得连忙躲避。

叶盛白眼睛微眯："我也是十尾狐，有本事你们连我一起处置！"

众人愕然。

虞归晚的话随后而至："是啊，十尾白狐也挺稀有的吧？要不你们考虑一下，抓了他给你们生孩子去？"

叶盛白睨了自家老婆一眼。

见虞归晚懒散地站到了自己身边，他伸手揪着她的衣角："这不是生着嘛！你不想生更多，我怎么舍得逼你嘛……"

虞归晚似笑非笑地扬唇道："我不想生，狐族不是还有其他美人吗？让长老帮你寻寻啊。"

大长老明显变了脸色。

他不敢置信地看着叶盛白："族长，您居然也是十尾狐……"

叶盛白随即冷漠地看向他："怎么？本族长也需要听你们的吗？"

"自、自然不是的……"

长老的权威远远比不过族长，况且叶盛白是白狐族长，虞归晚是红狐族长，谁敢拆散他们两人啊。

敢驱使叶愿欢，只不过看她是个小辈，又的确能用族规条例威胁和约束，他们才敢闹出这些事情来……

"都给我停手。"

叶盛白嗓音冷淡，忽一抬手，天空中的乌云随即散开，雷电停止。

明媚的阳光重新照在这片大地上。

他上前道："谁再敢降下一道天雷，就往我的身上落！"

那些长老立刻低下了头。

大长老还在争辩："族长，我们这也是为了狐族的优良基因努力……"

"用我的女儿努力？"他斜眸冷睨，"你们怎么不自己想办法努力努力！一群废物，就看我宝贝女儿生得漂亮是吧？"

众长老一时无言。

叶盛白盯着这群人："以前就想跟你们算账，现在还跟我来这一出，是当我们两个族长死了？"

众长老：哪敢。

虞归晚玩弄着手指："愿愿，先带这小子走。这边我们处理。"

"好。"叶愿欢连忙点头。

她试图扶着容淮走，但这男人实在是太重了，偏他还故意将下颌枕在她肩上，这种时候还歪了下脑袋开着玩笑——

"愿愿大小姐是要背我回去？"

叶愿欢："闭嘴吧你。"

虞归晚抬脚踹了下叶妄野的屁股："你跟着他们一块儿。"

"啊！"叶妄野捂着屁股。

他跟跄一步："不是，我跟着他俩去干吗？"

虞归晚抬了抬眼皮，没说话。

叶妄野顿时觉得心凉："真把我的心头血当水是吧？"

虞归晚不在意地"啧"了一声，又看向聂温颜："挖点心头血，那不是成熟的帅气男人该干的事吗？这难道不酷？温颜你觉得呢？"

"超酷！"聂温颜疯狂点头。

这种时候谁要管男人啊，满心满眼都是姐妹好吧？

叶妄野走过去揪住聂温颜的耳朵："你帮着他们谋杀亲夫是吧？"

那可是心头血！

"要不这样——"叶妄野的眼底闪过一抹光，他慢条斯理地躬下身，"既然温颜觉得哥哥帅，那以身相许怎么样啊？"

总得让他得到些甜头吧！

玫瑰庄园内，脚步声凌乱。

叶愿欢承受了不可承受的重量，偏偏容淮还紧紧地抱着她不肯松手。

"二哥，你帮忙呀！"

叶愿欢不满地睁大眼睛看着散漫的叶妄野。

叶妄野双手插兜，懒散道："是我不帮？分明是他不让我碰。"

容淮低沉的笑声缓缓响起。

他单手钩着叶愿欢的右肩，将下颌抵在她的左肩上："嗯，我只给愿愿碰。"

叶妄野挑了下眉，眉眼间的嫌弃不加遮掩。

叶愿欢叹气，只好独自将容淮扛上楼，再小心翼翼地将他扶到床上。

"容鬼鬼，你怎么样？"

叶愿欢指尖轻颤，抚上容淮的脸颊，只觉得一片冰凉。

叶愿欢不知所措："我们是不是该去医院啊……"

容淮闻言，轻笑一声。

他抬起手臂，握住叶愿欢的手："愿愿是生怕我们的身份不被人发现？"

叶愿欢沉默着，腮帮子微微鼓起，而后嘟囔道："那我也不知道该怎么办啊……"

毕竟这可是四十几道天雷，伤势非同小可。

容淮浑身是血更将她吓蒙，整颗心都慌乱无比。

"要不然我给你放点心头血吧？"叶愿欢眼睫轻颤，清澈的眼睛很是真诚，"十尾狐的心头血应该会更好用吧？"

叶妄野他睨向她："你想让我死？"

"嗯？"叶愿欢转头。

叶妄野慵懒地倚着墙壁，一条腿曲着："我在这儿，还让你受伤，你是想让虞女士把我给弄死？"

他过来的目的不就是这个吗？

要不然他们小两口的事情，虞女士怎么会让他跑过来掺和？

就是怕叶愿欢擅自给容淮心头血。

叶愿欢"喔"了一声，然后抬头："那你来吧。"

叶妄野一时无言。

"用不着。"容淮嗓音低哑。

他仰面躺在床上，握着叶愿欢的小手："我至于那么弱？"

要是连这点雷刑都扛不住，也配把愿愿娶回家当老婆？

只是难受的不是伤口。他眼皮微合，被隐藏起来的獠牙痒得格外厉害。

此时血腥味弥漫在卧室里，他又总能闻到叶愿欢身上清甜好闻的味道……

好像更难抑制了。

"不至于最好。"叶妄野微抬下颌,"刚好老子也没想这样做。"

"咳咳……"前一秒刚声明自己不弱的容淮,后一秒倏然佯装虚弱地咳了两声。

叶愿欢的注意力立刻被转移,连忙伸手将他扶住:"真的还好吗?让我二哥放点血给你,没关系的。"

叶妄野用舌尖轻轻抵了下后槽牙。

"还好。"容淮刻意发虚地道。

容淮掩着唇又轻咳了两声:"可能是屋里人太多,空气有些浑浊。"

叶妄野:"什么?"

果然他那不靠谱的妹妹旋即就将眸光投向了他:"说你呢。"

叶妄野有些不爽地"啧"了一声:"我果然只是你们的爱情保镖,需要的时候来一刀,不需要的时候就喂一盆'狗粮',再把我给踹开。

"得。"叶妄野举手投降,"谁让我倒霉,是你亲哥呢。"

许是兄妹俩早就这样相处惯了,叶妄野口是心非,纵容宠溺。叶愿欢笑着道:"辛苦啦。"

叶妄野的眼睛眨了下:"我就是欠你俩的。"

他慢条斯理地直了下身板:"你们俩待着吧。我去楼下等着,有事喊我。"

叶愿欢小鸡啄米似的点头。

叶妄野帮他们关上门时还翻了个白眼。

卧室里终于只剩下他们两个人,容淮立刻便黏了上来。

他握着叶愿欢的手,贴在自己的脸颊上,合上眼睛轻轻地蹭了两下,又亲吻着。

"鬼鬼?"叶愿欢低头看他。

容淮没有应声，从她的手背吻到手指⋯⋯

"嗯。"而后容淮才嗓音低哑地应道。

叶愿欢直觉容淮有些不太对劲。

就在她疑惑时，忽见容淮那对柔软的漂亮犄角从他的头顶冒了出来。

容淮轻轻地吸了下鼻子："愿愿⋯⋯"

他委屈巴巴地抬起了头。

"鬼鬼，你⋯⋯"叶愿欢意识到了些什么。

容淮在嗜血状态时，是最脆弱的。

果然，容淮的獠牙缓缓长了出来。他的舌尖轻轻地扫过獠牙，喉结轻轻地滚动着："愿愿，愿愿，愿愿⋯⋯"

他唤着她。

呼吸逐渐变得急促。

好像有什么难以抑制的欲望迫切地想要被纾解⋯⋯

"鬼鬼，你是不是嗜血了？"

叶愿欢双手捧起容淮的脸颊，毫不畏惧地对上那双猩红的眼眸。

容淮嘴巴微张，将獠牙抵在她的手背上，差点就要咬下去⋯⋯

最后关头容淮却又抬起了头。

容淮漂亮的桃花眼里泛着水光，眼尾也泛着一圈浅浅的红。

"不能咬。"容淮隐忍克制，又委屈极了，"不能咬愿愿，不能再咬愿愿了⋯⋯"

叶愿欢的心蓦然被攥得很紧。

她的目光落在他的伤口上。许是他伤得太重，自制力下降，血腥味儿又始终萦绕在鼻间⋯⋯

"鬼鬼。"

叶愿欢伸手捧起他的脸蛋。

她凑近，温声诱哄："给我们容鬼鬼咬一口好不好？"

容淮闻言，眼睛明显亮了亮，漂亮的犄角也晃动着。

他看着叶愿欢，獠牙愈发痒得有些难以控制。

"可以吗？"

"嗯。咬一小口没关系的。"

她本就从来都不介意。

他的舌尖再次扫过獠牙，又嗓音低哑地确认了一遍："真的……可以吗？"

叶愿欢又主动抬了抬手。

得到答复后，他缓缓合上眼睛，享受着。

容淮本就虚弱，满足过后，很快就睡着了。

叶愿欢帮他擦拭了下伤口处的血迹，而后似下定决心般，拉开床边的抽屉，摸出她放在那里的一把剪刀。

叶愿欢低头看着满身伤痕的容淮，忽然抬手，尖锐的剪刀刺进她的心口，一滴殷红的心头血落了下来。

叶愿欢立刻伸手接住，然后含着心头血，低头吻上了容淮的唇。

玫瑰庄园的客厅内。

酒红色的复古沙发上，叶妄野修长的双腿懒散地交叠。他仰头看着水晶吊灯，莫名有种不好的预感……

忽而听到虚弱的脚步声，叶妄野抬头，便见叶愿欢赤足从楼上下来。

他唇瓣轻扬："怎么？不在楼上陪你那位，来找哥哥要心头——"

然而他的话蓦然顿住。

叶愿欢用力强撑着楼梯扶手缓缓下楼，胸前的伤口逐渐将红裙洇湿，忽地滴落下来一滴血珠。

"吧嗒——"

恰好落在她莹白的脚背上。

叶妄野眼瞳骤缩，蓦然起身冲过去。

"叶愿欢！你疯了？！"

叶愿欢忽一腿软，差点便要倒下去，叶妄野眼疾手快地将她给接住。

见此情形不需问便知发生了什么。

叶妄野咬牙道："谁让你用自己的心头血了？"

叶愿欢轻咬着唇瓣，没有应声。

她的脸色惨白得骇人，额上和鼻尖上都沁着冷汗。叶妄野立即将她打横抱起，转身大步走向沙发。

他曾为叶愿欢剜过心头血，知道刀扎进心头有多痛，更知道他妹妹自幼娇生惯养，如今竟……

"不是说了需要心头血的话喊我吗？"叶妄野双眉紧蹙。他虽嘴上嫌弃，但也断不可能同意让妹妹受伤的。

叶愿欢闭上眼睛，轻摁着胸口："谁稀罕你的心头血？我家鬼鬼就算要喝，当然也只能喝我的。"

"你真行。"他气得青筋暴起。

"呜呜呜。"叶愿欢吸了下鼻子，委屈地将脸埋进沙发上的抱枕里，"但没人告诉过我，居然这么痛啊。"

她紧紧地抓着手边的抱枕。许是真的太痛，她的指尖都恨不得抠进棉花里。

"现在后悔还来得及吗？"叶愿欢的嗓音里夹着几分哭腔，"虞女士说得没错，这种事果然还是应该哥哥来！"

叶妄野对妹妹的心疼烟消云散。

他狭长的眼睛微眯："你准备怎么办？让虞女士知道我没帮你，她指定把我尾巴上的毛全都薅秃！"

他们叶家的传统，重女轻男。

只有叶愿欢是亲生的，他跟老大都跟捡回来的一样。

叶愿欢没应，抬起头，泪眼蒙眬："好痛……"

叶妄野的心当即又软了下来，没好气地伸手捏着她的脸蛋："你上辈子就是老子的祖宗！"

叶愿欢轻轻地吸了下鼻子。

"在这儿待着。"叶妄野说着便要起身。

叶愿欢却伸手将他抓住，看着他。

叶妄野眉目间尽是烦躁与无奈："老子去给你拿医药箱。待着别动。"

"喔。"叶愿欢这才乖乖地把手收了回来。

叶妄野去将医药箱找来，给叶愿欢上了药，又难得温柔地给她包扎好。

好受一点的叶愿欢很快便在沙发上睡着了。叶妄野弯腰将她抱了起来，送到楼上的次卧，顺便打电话喊了聂温颜。

卧室里昏暗无比。

即便已是阳光明媚的晌午，但紧闭的窗帘隔绝了所有光线。容淮的眼睛微微动了两下，然后缓缓睁开。

"醒了？"散漫的嗓音在耳边响起。

叶妄野坐在旁边的沙发上，慵懒地跷着二郎腿，眼睛里写满了不爽以及不耐烦。

要不是妹妹央求……

他绝对不可能坐在这里，盯容淮盯了一整夜。

"嗯。"容淮嗓音微哑。

"愿愿呢？"容淮撑着床缓缓坐起身，环视着卧室。

叶妄野正剥着橘子，听到容淮提及妹妹，顿了片刻后，平静道："她说怕晚上睡觉不老实，碰到你的伤口弄疼你，所以昨晚在次卧睡的。"

虽然理由合理，但容淮总觉得不太对劲。

听着不像她的作为……

"我去看看。"容淮掀开被子下床。

叶妄野将橘子丢进嘴里，也懒散地跟着起身。

容淮顿了下脚步，回身。

叶妄野睨他："怎么？老子的妹妹，老子不能顺便看两眼？"

叶愿欢那里有聂温颜陪着。

她昨夜疼得厉害，身上的伤引起了高烧。聂温颜用毛巾帮她擦拭身体降温。

叶妄野不方便待在那儿，而且叶愿欢醒了就问容淮，还非要他帮她去隔壁盯着，他这才不得已守了容淮一夜。

虽然聂温颜发消息告诉过他，叶愿欢的烧已经退下来了，也睡着了，但他终究一整夜都没见着妹妹的情况。

他也不是非要看，主要是怕虞女士找他算账。

"没什么不行。"容淮语调缓慢，不知道在想什么。

只觉得唇齿间似有清甜的血香。

隐约记得昨天晚上……似乎有人给他渡了血。

忽然想到什么，容淮看向叶妄野的胸口，仔细打量。

察觉到他的目光，叶妄野毛骨悚然地护住了胸口："你看什么？"

容淮平静地将视线收了回来。

不是叶妄野。

次卧的叶愿欢早就醒了，她嫌弃地将碗推开："不喝，太苦了。"

"苦也得给我把它干了！"聂温颜单手端碗，没好气地看着她，"不知道剜心取血有多危险是吧？你昨晚高烧了好久都不退！要不是我在你旁边守着，你现在说不定就是狐狸干了！"

"怎么可能？"叶愿欢撇嘴。

聂温颜简直要被她气死："我不管,你赶紧给我把药喝了。不然我把你二哥叫过来,让他捏着你的鼻子灌啊!"

叶愿欢闻言,表情微僵。

小时候她不愿意喝药的时候,叶妄野就走到她的面前,不由分说地捏住她的鼻子,强行把药给灌进去,还会恶狠狠地威胁她。

叶愿欢有些不情愿地看向聂温颜,实在不怎么想喝。

这时外面传来窸窣的声响。叶愿欢立即辨出是容淮的脚步声:"快把药给我!"

她立即从聂温颜手里夺过药碗。

扑鼻而来的苦味呛到她,但是为了不让容淮发现她喝药,她还是闭上眼睛,捏着鼻子……抬头立刻将药喝光!

"咔嚓——"

卧室的门在这时被推开。

叶愿欢立刻将碗藏了起来。汤药还没来得及吞下,她囫囵吞枣似的,瞬即被呛住:"咳咳咳……"

容淮见她剧烈咳嗽,立即走到她的身边,坐在床沿边轻抚她的背:"喝什么东西喝得这么急?咳成这样?"

叶愿欢紧闭着嘴巴,摆了摆手。

苦味在唇齿间肆意弥漫着,她却不敢张嘴讨什么糖吃。

聂温颜在一旁无奈地耸肩,叹着气道:"喝的是心虚吧。"

叶愿欢睁大眼睛瞪了她一眼。

聂温颜无奈地站起身来:"你们小两口慢慢谈吧,我就不待在这里吃'狗粮'了。"

她说着便准备离开卧室,结果抬步差点撞到叶妄野。

聂温颜显得有些尴尬,准备绕开他走出去。叶妄野却用指尖抵住她的肩头,随后躬身与她平视:"都准备以身相许了,见到哥哥怎么还躲啊——"

聂温颜没好气地抬手拍了下他的脑袋："别贫！先跟我出去！"

聂温颜说着便攥住叶妄野的衣领，转身将他往外面拉。

叶妄野慢吞吞的，任由聂温颜拉着。

"着急出去干什么？"

他分明是顺道来探望妹妹的。

还没好好看看呢。

聂温颜却瞪了瞪他："要你管那么多？别问废话，走。"

怎么能耽误她姐妹谈恋爱呢。

叶愿欢缓了好久才适应嘴里的苦味。

她抬手掩了下唇，心虚地问："你怎么来了？不在床上躺着休息，跑过来找我做什么……"

她本来可以不喝那碗药的！

容淮察觉到叶愿欢的脸色有些不好，伸手轻抚着她的脸颊："醒了没看到你。"

所以便忍不住想要来找她。

叶愿欢扬起唇角："我又不是病号，着急见我做什么？"

她撒娇似的轻轻钻进容淮的怀里："昨晚太困就睡着啦。"

"怎么？"她仰起脸蛋看着容淮，"容鬼鬼一夜不见就想我了吗？"

容淮闻言轻笑。他双手捧起叶愿欢的脸蛋，吻了下她的眉心。但在凑近她的瞬间，容淮却敏锐地闻到了些许血味。

"受伤了？"容淮眉头轻蹙。

叶愿欢眼睛里的笑意消失，脸上明显写了"心虚"两个字。

她佯装冷静地抬头，轻笑道："你在说什么？受伤的不是鬼鬼吗？"

容淮并没有理会她的伪装，直接扯开了她的领口！

"容鬼鬼，你干吗？！"

叶愿欢立刻伸手，想要捂住胸口，可容淮紧紧地握住了她的手腕。

他果然看到，叶愿欢的胸口上缠着绷带，上面还在不断地洇着鲜血。

容淮瞬间明白自己的伤势恢复得极快的原因。

他狭长的桃花眼微眯："愿愿。"

"啊……"

叶愿欢心虚地微张唇瓣。

容淮看着她，喉结轻滚，深邃的桃花眼里充满了复杂的情绪。

叶愿欢以为他要怪她了……

可并未等到劈头盖脸的责备，只觉得胸口传来些许微凉的触感。

容淮小心翼翼地抚着她的伤口，轻声问道："疼吗？"

叶愿欢的眼睫颤了下。

容淮什么都知道了。终究什么都瞒不过他。

叶愿欢的嘴巴轻轻噘起："有点疼。"

容淮只觉得呼吸都痛。

叶愿欢却用指尖轻抚着他的唇角："但是，肯定没有容鬼鬼痛。"

爱情从来都不是单向箭头。

而是双向奔赴。

容淮玉般的长指探到她的后脑，轻轻地将她搂进怀里："傻瓜。"

他分明不想再让她受到任何伤害，所以才甘愿替她承受雷刑，没想到竟还是让她……

叶愿欢的眼眸里充满了笑意："鬼鬼，要充电吗？"

"嗯？"

叶愿欢忽然仰起脸蛋，覆上他的唇瓣。

柔软的触感让容淮蓦地怔了下。

片刻，他忽然明白了"充电"的意思，轻笑一声，随后反咬了回去。

叶愿欢的身体不由向后一仰，后腰却被容淮的大掌抵住。

他将她紧紧地抱回怀里："谢谢宝贝儿，我的小充电宝，女朋友。"

这段时间叶愿欢因心口受伤在家休养，没有工作安排。

黎昕知道这件事时差点吓死。她无论如何都想不通，究竟是发生了什么天大的事才能导致心脏受伤……

这听起来可是会要人性命的！

不过视频里的叶愿欢慵懒闲散，躺在床上吃着水果，不像是有性命危险的样子，她这才放心。

容淮到底是心血管内科医生，在他的细心照料下，两人的伤口没过多久就彻底恢复了。

然而叶愿欢长期没有公开的行程，甚至没有曝光，大家都在猜测，娱乐圈中也谣言频发。

有位博主发布了一则自媒体消息，浅谈了"椰蓉夫妇"恋爱的二三事。

> 叶愿欢长达数月销声匿迹，究竟是人性的泯灭、道德的沦丧还是恋爱脑的腐蚀，今日真相大公开！

这则博文中集合了众人的力量，照片无数。

有媒体频繁拍到叶愿欢陪容淮出入云京医院，以及同容淮出入京郊一幢玫瑰庄园的照片……

网络议论无数。

> 这次媒体好给力啊！居然拍到了"椰蓉夫妇"的爱情小窝！
> 玫瑰庄园耶……这么浪漫！
> 怪不得是在逃野玫瑰。没被容医生抓回去之前，可不就

是玫瑰庄园外的在逃野玫瑰吗？哈哈哈。

难道只有我比较关心愿宝的身体吗？毕竟医生那么忙也
不需要陪，万一是愿宝身体抱恙呢……

也有可能是怀孕了，嘿嘿嘿！

…………

猜测无数，没有定论。

也有不少粉丝感慨，首次见到容淮时，是叶愿欢出院时与他的一
张合影。

干净清爽的白大褂，对比叶愿欢那袭艳丽的红裙，他就像雪山之
巅难以采摘的高岭之花。

所有人都以为他冷淡至极，永远不会做美人的裙下之臣，可惜就
连他也没能免俗，甚至做了那个亲手摘走玫瑰的人……

玫瑰庄园内。

叶愿欢躺在容淮的怀里，翻着这些评论，不由得笑出声。

"看什么那么开心？"

容淮身着白衬衣，严谨地将纽扣系到最上端，金丝边眼镜架在鼻
梁上。他低头翻阅手里的病历资料时，抬头看了叶愿欢一眼。

"容医生。"叶愿欢看着男人，挠着他的掌心，"网上都说你是冷
漠男神，根本不可能甘愿做美人的裙下臣。"

容淮平静地看着她。

叶愿欢笑容娇俏："所以，你当初对我贼心不死，该不会真是因
为单身太久想找人解闷，才求着跟我复合吧？"

容淮闻言，桃花眼微眯。

他抬手摘掉金丝边眼镜，忽然意味不明地低笑一声。

"愿愿。"

冷白的手指摩挲着她的脖颈儿。

"欲望只是我用于接近你的借口。事实上，在这段感情里，我很清醒。"

以我之手，摘彼玫瑰，不胜荣幸。

番外

忆初识

zhai ye mei gui

叶愿欢和容淮很快便领了结婚证，在那之前，容淮给叶愿欢准备了一场盛大的求婚。

玫瑰庄园里。

容淮让人铲掉原本种植的那些花草，移植上刚空运过来的、叶愿欢最喜欢的厄瓜多尔牛奶咖啡玫瑰，深咖色的外瓣，奶油粉色的花心。玫瑰花复古的色调将秋天的玫瑰庄园装点得像是一座浪漫的古堡。

叶愿欢对这一切毫不知情。她身体恢复后便迅速投入了工作，又接了几个没有感情线的新剧本。因身价大涨，她又接下了更多商业代言。

这会儿，她正在拍摄一组代言照。

摄影棚里，叶愿欢穿着精致复古的酒红色礼裙，缎面酒红长袖手套下的细长手指，此刻正妩媚地抵在她那张精致的脸蛋上，她的头发也被烫成了极适合她的大波浪，并且在发型斜侧面冠以一顶精巧的黑色网纱小礼帽。

路透照一出，叶愿欢的粉丝纷纷激动尖叫。

啊啊啊！又是为老婆的美貌发疯的一天！

感谢容医生不私吞我老婆，放她出来继续营业！

贴贴贴贴，我使劲贴！想在老婆的小礼帽上滑滑梯！

老婆只管美！别管我发癫！

这套造型也太适合我们在逃野玫瑰了吧！！！

叶愿欢的拍摄很是顺利，她那张浑然天成的精致脸蛋本就上相，偏偏她又极有镜头感，仿佛就是为娱乐圈而生，总有一种钓人于无形的魅力。

黎昕今天又毫无疑问地被她给惊艳了。

看到叶愿欢拎着大裙摆，从摄影棚里搭就的长桌烛台化妆镜旁走出来，黎昕饶有兴致地挑眉道："啧，野玫瑰今天又是招人采摘的一天呢。"

"我哪天不招人？"叶愿欢伸手拨弄着自己的大波浪，凑到电脑前看了一眼自己拍摄的照片，看到成果后很满意地摘了手套，凑到黎昕旁边，"容淮是不是已经在后台等我啦？"

自叶愿欢和容淮公开恋情起，两人便更加如胶似漆。

娱乐圈内外都知道这位影后有了一位黏人且占有欲极强的男朋友，那位跟不用上班一样，不管叶愿欢做什么，他都跟在身边接送。

叶愿欢以为今天容淮也是一样。

但黎昕却意味深长地笑了一下："哟——那这次可能要让魅力四射的影后小姐失望了。"

叶愿欢："啊？"

黎昕耸了耸肩："他今天可没来，只派了个司机来接你。"

叶愿欢好似有些失落地垂了下眼睑。

"不过呢……"黎昕卖了个关子，晃着自己手里的手机，用指尖点着屏幕，"他看到了你的路透照后，直接给品牌方的账户打了款，让你别脱这身衣服，就这么穿回去给他看。"

叶愿欢正要抬手摘掉头上的小礼帽，听到黎昕这番话，她手上动作一顿："真的啊？"

"要不你自己看？"黎昕把手机递过去。

叶愿欢知道黎昕从不会跟她开这种玩笑，这事儿听起来也的确是容淮会做的，虽然不知道他今天为什么没亲自来摄影棚接她，但医生大人嘛，忙才应该是常态。

叶愿欢在心里默默自我安慰一番后，原谅了容淮，将原本已经摘掉的手套又慢悠悠地戴了回去："算他有眼光，那我就勉为其难，穿回去给他亲眼看看好了。"

黎昕在心里松了一口气，暗想幸好叶愿欢没看她手机，不然万一她不小心发现他们那个"求婚攻略群"，容淮今天的计划岂不是都没了惊喜！

"行了。"黎昕不想再听她自恋贫嘴，"快走吧，早点回家。"

有人等着你回家求婚呢。

叶愿欢对黎昕的这番催促不疑有他。没人下班不积极，叶愿欢也不例外，她欢欣雀跃地跟工作人员都打了招呼说完再见，便拎着那烦冗的大裙摆离开了摄影棚。

车很快就开到了玫瑰庄园。

叶愿欢今天一大清早就起来化妆做造型，一顿摆弄，再加上拍摄，收工后那股紧绷的劲儿终于泄下来，上车后她不知不觉就睡着了。

等她再睁眼，还是被司机给叫醒的。

叶愿欢本想直接推开车门下车，但一抬眼就看到车窗外满是牛奶咖啡玫瑰，她怔了怔，还以为是自己睡蒙了，来错了地方，于是看向司机。

司机绕到车侧方，亲自为她打开车门，笑笑说："叶小姐，请下车吧。"

叶愿欢睡眼蒙眬地下了车，她的细高跟鞋刚踩在花园里的大理石地砖上，旁边的暖白灯串便亮了起来，随着叶愿欢走动，一行英文字母被逐步点亮——

MARRY ME.

叶愿欢这才明白容淮今天为什么没来接她，司机和昕姐见到她时为什么笑得那么意味深长，而她身上穿着的这条裙子又是怎么回事——原来一切都是容淮的蓄谋！

而此时的容淮西装革履地站在用花草搭就的森系拱门下。

看见叶愿欢抵达，他拿着手捧花向她走来。

向来骄傲明艳的娱乐圈野玫瑰，饶是刚才在镜头下魅力四射，如今面对这种场景也慌了神，不自在地道："你、你怎么……"

容淮在叶愿欢的面前站定。他平时不是个注重打扮的人，但今天却特意在西装外套上别了个钻石胸针。

胸针在阳光下四射出璀璨的光，他敛下眼睫低笑："怎么？吓到我们明艳娇贵的万人迷愿愿了吗？"

叶愿欢有些紧张，只觉得似乎能听见自己的心跳声，仿佛有烟花在心里炸开，她的心既酥麻又雀跃，止不住狂跳。

叶愿欢眼睫低垂，戴着缎面长袖手套的手紧紧地攥着那漂亮的大裙摆。被一身似若鲜花绽放的礼服裙一衬，她更像是一朵邀人采摘的玫瑰花了。

容淮宠溺地低笑一声："过来。"

叶愿欢还有点小傲娇，小声嘟囔："你求婚，怎么不是你过来？"

容淮没反驳，走得更近了些，直接牵住了她的手，将她带到身边："向愿愿求婚，是我早就该做的事。但在正式求婚之前，我还给我们愿愿准备了一个礼物。"

"还有礼物？"叶愿欢雀跃地抬起眼眸，"什么礼物？"

她向来最是喜欢浪漫和惊喜，一听到容淮说有礼物，叶愿欢的眼睛里像盛满了星星，叶愿欢一脸期待地仰脸看着他。

容淮引着叶愿欢向那浪漫的拱门看了过去，只见一个欧式鎏金大圆镜，被数不清的牛奶咖啡玫瑰簇拥着。

"这是什么？"叶愿欢不由有些疑惑。

容淮抬手一挥："看看就知道了。"

叶愿欢茫然地眨了一下眼睛，好奇地朝镜子看了过去，只见那原本反射了她和容淮的镜子，忽然间大雾弥漫。

雾气再散开时，镜子里所展示出来的画面，将她的回忆都一起带回了青丘岭……

数年前的青丘岭，桃花盛开，似人间仙境。

清澈至极的瀑布从青山上倾泻而下，山顶桃花被打落后，像一叶扁舟般顺着水流飘荡而下，钻过木制小桥，不知去往何处。

碧色的温泉池雾气升腾。

岸上的桃花树后，一颗脑袋忽然探了出来。

叶愿欢已经许久没有来泡过温泉了，今日趁着娘亲在忙，她偷溜到娘亲御用的汤池来，发觉这里没有看守，正准备解开衣带跳下去。

这时一片水花忽然溅起。

"哗——"

叶愿欢慌忙停手，敛住衣衫，警惕道："谁？！"

入目是少年生得精致无比的脸，内勾外翘的桃花眼，浓密纤细的长睫，深邃的眉骨轮廓显出几分超越了少年气的英俊与硬朗。他似乎是刚从温泉池中冒出头来，乌发湿着，显出几分小可怜似的狼狈劲儿。

叶愿欢向来极度重视外貌。

看到容淮的那一刻，她的眼睛都亮了起来："咦？帅哥耶！我可好久都没在这无聊的地方见过这样的帅哥了……"

叶愿欢远远地看着他，很是好奇。

少年盯着她的眼神里充满戒备，他眼皮半敛，有些被打湿的碎发遮住眉眼，却遮不住他耳上血淋淋的伤痕。

他看起来似乎有些狼狈，除了耳朵，他锁骨和肩上都有血痂，唇角还隐隐溢血。

似是没想到这里有人，他的警惕心更重了。

叶愿欢却没有害怕的意思，试探道："你好呀。"

容淮低下头，没有理她。

叶愿欢："你是来疗伤的吗？"

容淮还是没说话。

叶愿欢："你是被我娘亲送过来的？"

毕竟这个地方其实是他爹为了防止有人打扰他老婆在这里沐浴泡温泉，所以才封的禁地。除了他们夫妻二人和经常不听话偷溜进来的叶愿欢外，其他人若不得娘亲批准，是绝不可能出现在这里的。

但容淮依旧没有理她。

直到叶愿欢一步步朝他走来，容淮忽然出声："别过来！"

叶愿欢有些疑惑地看着他。

只见容淮的戒备心和警惕心更重了，他向后退了一步，攥紧双拳，似乎是在隐忍着什么一般，手臂上的青筋都暴了出来。

他明显在躲避叶愿欢。

在看到她后，少年似乎打算起身从这个温泉池离开。叶愿欢发现他似乎跟自己不是同类。

她观察着少年的眼睛，那双原本乌色的瞳仁里，隐隐泛着她以前没见过的红光。

叶愿欢忽然想起娘亲的话。

娘亲说，她有个相识多年的好姐妹向她求助，说是要将自己的儿子送过来，借用一下她的温泉池进行镇定和疗伤，烦请照顾。

叶愿欢很快就明白了前因后果，没有害怕，只说："我知道了。"

"你饿了是吗？"她很真诚地看着他。

容淮有些震惊地抬起眼眸，只见对面那双眼睛清澈而又勾人。

叶愿欢："你不想伤害别人，所以总是在弄伤自己。"

容淮睫毛轻颤，明显开始放松。

但下一秒，眼前的少女就又说出让他更加惊讶的话："要不然……

我去给你找点东西吃吧？"

　　容淮实在是没遇到过这样的事情。以往，哪怕是族人看见他都怕他，而眼前这个少女却大着胆子主动送上门来，甚至还敏锐地察觉到了他的难处。

　　别人提到他，都会觉得他是十恶不赦的恶魔，只有她说"你不想伤害别人，所以总在弄伤自己"。

　　但容淮还是没有说话。

　　叶愿欢也看得出来他性格似乎有些封闭，但她还是舍不得看到美男这样痛苦，于是便拾了几瓣桃花捻出汁，掺了青山上最干净的清泉水，到温泉池边递给他。

　　容淮迟疑地接了过来，将这碗水喝下。

　　泉水镇定舒缓的功效立竿见影。

　　那是容淮喝过的最甜的水，心中的烦躁和强大到压不下去的欲望也很快得到疏解。

　　叶愿欢看到他的眼睛重新变成漂亮的乌黑墨色，似乎很开心地凑过去："甜吗？"

　　容淮看着她，很迟疑地点了一下头。

　　叶愿欢的眼睛都笑成了月牙："这桃花露是我独家发明的，别人都不知道配方，以后如果你还想喝，或是不舒服的话，随时来找我呀。"

　　从此以后，容淮每天都会来这里泡温泉。

　　虞归晚的这个汤池很神，没有它疗不好的伤，也没有它疏解不了的欲望。

　　容淮成年后对食物的强烈渴望被渐渐化解，他不再伤害自己，那双本该很漂亮的桃花眼也重新露出光彩，展现出少年的锋芒。他恢复成以往矜贵优雅又自信骄傲的模样。

　　叶愿欢也每天都会跑到温泉池边偷看美男。

　　而他似乎看到了捧着桃花露躲在树后的她，于是偏头道："不过来？"

叶愿欢还是第一次听他主动开口，以前她来送桃花露时，容淮总是下意识地躲避她，也不知道是排斥她，还是怕忍不住伤害到她。

"没说不允许你光明正大地看。"容淮收回视线。

他拿过浴巾擦拭干净身上的水，然后围在腰际出了浴，看着叶愿欢雀跃地捧来一碗桃花露，手里还盘玩着一朵咖色外瓣、粉色花心的玫瑰。

容淮敛眸："你喜欢这种东西？"

厄瓜多尔的牛奶咖啡玫瑰。

"对呀。"叶愿欢点头，"我二哥今天摘来送我的。你不觉得它的颜色很特别吗？"

容淮将那碗桃花露一饮而尽："我还以为你最喜欢桃花。"

"才不是呢。"叶愿欢小声嘟囔道，"是因为这里到处都是桃花。"

她又凑近容淮，神秘兮兮地眨着眼："不过，有一朵桃花我是喜欢的。"

容淮："哪朵？"

叶愿欢直勾勾地看着他："你呀，你这位天降的美男，也是我的桃花。"

容淮无法否认自己被她魅惑到了。母亲说的没错，叶愿欢这一族果然最擅长魅惑人，他会被她迷倒也不过是在意料之中。

叶愿欢和容淮的关系越来越亲近。

容淮依旧每天都来温泉池，但叶愿欢不再只是偷看，有时候还会跟着容淮一起在桃花林内嬉戏。

虞归晚早就知道了这件事，不想多加干预。

倒是叶宥琛特意来提醒："被一副空有其表的皮囊迷成这样，小心他以后把你吃得渣也不剩！"

叶愿欢一点也不在意，还不服气地抬起脸蛋看着大哥："那你还不是一样跟他做兄弟？"

　　叶宥琛无言，心想这不一样，但见妹妹跟容淮在一起时似乎会变得格外开心，容淮也从未伤害过她，便也作罢。

　　这天，青丘岭的桃林降下福泽，无数粉色的桃花瓣飞舞似的飘落。

　　叶愿欢坐在桃树下，伸手接着落到掌心里的花瓣，然后便扭身将其贴在容淮脸上。

　　"阿淮。"她唤得亲昵。

　　容淮转眸看向坐在自己身边的姑娘，一瞬不瞬地看着她那双眼睛。

　　叶愿欢眨着眼睛："你缺女朋友吗？"

　　容淮看着她，没有说话。

　　缤纷浪漫的桃花雨还在落着，时而有几片花瓣落在叶愿欢的头发与眉眼间。

　　叶愿欢等着他的答案。

　　容淮忽然伸手捧起她的脸颊，低首就吻住了那两片吸引了他很久的唇瓣。

　　桃花雨下，他们肆意拥吻。

　　叶愿欢和容淮的恋情传得人尽皆知。

　　整个青丘岭近日来茶余饭后的话题，便是小公主跟容大人有多么相配。

　　只有叶家的三位男人每天冷着个脸。

　　叶盛白义愤填膺地拍着桌子："这叫什么？这叫引狼入室！"

　　叶妄野一脸不爽地轻"啧"道："不是，容淮那小子凭什么就把我妹芳心骗到了？"

　　"我去找他要个说法！"叶宥琛起身，"若是他以后敢伤害小妹，我要他好看！"

　　那天，叶宥琛揍了容淮。

但兄弟俩哪怕轰轰烈烈地打了一架，事后也还是并肩坐了下来谈心。

叶宥琛："我说真的，如果你以后伤害她，我绝对不会放过你。"

容淮敛着眸："阿琛，你不懂，我比你们想象的，还要珍惜她。"

因为只有她会对他说："容鬼鬼，你不要总想着伤害自己呀。"

后来容淮再也没离开过青丘岭，这里阳光充沛，几乎没有黑夜，属实不是他这类人能轻易适应的环境。

偏偏叶愿欢最喜欢晒太阳，她总会在阳光明媚的时候，跳到观景台上去，沐浴着阳光，看着云海。

容淮则在旁边搭一顶遮阳伞，欣赏着不远处在草坪嬉戏的叶愿欢。

叶愿欢喜欢听雷赏雨。

他便陪着她在雷雨天时坐在亭下，看她望着屋檐下的雨帘，听她跟雷公电母嬉闹着说"要更大更响的雷"的对话。

他陪她乘一叶扁舟，去到以前从未涉足过的青丘岭的另一端；陪她爬到青山顶，随着瀑布一起惊险刺激地漂流而下；陪她赏桃花雨，喝桃花露，看绿水青山；为她在桃花林里种下一片玫瑰花田……

叶愿欢看着镜子里的画面，眼眶逐渐湿润，她跟容淮曾经的美好回忆，如今却以这种方式在求婚当天重新展现在眼前。

她眼睫轻颤，晶莹剔透的泪珠在眼眶里打转。

容淮低首捧起她的脸，用手怜惜地帮她揩掉眼泪："怎么哭了？"

叶愿欢小声埋怨着："谁让你求个婚还求得那么催泪？尽是些骗我掉小珍珠的好手段……"

容淮有些无奈地轻笑出声，抬起叶愿欢的脸，看着她的眼睛："没想让你哭。

"愿愿，我只是想让你知道。我们曾经相处的每一分每一秒，都让我刻骨铭心。哪怕离开的这些年，也不曾忘记。

"我得到过，失去过，庆幸过，也后悔过，但只有一件早就想做却迟了的事，就是想听你说'我愿意'。"

容淮擦掉叶愿欢眼角的最后一滴泪，他缓缓松开她的脸颊，忽然拿出一个精致的丝绒戒指盒，单膝下跪。

"叶愿欢。"容淮打开戒指盒，一枚璀璨的钻戒赫然露了出来，"你愿意嫁给我吗？"

叶愿欢早就已经快绷不住了，从她下车，踩亮那串"MARRY ME"的灯串起，她就攥紧了裙摆控制情绪。

这会儿看见容淮在自己面前单膝跪了下来，拿出钻戒求婚，她彻底忍不住眼泪了，但她依然记得说出那句容淮想听的话。

她向容淮伸出手，让他将钻戒戴在自己的无名指上，说："容淮，我愿意。"